Prémices

SOPHIE

JORDAN

Prémices

Traduit de l'anglais (États-Unis)
par Tiphaine Scheuer

J'AI LU

Titre original :
FOREPLAY – THE IVY CHRONICLES

Éditeur original :
William Morrow, an imprint of HarperCollins Publishers.

Pour Maura et May, mes championnes.

1

J'ai toujours su ce que je voulais dans la vie. Ou plutôt, ce que je ne voulais pas.

Je ne voulais pas voir les cauchemars qui me hantaient redevenir un jour réalité. Je ne voulais pas revivre le passé ni vivre dans la peur. Douter constamment de la solidité du sol sous mes pieds. J'avais compris tout ça quand j'avais à peine douze ans.

Mais c'est curieux comme la chose que l'on fuit trouve toujours le moyen de nous rattraper. Un moment d'inattention et soudain, la voilà qui réapparaît, qui nous tapote l'épaule et nous met au défi de nous retourner.

Et parfois, impossible de se retenir. On doit s'arrêter, faire volte-face et l'affronter.

Il faut céder et espérer que tout se passe pour le mieux. Espérer s'en sortir en un seul morceau.

Des volutes de fumée s'échappaient en tournoyant du capot de ma voiture, comme un voile de brouillard dans la nuit noire. Je donnai un coup sur le volant, marmonnai un juron et me garai sur le bas-côté. Un rapide coup d'œil me confirma que l'indicateur de température était bien dans le rouge.

— Merde, merde, merde !

Je coupai le moteur d'un geste rageur, avec l'espoir, par un quelconque miracle, d'empêcher la voiture de surchauffer davantage.

Je récupérai mon téléphone dans le porte-gobelet, descendis de la voiture dans l'air frais et automnal, et m'éloignai du véhicule. Je n'y connaissais rien en moteurs, mais j'avais vu de nombreux films où la voiture explose juste après avoir commencé à fumer. Je n'avais pas l'intention de prendre le moindre risque.

Je consultai ma montre. 23 h 35. Il n'était pas si tard, je pouvais encore appeler les Campbell. Ils viendraient me chercher et me raccompagneraient au dortoir. Mais ça ne réglerait pas le problème de ma voiture, qui allait rester seule ici. Cela ferait un souci de plus à gérer par la suite, et j'avais déjà des milliards de choses à faire demain. Autant m'en occuper maintenant.

Je jetai un regard autour de moi dans la nuit silencieuse. Les criquets chantaient doucement et le vent soufflait entre les branches. Le moins qu'on puisse dire, c'est qu'il n'y avait pas beaucoup de circulation. Les Campbell vivaient sur un terrain de quelques hectares en dehors de la ville. J'aimais garder leurs enfants, ce qui m'offrait une parenthèse appréciable loin de l'agitation urbaine. La vieille ferme, douillette et vivante, donnait l'impression d'un véritable foyer traditionnel, avec ses vieux planchers et sa cheminée en pierre qui crépitait toujours à cette période de l'année. Elle semblait tout droit sortie d'un tableau de Norman Rockwell. Le genre de vie à laquelle j'aspirais un jour.

Pourtant, à cet instant précis, je n'appréciais pas particulièrement l'isolement de cette route de campagne. Je me frottai les bras par-dessus mes manches longues. Je regrettai de ne pas avoir emporté un pull. Le mois d'octobre commençait à peine et le froid s'était déjà installé.

Je jetai un regard abattu à ma voiture fumante. J'allais devoir appeler une dépanneuse. Je lançais une recherche dans la région sur mon téléphone quand les phares d'une voiture apparurent au loin. Je me figeai en m'interrogeant sur la conduite à tenir, saisie de l'impulsion insensée de me cacher. Un vieil instinct familier.

Le scénario était digne d'un film d'horreur : une fille seule, une route de campagne déserte. Il fut un temps où j'avais été la vedette de mon propre film d'horreur. Je n'avais pas très envie que l'histoire se répète.

Je m'écartai de la route pour me placer derrière ma voiture, pas pour me cacher à proprement parler, mais pour ne pas rester debout au milieu de nulle part, ne pas constituer une cible trop évidente. Je tentai de me concentrer sur l'écran de mon téléphone et d'adopter une attitude désinvolte. Comme si, en faisant mine d'ignorer la voiture qui approchait, ses occupants pourraient ne pas nous remarquer, mon épave fumante et moi. Sans même relever la tête, tout mon être se focalisa sur le ralentissement des pneus et le ronron du moteur quand la voiture s'arrêta.

Bien sûr qu'elle s'était arrêtée. Je relevai la tête en poussant un soupir et me tournai vers un tueur en série potentiel. Ou bien mon sauveur. Je savais que la seconde possibilité était la plus vraisemblable, mais toute cette situation me mettait mal à l'aise et je ne pouvais qu'envisager le pire.

C'était une Jeep. Sans toit, munie uniquement d'une barre de sécurité. Les phares illuminaient la bande d'asphalte noire.

— Tout va bien ?

Une voix profonde et masculine. Le visage du type était presque entièrement dissimulé dans l'ombre, et les lumières du tableau de bord jetaient une lueur diffuse sur ses traits. Suffisamment pour me permettre de discerner un profil assez jeune. Pas beaucoup plus vieux que moi. Peut-être vingt-cinq ans tout au plus.

La plupart des tueurs en série sont de jeunes hommes blancs. Ce lieu commun s'infiltra dans mon esprit et ne fit qu'accentuer mon angoisse.

— Oui, tout va bien, répondis-je à la hâte, ma voix résonnant dans la nuit calme.

Je brandis mon téléphone, comme si ça pouvait tout expliquer.

— J'ai appelé quelqu'un.

Je retins mon souffle en espérant qu'il croirait à mon mensonge et poursuivrait sa route.

Il laissa son moteur tourner dans l'obscurité, la main sur le levier de vitesse. Il jeta un coup d'œil sur la route devant lui, puis derrière. Pour s'assurer que nous étions bien seuls ? Que l'occasion était parfaite pour m'assassiner ?

Je regrettais de ne pas avoir de bombe lacrymogène sous la main. Ou de ne pas être ceinture noire de kung-fu. Quelque chose. *N'importe quoi.* Je crispai mes doigts sur mes clés et j'éprouvai la pointe dentelée sous mon pouce. En cas de besoin, je pourrais toujours lui donner un coup au visage. Dans les yeux. Ouais. Toujours viser les yeux.

Il se pencha par-dessus le siège passager, s'éloignant du même coup des lueurs du tableau de bord, ce qui le plongea encore davantage dans l'ombre.

— Je peux jeter un coup d'œil sous le capot, proposa-t-il de sa voix profonde et désincarnée.

Je secouai la tête.

— Non, vraiment. Tout va bien.

Les yeux que j'avais envisagé de crever avec mes clés me regardèrent en pétillant. Leur couleur était impossible à déterminer, mais ils devaient être très clairs. Bleus ou verts.

— Je comprends que tu sois nerveuse…

— Pas du tout. Je ne suis pas nerveuse, répliquai-je un peu trop vite.

Il s'adossa à son siège et la lueur ambrée éclaira de nouveau ses traits.

— Ça m'embête de te laisser ici toute seule, dit-il d'une voix qui me fit frissonner. Je me doute que c'est un peu effrayant.

Je jetai un regard alentour. La nuit d'encre semblait se refermer autour de nous.

— Pas du tout, niai-je, mais ma voix manquait totalement de conviction.

— Je comprends tout à fait. Je suis un inconnu. Je sais que tu serais plus à l'aise si je partais, mais je n'aimerais pas laisser ma mère seule ici la nuit.

Je soutins son regard un long moment pour le jauger, tenter de discerner sa personnalité dans les traits indistincts de son visage. Je tournai les yeux vers ma voiture qui fumait toujours, avant de les reposer sur lui.

— D'accord. Merci.

Le « merci » suivit lentement, après une profonde inspiration remplie d'hésitation. J'espérais seulement que je n'allais pas finir dans les gros titres des journaux du matin.

Il aurait tout le loisir de me faire du mal s'il le voulait. Il pourrait essayer, du moins, que je le laisse ou pas jeter un œil à ma voiture. Voilà ce qui me traversait l'esprit tandis que je le regardais garer sa Jeep devant ma voiture. La portière s'ouvrit. Il déploya sa longue silhouette et posa le pied à terre, une lampe de poche à la main.

Ses pieds crissèrent sur le gravier et le faisceau de sa lampe se braqua sur mon véhicule toujours fumant. D'après l'angle de son visage, il parut ne pas jeter un seul regard de mon côté. Il se dirigea tout droit vers ma voiture, souleva le capot et disparut au-dessous.

Les bras fermement croisés sur ma poitrine, je m'approchai prudemment pour le voir examiner le moteur. Il tendit la main et manipula différents éléments. Dieu seul sait lesquels. Je m'y connaissais autant en mécanique que dans l'art de l'origami.

Je repris mon observation. Quelque chose étincelait. Je plissai les yeux. Il arborait un piercing au sourcil droit.

Soudain, deux nouveaux phares transpercèrent le ciel nocturne. Mon mécanicien se redressa et s'éloigna du capot pour se placer entre la route et moi. Il posa les mains sur les hanches tandis que la voiture se rapprochait. Je fus alors en mesure de discerner distinctement son visage pour la première fois, et mon souffle se bloqua dans ma gorge.

La lumière crue des phares aurait pu le desservir ou souligner ses défauts, mais d'après ce que je pouvais voir, il n'en avait pas un seul. Il était purement et simplement canon. Une mâchoire carrée, des yeux bleus et profonds sous des sourcils sombres. Son piercing à l'arcade était subtil, un simple éclat argenté du côté droit. Ses cheveux semblaient blond foncé, coupés ras. Emerson aurait dit de lui qu'il mettait l'eau à la bouche.

Le nouveau véhicule s'arrêta juste derrière le mien et je reportai mon attention sur la vitre qui se baissait. Mon sauveur se pencha pour regarder à l'intérieur.

— Oh, bonsoir, monsieur et madame Graham.

Il retira une main de sa poche pour leur adresser un petit signe.

— Des problèmes de voiture ? demanda un homme d'âge moyen.

La banquette arrière était illuminée par la lueur d'un iPad. J'aperçus un adolescent, les yeux rivés sur son écran, qui ne semblait même pas s'être rendu compte que la voiture s'était arrêtée.

Mon sauveur hocha la tête et me désigna d'un geste de la main.

— Je me suis arrêté pour l'aider. Je crois que j'ai localisé la panne.

La femme sur le siège passager me sourit.

— Ne vous inquiétez pas, ma chère. Vous êtes entre de bonnes mains.

Soulagée, je lui adressai un hochement de tête.

— Merci.

La voiture s'éloigna et nous nous retrouvâmes face à face, bien plus près que je ne m'y étais autorisée jusque-là. Et maintenant que mes craintes étaient apaisées, une toute nouvelle vague d'émotions déferla sur moi. Pour commencer, une soudaine timidité. Je calai une mèche de cheveux rebelles derrière mon oreille et changeai de position, mal à l'aise.

— Des voisins, expliqua-t-il en désignant la route.

— Tu vis dans le coin ?

— Oui.

Il glissa une main dans la poche de son jean. Le geste fit remonter sa manche et révéla une partie du tatouage qui commençait au niveau de son poignet. Si peu menaçant qu'il soit, il ne correspondait pas non plus à la définition du *boy next door*. Loin de là.

— Je faisais du baby-sitting. Chez les Campbell. Tu les connais peut-être.

Il s'approcha de nouveau de ma voiture.

— Ils habitent en bas de ma rue.

Je lui emboîtai le pas.

— Tu penses pouvoir la réparer ?

Je me plaçai à côté de lui et plongeai le regard dans le moteur, comme si je savais ce qu'il fallait regarder. Je tripotai nerveusement le bord de mes manches.

— Ce serait vraiment super. Je sais que c'est une vieille guimbarde, mais je l'ai depuis longtemps.

Et je n'avais pas vraiment les moyens de m'en offrir une nouvelle en ce moment.

Il pencha la tête pour me regarder.

— Une vieille guimbarde ?

Je vis un faible sourire étirer le coin de ses lèvres.

Je grimaçai. Je semais des indices révélant que j'avais grandi entourée de personnes nées avant l'invention de la télévision.

— Ça veut dire une vieille voiture.

— Je sais ce que ça veut dire. Seulement, je n'ai jamais entendu quelqu'un d'autre que ma grand-mère utiliser ce mot.

— Ouais. C'est précisément d'elle que je l'ai appris. De ma grand-mère et de tous les autres habitants du village de retraités de Chesterfield.

Il se retourna et s'approcha de sa Jeep. Je continuai de jouer avec mes manches jusqu'à ce qu'il revienne avec une bouteille d'eau.

— On dirait que tu as une fuite dans la durite de ton radiateur.

— C'est grave ?

Il dévissa le bouchon de la bouteille et en versa le contenu dans mon moteur.

— Ça va le refroidir et tu devrais pouvoir redémarrer. Mais ça ne tiendra pas longtemps. Tu vas loin ?

— À une vingtaine de minutes d'ici.

— Ça devrait aller. Mais ne vas pas plus loin ou ça risquerait de surchauffer de nouveau. Emmène-la au garage dès demain matin pour remplacer la durite.

Je soupirai de soulagement.

— Ça n'a pas l'air si terrible.

— Ça ne devrait pas te coûter plus de deux cents dollars.

Nouvelle grimace. Voilà qui allait porter un coup dur à mes finances. J'allais devoir demander des heures supplémentaires à la garderie ou me trouver davantage de baby-sittings. Au moins, quand je gardais des enfants, je pouvais réviser mes cours une fois que les petits étaient couchés.

Il referma le capot de ma voiture.

— Merci beaucoup, dis-je en fourrant mes mains dans mes poches. Tu m'as économisé une dépanneuse.

— Alors personne ne vient, en fait ?

Un léger sourire apparut sur ses lèvres ; visiblement, je l'amusais.

— Hum, fis-je en haussant les épaules. Oui, peut-être que j'ai tout inventé.

— Pas de problème. On ne peut pas dire que tu étais dans une situation idéale. Je sais que je peux avoir l'air effrayant.

J'observai son visage. Effrayant ? Il devait sûrement plaisanter, mais avec ses tatouages et ses piercings, il possédait en effet un petit air dangereux. Même s'il était canon. C'était un peu comme dans les films, le vampire menaçant qui rend les filles dingues. Le vampire déchiré entre l'envie de les mordre et celle de les embrasser. Moi, j'ai toujours préféré le personnage de l'humain sympa et je n'ai jamais compris pourquoi l'héroïne ne craquait jamais pour lui. Je ne me tapais pas les mecs du genre sombre, dangereux et sexy. *Tu ne te tapes personne.* Je refoulai cette petite voix. Si le bon me remarquait - le garçon dont j'avais envie -, cette situation changerait.

— Je ne dirais pas exactement effrayant.

Il gloussa doucement.

— Bien sûr que si.

Le silence se prolongea un moment. Je le parcourus du regard. Il portait des vêtements décontractés, un tee-shirt confortable et un jean usé. Les garçons portaient tous les jours ce genre de tenue sur le campus, mais le terme *décontracté* ne semblait pas s'appliquer à lui. L'expression « problèmes à l'horizon » semblait mieux convenir. C'était le genre de mec qui faisait tourner la tête des filles. Je sentis soudain ma poitrine se comprimer.

— Bon, merci encore.

Je lui adressai un bref signe de la main avant de remonter dans ma voiture. Il me regarda mettre le moteur en route. Heureusement, aucune fumée ne s'échappa du capot.

Je m'éloignai et je refusai de risquer un coup d'œil dans mon rétroviseur. Si Emerson avait été là, elle ne serait pas partie sans lui demander son numéro.

Les yeux rivés sur la route, je me réjouis de l'absence de mon amie avec un petit sourire égoïste.

2

Je poussai la porte d'un coup d'épaule, les mains chargées de pop-corn et d'une bouteille de limonade rose. J'entrai dans la chambre voisine et me laissai tomber sur le fauteuil pivotant de Georgia. Comme d'habitude, celui d'Emerson était recouvert de vêtements.

La musique d'Abba résonnait dans la pièce, le rituel d'Emerson pour se mettre dans l'ambiance avant de sortir. Chaque fois que je l'entendais retentir à travers nos murs fins, je savais que les préparatifs étaient lancés.

Je posai ma bouteille au milieu du fouillis de livres et de carnets qui régnait sur son bureau, je fourrai une poignée de pop-corn dans ma bouche et la regardai se tortiller pour enfiler une minijupe moulante. Le motif psychédélique en forme de zigzag noir et blanc convenait parfaitement à sa fine silhouette. Je me visualisai à mon tour dans cette tenue, ce qui m'arracha une grimace. L'image n'était pas belle à voir. Je n'étais pas une petite chose d'un mètre cinquante pour quarante-cinq kilos.

— Tu vas où ce soir ?

— Au *Mulvaney*.

— Ce n'est pas ton terrain de jeu habituel.

— Il y a trop de gamins de fraternités au *Freemont* maintenant.

— Je croyais que c'était ton truc.

— L'année dernière, peut-être. Mais j'en ai marre. Cette année, je recherche plutôt... (Elle pencha la tête pour examiner son reflet dans le miroir accroché sur la porte.) ... Des hommes, je suppose. Fini pour moi, les garçons. (Elle me jeta un sourire.) Tu veux venir ?

Je secouai la tête.

— J'ai cours demain.

— Oui. À 9 h 30. (Elle secoua la tête avec dégoût.) Ce n'est pas une excuse. Moi, j'ai un cours à 8 heures.

— Que tu vas probablement sécher.

Elle fit un clin d'œil.

— Le prof ne fait jamais l'appel. Je demanderai ses notes à quelqu'un.

Sûrement à un malheureux de première année qui perdait sa langue dès qu'Emerson approchait. Il lui proposerait probablement un rein si elle le lui demandait.

Georgia entra dans la pièce vêtue d'un peignoir en éponge, son nécessaire de toilette à la main.

— Salut, Pepper. Tu sors avec nous ce soir ?

Ma main se figea dans le sachet de pop-corn.

— Tu sors aussi ?

Voilà qui était inhabituel. Georgia passait la majorité de ses soirées en compagnie de son petit ami.

Elle confirma d'un hochement de tête.

— Oui, Harry révise pour son exam de demain, alors pourquoi pas ? C'est plutôt sympa, au *Mulvaney*. Mieux qu'au *Freemont*.

Emerson me jeta un regard, l'air de dire « je te l'avais bien dit ».

— Tu es sûre que tu ne veux pas te joindre à nous ? demanda-t-elle en enfilant un top turquoise et sexy.

Dénudé sur une épaule, il se portait comme une seconde peau. Voilà bien un vêtement que l'on ne verrait jamais sur moi.

— Je vous laisse à votre nuit endiablée.

Emerson ricana.

— Endiablée, avec Georgia ? Tu parles ! C'est presque une vieille femme mariée.

— Absolument pas ! répliqua Georgia en retirant la serviette humide de ses cheveux pour la jeter sur Emerson.

Cette dernière sourit et saisit une poignée de pop-corn de mon sachet, qu'elle enfourna dans sa bouche. Elle lécha ses doigts enduits de gras et m'adressa un signe de tête.

— S'il y en a bien une qui devrait y aller, c'est toi.

— C'est vrai, approuva Georgia. Tu es célibataire. Tu devrais vivre un peu. T'amuser. Flirter.

— Tout va bien, fis-je en secouant la tête. J'ai tous les frissons par procuration qu'il faut grâce à vous deux.

— Oh, sois honnête, c'est à cause de Hunter, déclara Emerson d'un ton accusateur, debout devant le miroir, avant d'appliquer une lotion sur ses courts cheveux sombres.

Elle tira sur ses mèches et les arrangea de manière à ce qu'elles partent dans différentes directions et donnent un look sauvage et indiscipliné à son visage rond. Elle ressemblait à une sorte de petit lutin.

Je haussai les épaules. Mon cœur appartenait à Hunter Montgomery, et ce n'était un secret pour personne. J'étais amoureuse de lui depuis que j'avais douze ans.

Une sonnerie familière retentit dans ma chambre. Je fourrai mon sachet de pop-corn dans les mains d'Emerson et me précipitai à côté.

Je me jetai sur mon lit pour attraper mon téléphone, et jetai un coup d'œil à l'écran avant de décrocher.

— Salut, Lila.

— Oh, mon Dieu, Pepper, tu ne vas jamais me croire !

La voix de ma meilleure amie me fit sourire. Elle faisait ses études en Californie, à l'autre bout du pays, mais chaque fois qu'on se parlait, c'était comme si quelques heures à peine venaient de s'écouler depuis qu'on s'était vues pour la dernière fois.

— Qu'est-ce qui se passe ?

— Je viens de raccrocher avec mon frère.

Mon cœur fit un petit bond à la mention de Hunter. Elle aussi savait pertinemment que j'en pinçais pour lui. Si fou que cela puisse paraître, c'était l'une des raisons pour lesquelles je m'étais inscrite à Dartford. L'école jouissait d'une bonne réputation. Mais quand une petite voix m'avait rappelé qu'il y avait d'autres établissements réputés, j'avais choisi de l'ignorer.

— Et... ? la pressai-je.

— Paige et lui ont rompu.

Je serrai mon téléphone dans ma main.

— Tu es sérieuse ?

Hunter avait rencontré Paige pendant sa deuxième année de fac et ils ne s'étaient plus quittés depuis. Je commençais à redouter qu'elle devienne un jour Mme Montgomery.

— Pourquoi ?

— Je sais pas... L'envie de fréquenter d'autres personnes, quelque chose comme ça. Il a dit que c'était d'un commun accord, mais quelle importance ? L'essentiel, c'est que mon frère se retrouve célibataire pour la première fois depuis deux ans. Maintenant, c'est ta chance.

Maintenant, c'était ma chance.

Une vague d'excitation me parcourut brièvement avant de disparaître tout aussi rapidement. Puis la panique prit le relais. Hunter était enfin libre. J'avais attendu ce moment toute ma vie, mais je n'étais pas prête. Comment faire pour qu'il me remarque ? À ses yeux, je n'étais rien d'autre que la meilleure amie de sa petite sœur. Fin de l'histoire.

— Oh ! Je dois filer, reprit Lila. J'ai une répétition, mais on en reparlera plus tard.

— D'accord. (Je hochai la tête comme si elle pouvait me voir.) On se rappelle.

Je restai assise sur mon lit un long moment, le téléphone dans la main. Les rires d'Emerson et Georgia me parvenaient depuis la pièce voisine, mêlés à la mélodie de *Dancing Queen*. L'instant était critique. La réalité que j'avais tant désirée était enfin arrivée. Et je n'avais pas la moindre idée de ce que j'allais faire ensuite.

Emerson poussa ma porte et s'affala sur mon fauteuil.

— Hé, je vais finir tout ton pop-corn, dit-elle en secouant le sachet vers moi, mais son sourire disparut dès qu'elle vit mon expression. Qu'est-ce qui ne va pas ?

— Ils ont rompu, murmurai-je en tapotant mes lèvres avec une énergie nerveuse.

— Quoi ? Qui ça ?

— Il est célibataire. Hunter est célibataire.

Je secouai de nouveau la tête comme si je ne parvenais toujours pas à y croire.

Elle écarquilla les yeux.

— Georgia, ramène-toi ici ! Vite !

Georgia apparut en se séchant les cheveux avec sa serviette.

— Qu'est-ce qui se passe ?

— Hunter est célibataire, expliqua Emerson.

— Sans blague ! Oubliée, Paige ?

Je confirmai d'un signe de tête.

— Ça alors. Maintenant, c'est à toi de jouer.

Emerson sauta sur le lit à côté de moi.

— Quel est le plan ?

Je clignai les yeux et levai une main impuissante.

— Je n'ai pas de plan.

Le plan, c'était que Hunter tombe amoureux de moi. Le rêve. C'était ce qui arrivait dans les romans d'amour. D'une manière ou d'une autre. C'était ce qui était censé arriver. Mais je n'avais jamais su *comment* ça allait arriver. Seulement que ce serait le cas.

— Qu'est-ce que je fais ? demandai-je en les regardant, désarmée. Je me pointe chez lui, je frappe à sa porte et je lui déclare ma flamme ?

Georgia pencha la tête sur le côté.

— Hum... *non.*

— Oui. Trop frontal, approuva Emerson. Pas assez mystérieux. Les hommes ont le goût de la chasse.

Georgia leva les yeux au ciel et ricana.

— C'est toi qui dis ça !

Emerson parut vexée.

— Hé, je sais jouer le jeu. Quand je veux qu'ils me courent après, ils le font.

Tout le problème était là. Moi, je ne savais pas jouer. Je ne savais absolument pas comment m'y prendre pour séduire un garçon. Je ne flirtais pas. Je n'avais pas de rencard. Je ne sortais pas et ne couchais pas avec des types au hasard comme certaines filles.

Je me pris la tête entre les mains. Pourquoi n'y avais-je pas réfléchi plus tôt ? Une petite expérience m'aurait été d'une grande aide pour approcher Hunter. J'étais presque sûre de ne pas savoir embrasser. C'est du moins ce que Franco Martinelli avait raconté à tout le monde au collège, après qu'on s'était embrassés derrière la cafétéria. Enfin, si on pouvait qualifier de baiser un rapide bécot sur les lèvres suivi d'un bref tripotage sous mon pull avant que je repousse sa main.

— Je ne sais pas comment faire, avouai-je. Comment m'y prendre pour séduire Hunter ? Je n'ai même pas embrassé un seul garçon depuis le lycée ! (Je brandis un doigt en regardant mes deux amies d'un air désespéré.) Un seul garçon. Je n'ai embrassé qu'un seul garçon de ma vie.

Mes colocataires me dévisagèrent.

— Un seul garçon ? répéta Georgia après ce qui sembla être le silence le plus long du monde.

— C'est tragique, ajouta Emerson en secouant la tête comme si je venais juste de citer des statistiques horribles concernant la faim dans le monde. (Elle claqua les doigts et un sourire illumina son visage.) Mais on peut arranger ça.

Je fronçai les sourcils.

— Comment ?

— Tout ce qu'il te faut, c'est un peu d'expérience.

J'ouvris de grands yeux. Emerson s'était exprimée avec une telle simplicité ! En effet, ça devait lui paraître on ne peut plus facile. Ce n'était pas la confiance en elle qui lui manquait, ni les admirateurs.

— Tu sors avec nous ce soir, décréta Georgia en soutenant le regard d'Emerson.

Elles s'adressèrent un signe de tête mutuel, comme si elles étaient parvenues à une sorte d'accord tacite.

— Oui, je te le confirme. Et tu vas embrasser quelqu'un.

Emerson se leva et m'observa, les mains posées sur ses hanches minces.

— Quelqu'un de sexy qui sait ce qu'il fait.

— Quoi ? (Je clignai rapidement les yeux.) Je ne compte pas embrasser n'importe quel...

— Oh, pas n'importe lequel. Tu vas avoir besoin d'un pro.

Ma mâchoire tomba et il me fallut un moment pour retrouver ma voix.

— Un gigolo ?

Emerson me poussa l'épaule.

— Oh, sois sérieuse, Pepper. Non ! Je te parle d'un mec avec une réputation bien méritée. Quelqu'un qui sait embrasser. Quelqu'un, tu sais... qui t'apprendra l'art des préliminaires.

Je l'observai, avec gêne et inquiétude.

— Qui ça ?

— Eh bien... Je l'avais dans mon collimateur pour ce soir, mais je vais m'effacer pour la bonne cause. Je te le laisse.

— Tu me laisses qui ?

— Le barman du *Mulvaney* ! Annie, au bout du couloir, est sortie avec lui la semaine dernière. Carrie aussi. Elles disent qu'il est irrésistible.

Georgia approuva avec le plus grand sérieux.

— Moi aussi, j'ai entendu des filles de mon cours de philo parler de lui.

— Et alors quoi ? Je suis censée débarquer au *Mulvaney*, approcher un barman canon qui peut se taper n'importe quelle fille et lui dire : « Hé, tu veux bien sortir avec moi, s'te plaît ? »

— Mais non, idiote. Commence par lui montrer que tu es disponible. C'est un mec. Il va mordre à l'hameçon. (Emerson fit frétiller ses sourcils.) Littéralement.

— Arrête. (Je lui jetai un oreiller en éclatant d'un rire misérable.) Je ne peux pas faire ça.

— Pourquoi tu ne te contentes pas de sortir avec nous, pour commencer ? insista Georgia. Tu ne seras pas obligée de faire quoi que ce soit si tu ne le sens pas. Aucune pression.

Je restai bouche bée. Venant d'Emerson, ce projet insensé ne me surprenait pas plus que ça, mais Georgia était la plus raisonnable des deux. Pleine de bon sens et plutôt sage.

— Mais… (Emerson leva un doigt.) Mais si on voit ce barman et que tu apprécies ce que tu vois, on pourra toujours aller dire bonjour. Il n'y a rien de mal à ça, si ?

Je haussai les épaules, mal à l'aise.

— Je suppose que non.

Leur force de persuasion finit par avoir raison de moi.

— D'accord. Je viens avec vous. Mais je ne vous promets pas de draguer qui que ce soit.

Emerson bondit en frappant des mains.

— Super ! Promets seulement de rester ouverte.

J'acquiesçai. Il n'y avait pas de mal à ça, en effet. Et au pire, je pourrais toujours observer les interactions entre les uns et les autres. Les bars représentaient une école géante. Je pourrais peut-être apprendre les règles de base, les choses à faire et celles à éviter. Découvrir à quoi les mecs étaient sensibles. Cela ne pouvait se limiter à une simple histoire de minijupes et de gros nichons.

Je suivais un cursus de psychologie. J'étudiais la nature humaine. Ce soir, je n'avais qu'à prétendre que le *Mulvaney* n'était qu'une boîte de Petri géante. Comme d'autres scientifiques avant moi, j'observerais et j'apprendrais. Et peut-être même m'amuserais-je un peu entre les deux. Après tout, qui a dit qu'apprendre devait être ennuyeux ?

3

Certaines choses – d'accord, un paquet de choses – restaient d'obscurs mystères pour moi : l'endroit exact où se trouvait ma mère, laquelle de la pizza au bacon canadien et de la pizza à la saucisse je préférais, et ce que j'allais faire exactement avec un diplôme de psychologie en poche.

La seule certitude qui n'avait jamais flanché dans mon esprit, c'était mon désir de faire partie de la famille Montgomery. Je voulais épouser Hunter Montgomery.

Je voulais appartenir à la famille qui m'avait procuré tant de réconfort dans mon enfance. Les Montgomery représentaient tout ce qui devait constituer une famille. L'amour. Le soutien. Ils se réunissaient tous les soirs et discutaient de leur journée autour du dîner. Ils faisaient des parties de Monopoly et organisaient des fêtes au bord de la piscine. Ils partageaient bien plus qu'une maison. Ils partageaient leur vie les uns avec les autres. Tout ce que je n'avais jamais connu.

Avant de vivre avec ma grand-mère, mon existence n'avait été qu'un enchaînement de chambres de motels. Je me souvenais vaguement d'une maison avec une balançoire en pneu dans le jardin. Quand mon père était encore de ce monde. Je le revoyais debout devant un barbecue, entouré d'amis. C'était le 4 juillet. Il y avait des feux d'artifice et j'avais les doigts dégoulinants de glace. Mais c'était tout. Le seul souvenir d'une époque qui n'était pas noyée sous les pleurs de ma mère, battue par un type quelconque, qui me parvenaient à travers les murs fins de la salle de bains ou du placard où elle m'avait cachée.

Les Montgomery allaient à l'église ensemble. À Noël, ils envoyaient des cartes de vœux les représentant tous les cinq, avec le chien, devant un immense sapin. Depuis le jour où Lila m'avait invitée chez elle, au début du collège, et que j'avais pu avoir un aperçu de leur vie – depuis le jour où j'avais rencontré Hunter –, je savais que je voulais être l'une d'entre eux.

— Tu es sûre que tu ne veux pas retourner te changer ? Je peux te prêter des affaires.

La proposition d'Emerson me tira de mes pensées.

— Je ne pourrais même pas rentrer un orteil dans tes jeans.

Elle leva les yeux au ciel tandis que nous traversions le parking en graviers.

Le *Mulvaney* était une institution locale, fréquentée par une foule hétéroclite d'étudiants et de citadins, mais ce n'était pas pour autant que j'y avais déjà mis les pieds. Les bars... l'odeur d'alcool, les voix ivres et bruyantes me rappelaient trop ma mère. Emerson et Georgia m'avaient déjà traînée une fois au *Freemont*, mais uniquement parce que c'était l'anniversaire d'Emerson.

Il y avait deux entrées, et après avoir choisi la nôtre, nous nous frayâmes un chemin entre les clients qui faisaient la queue au comptoir de nourriture. Un arôme de friture me chatouilla les narines.

Emerson pointa du doigt le tableau blanc au-dessus du comptoir.

— À 1 heure du matin, rien ne vaut de bonnes boulettes de macaroni frites. Il faudra qu'on en prenne avant de partir.

Je hochai la tête, tentée de demander pourquoi nous ne pouvions pas en commander dès maintenant, mais un seul regard de Georgia suffit à m'en dissuader. Elle me prit le bras et me guida vers une rampe en bois qui s'ouvrait sur la salle principale. Un long bar occupait le mur gauche opposé. L'endroit était bondé. Les tables manquaient et une bonne centaine de personnes accaparaient l'espace, des verres à la main. Le volume de leurs voix rivalisait avec celui de la musique crachée par les haut-parleurs.

Nous nous plaçâmes en file indienne et nous insérâmes dans la masse en nous tenant par la main. J'étais au milieu, une attention délibérée d'Emerson et Georgia, à n'en pas douter. Des types tentèrent de nous adresser la parole. Emerson souriait et répondait à certains.

— Salut, rouquine, me lança quelqu'un en s'intercalant entre Emerson et moi.

Je dus carrément baisser les yeux. Il m'arrivait à peine au menton.

Je commençais à bredouiller un salut quand Emerson se retourna et l'examina.

— Rouquine ? Sérieux ? Tu es éliminé pour manque d'originalité. Allez, viens, Pepper. (Elle me tira par le poignet.) Tu vois. Ça ne fait pas cinq minutes qu'on est là et tu te fais déjà draguer.

Je levai les yeux au ciel.

— Ce n'est pas le genre qu'on vise, mais ne t'inquiète pas. Ce n'est que le début de la soirée. On n'a pas encore trouvé celui qu'on cherche. (Emerson désigna le bar.) Pourquoi tu n'irais pas nous chercher un pichet ? On va prendre une table.

Je me tordis le cou pour regarder alentour.

— Comment veux-tu trouver une table dans ce zoo ?

Emerson me jeta un regard offensé.

— Oh, on va trouver une table. Laisse-moi faire.

— Tiens, dit Georgia en me fourrant des billets dans la main. La première tournée est pour moi.

— La seule tournée. On n'a pas besoin de se payer nos propres verres.

Emerson secoua la tête, comme si nous avions toutes les deux beaucoup de choses à apprendre, et me fit signe d'aller au bar.

— Allez, va, et pendant que tu y es, garde l'œil ouvert pour qui tu sais.

Je les regardai s'éloigner dans la foule, désormais convaincue que le but de m'envoyer au bar était de me permettre de repérer le fameux barman-tombeur que nous étions venues voir.

Je dus jouer des coudes jusqu'à m'insérer dans la file, derrière deux filles en train de glousser.

— Oui, c'est lui, dit la blonde peroxydée à son amie. Lydia a dit qu'il était canon, mais bon sang, c'est rien de le dire !

Sa copine s'éventa avec la main.

— S'il a bien voulu faire des trucs avec Lydia, il va croire qu'il a gagné à la loterie en nous voyant.

Qui pouvait parler de soi-même de cette façon ? Je ne pus me retenir et je laissai échapper un rire. Je plaquai aussitôt ma main sur ma bouche.

La fille aux cheveux foncés me jeta un regard noir par-dessus son épaule. Je baissai vivement ma main et tentai d'adopter un air innocent, puis je tendis le cou comme si j'étais impatiente de passer ma commande.

La blonde lui donna une tape sur le bras.

— Espèce de dévergondée, Gina !

Gina reporta son attention sur son amie.

— J'espère bien être dévergondée avec lui ce soir. Il est à moi.

Elle agita un billet de dix dollars, cherchant manifestement à attirer l'attention du barman.

Je secouai la tête et regrettai chacune des fois où j'avais jugé Emerson pour son manque de pudeur. Comparée à ces deux-là, c'était une vraie sainte. Il était évident qu'elles parlaient de mon barman. *Attendez.* Depuis quand était-il devenu *mon* barman ? Je fis la grimace. D'après ce que j'avais entendu, il appartenait à toute la clientèle féminine qui franchissait les portes du *Mulvaney*.

Je me rappelai à moi-même que je n'allais certainement *pas* sortir avec quiconque ce soir... surtout pas un barman qui avait la réputation d'échanger son ADN avec toute la gent féminine de Dartford. Merci, mais non merci. Je n'arrivais pas à m'imaginer avec quelqu'un doté de si peu de discernement. J'avais des critères. Impossible pour moi d'envisager de fréquenter un type de ce genre, même dans le seul but d'acquérir une expérience dont j'avais cruellement besoin pour séduire Hunter.

C'est alors que je le vis.

Mon souffle se bloqua dans ma gorge. Il apparut devant les deux filles et posa les bras sur le comptoir. Je perçus sa voix grave et profonde par-dessus le bourdonnement de la salle.

— Qu'est-ce que je vous sers ?

Je restai bouche bée, incapable de cligner les yeux. J'avais une vue dégagée sur lui entre les deux filles. Je sentis mes oreilles rougir. Soudain, face à ce visage familier, je me revis, la veille au soir, sur la longue route isolée, avec la fumée âcre qui s'échappait de ma voiture et emplissait mes narines. Ces cheveux blonds coupés ras. Cette grande et mince silhouette qui s'était penchée sur mon moteur moins de vingt-quatre heures plus tôt. Maintenant que je le distinguais plus nettement, je constatai que je ne m'étais pas trompée. Il était canon. Une mâchoire forte, carrée. Des traits qui semblaient taillés dans la pierre. Des joues mal rasées et des yeux d'un bleu si perçant qu'ils évoquaient la couleur de l'argent.

Il semblait avoir quelques années de plus que moi. J'en étais plus sûre, maintenant. Sa façon de se tenir, de se comporter, dénotait une certaine expérience. Une intelligence. Il portait un tee-shirt en coton usé et le nom du bar s'étirait sur ses impressionnants pectoraux.

Je me demandai distraitement si son tee-shirt était aussi doux qu'il en avait l'air. Si son torse était aussi solide.

Les filles gloussaient maintenant comme des gamines. Bouche bée, elles aussi. J'avais l'impression que quelqu'un m'avait mis un coup de poing dans le ventre. Mon sauveur. Mon barman. Le tombeur du *Mulvaney*. Un seul et même homme.

— Qu'est-ce que je vous sers ? répéta-t-il.

— Qu'est-ce que tu nous conseilles ? demanda Gina en posant les coudes sur le bar pour mettre en valeur son décolleté.

Il débita la liste des différentes bières pression comme s'il avait fait ça des centaines de fois, ce qui était probablement le cas. Tout en parlant, il laissa son regard parcourir la salle pour jauger la foule.

— Hum. C'est laquelle, ta préférée ?

Il secoua la tête et les regarda.

— Écoutez, je reviens vous voir quand vous vous serez décidées. (Il tourna les yeux vers moi.) Qu'est-ce que je te sers ?

J'entrouvris la bouche, surprise qu'il s'adresse à moi après les avoir rembarrées aussi facilement. Alors qu'elles flirtaient avec lui, rien que ça.

Il plissa les yeux quand il me reconnut.

— Ah, c'est toi, fit-il avec un petit signe du menton. Salut. Comment va la voiture ?

Avant que j'aie pu répondre, Gina me foudroya du regard et se tourna de nouveau vers lui. Elle lui agita son billet au visage.

— Excuse-moi. On était là avant.

Il soupira et reporta son attention vers elles, un mélange d'agacement et d'ennui sur les traits.

— Alors commandez, j'attends.

La brune rejeta ses cheveux par-dessus son épaule.

— Laisse tomber. Le service est à chier ici. On va aller ailleurs.

Elles tournèrent les talons et s'éloignèrent.

Il ne les suivit même pas des yeux. Le regard rivé sur moi, il haussa une épaule et m'adressa un demi-sourire qui me fit fondre. Je m'approchai du bar en essayant de prendre un air assuré. Comme si j'étais une habituée des bars.

Il posa les mains sur le rebord du comptoir et se pencha légèrement en avant.

— Alors, qu'est-ce que je te sers ?

Son ton était définitivement plus amical que lorsqu'il s'était adressé aux deux filles, et mes joues me brûlèrent. C'était certainement parce qu'on se connaissait – si l'on veut –, mais je me sentais spéciale malgré tout. Hors du lot.

Je baissai les yeux pour observer ses bras et ses muscles. Un tatouage apparaissait sous la manche de son tee-shirt, descendait jusque sur son avant-bras bronzé et s'arrêtait au poignet. On aurait dit une sorte d'aile complexe recouverte de plumes. J'aurais voulu pousser plus loin mon observation, mais j'avais déjà conscience d'être en train de le reluquer et je n'avais même pas répondu à sa question.

— Euh... un pichet de Sam Adams.

Je savais qu'Emerson aimait la bière légère.

— Carte d'identité ?

— Oh.

Je fouillai mon sac à la recherche de la fausse carte qu'Emerson m'avait donnée pour la fois où elle m'avait traînée au *Freemont*.

Il jeta un coup d'œil dessus et revint sur mon visage. Un léger sourire flotta sur ses lèvres.

— Vingt-quatre ans ?

Je hochai la tête, mais la brûlure sur mes joues se transforma en froid glacial.

— Alors c'est que tu dois faire plus jeune que ton âge, dit-il sans attendre de réponse.

Il s'éloigna sans se départir de son petit sourire.

Je ne pus m'empêcher d'admirer son dos large et ses muscles qui gonflaient son tee-shirt. Il portait un jean usé et la vue de dos était presque aussi agréable que celle de devant. L'air de la salle me parut soudain excessivement chaud.

Il déposa le pichet ainsi qu'une pile de gobelets devant moi.

— Merci.

Je lui tendis un billet. Il s'en empara et se dirigea vers la caisse.

Je profitai de son absence pour chercher quelque chose à dire. Quelque chose de mignon et charmant. Quelque chose pour entamer une conversation. Je m'efforçai de ne pas me demander pourquoi. Et pourquoi l'idée de lui parler ne me révulsait soudain plus du tout. De flirter. *Flirter.*

Ma gorge se bloqua et cette perspective me fit paniquer. Comment faisait Emerson ? À la voir, la drague semblait si facile !

Il reparut avec ma monnaie.

— Merci, murmurai-je en la déposant dans le pot à pourboires.

— Prends soin de toi.

Je relevai les yeux, mais il avait déjà disparu pour s'occuper du prochain client. J'hésitai sans le quitter du regard. Puis je secouai la tête ; je ne devais pas le reluquer comme ça.

Je calai les gobelets sous mon bras, saisis le pichet à deux mains et m'enfonçai de nouveau dans la foule. Je n'avais pas fait deux mètres que quelqu'un me bousculait. Le pichet m'échappa des mains, rebondit sur les corps pressés autour de moi en projetant de la bière partout. Les clients poussèrent des cris en essayant en vain d'essuyer leurs vêtements.

— Désolée ! lançai-je face à leurs regards noirs.

De mon côté, j'avais réussi à ne pas me prendre une seule goutte.

Je ramassai le pichet en plastique par terre et mon téléphone se mit à vibrer dans ma poche.

Je le sortis pour lire le message.

EMERSON : *On a trouvé une table. Toujours au bar ? Tu le vois ?*

Je levai les yeux au ciel, calai le pichet vide sous mon bras et lui répondis : *Oui, et oui.*

Je poussai un soupir et retournai au bar, sur lequel je posai le pichet. Je le cherchai du regard. Il servait des clients un peu plus loin et tendait l'oreille pour entendre la commande. J'attendis qu'il croise mon regard. Il m'adressa un petit signe de reconnaissance, que je lui rendis.

Mon téléphone vibra de nouveau dans ma main.

EMERSON : *C long, y a intérêt que ce soit pour de bonnes raisons.*

Je ricanai et m'apprêtai à lui répondre quand il arriva devant moi. Il désigna le pichet d'un signe du menton.

— C'était rapide.

— Ouais…

Je rangeai hâtivement mon téléphone, comme si je craignais qu'il puisse voir le contenu de mes messages. Je lui adressai un sourire pâle.

— Je n'ai même pas fait trois pas.

— Ah.

Il me signifia qu'il avait compris et posa de nouveau ses mains sur le bord du bar, ce qui tendit le tissu de son tee-shirt sur ses épaules.

— Je vais te confier un secret. Les gentilles filles se font manger tout cru dans des endroits comme ça.

Je le dévisageai un long moment en étudiant le sens de ses mots. Je m'humectai les lèvres et puisai au fond de moi dans ce qu'il me restait d'instincts féminins.

— Je ne suis peut-être pas si gentille que ça.

Il lâcha un rire, un son bref et profond qui résonna à travers moi. Je sentis mes joues rougir. Je tentai un sourire hésitant, ne sachant comment prendre sa réaction.

— Ma belle, tu as « gentille fille » écrit en gros sur le front.

Le « ma belle » faillit me faire flancher. Puis le reste pénétra mon cerveau. « Tu as “gentille fille” écrit en gros sur le front. » Je fronçai les sourcils. Ce n'étaient pas les gentilles filles qui plaisaient. L'ex-petite amie de Hunter traversa mes pensées. Sexy, avec des cheveux blonds et brillants, elle portait des vêtements de créateurs qui mettaient son corps en valeur. Sophistiquée. Pas du tout le genre *girl next door*. Comme moi.

— Tu serais surpris, dis-je au bluff.

— Ouais. (Il hocha la tête en me parcourant du regard et, soudain, je regrettai de porter mon pull informe.) J'en doute pas.

Je serrai les lèvres pour m'empêcher de répliquer. Il me prenait pour une gentille fille à cause de mon apparence. Je n'allais pas le faire changer d'avis avec des mots. C'était le genre de chose qui se prouvait.

Il plia le bras et tapota son coude.

— Joue des coudes pour traverser la foule.

Il s'éloigna pour remplir de nouveau le pichet, qu'il déposa devant moi. Je cherchai de la monnaie dans mon sac minuscule suspendu en bandoulière.

Il balaya l'air de sa main.

— T'en fais pas pour ça.

— Vraiment ? Merci.

Il pointa la salle du doigt.

— Mais n'oublie pas de jouer des coudes, gentille fille.

Sur cette repartie, il s'approcha du client suivant. Je restai là un moment à le regarder, en me repassant mentalement notre échange. « Gentille fille » résonnait dans ma tête. Formidable. Voilà ce qu'il pensait de moi. Pas de nom. Juste ça.

Quelqu'un me poussa pour que je libère le passage. Je pivotai et suivis le conseil du barman en distribuant quelques coups de coude. Je récoltai quelques regards mauvais, mais dans l'ensemble, la technique fonctionnait.

— Pepper ! Ici ! lança Emerson qui agitait furieusement ses bras dans ma direction.

Deux types occupaient déjà la table. Quelque chose me disait qu'ils étaient là les premiers, car un pichet à moitié vide trônait au milieu. Emerson et Georgia buvaient un verre, sans aucun doute offert par leurs voisins.

— Les gars, voici Pepper, déclara-t-elle en donnant un coup dans le bras du type à côté d'elle. Troy, sois un gentleman, laisse-lui une place.

— C'est Travis, corrigea-t-il en se levant pour me céder son siège.

Je m'installai et déposai mon pichet à côté de l'autre.

— Alors ? demanda Emerson en se rapprochant. Il est canon ?

Je me servis un verre et j'avalai une grande gorgée. J'avais soudain besoin d'un remontant, même si je n'étais pas fan de cette boisson. Je repris mon souffle avant de répondre.

— Il est canon.

— Tu lui as parlé ?

Je haussai une épaule. Pour une raison inconnue, je décidai de garder pour moi notre rencontre de la veille. Ça risquerait de m'obliger à préciser qu'il venait juste de me qualifier de « gentille fille ». Cette pensée m'arracha une nouvelle grimace. Il aurait tout aussi bien pu m'appeler « l'Indésirable » ou « la Lépreuse ».

— J'ai commandé de la bière, leur dis-je.

— Hum, c'est tout ? Bon, heureusement qu'il y a d'autres poissons dans l'océan, dit-elle avec un geste circulaire de la main. On te trouvera quelqu'un pour affiner tes techniques de drague.

Je balayai la foule du regard, y compris les deux garçons à notre table. Celui qui m'avait laissé sa place s'était accroupi sur un casque de moto. Il regardait Emerson d'un air absorbé comme s'il participait à la conversation.

De son côté, son copain faisait tout son possible pour impressionner Georgia. On ne pouvait pas faire effort plus désespéré. Elle avait dû lui dire qu'elle avait un petit copain. Georgia était comme ça : elle n'aimait pas donner de faux espoirs aux mecs.

— Vous cherchez à affiner vos techniques de drague ? répéta Travis. Je peux vous aider.

— Tout doux, mon petit, dit Emerson en lui tapotant le bras, et le sous-entendu était clair : « Tu n'es pas ce qu'on recherche. »

— Je ne parlais pas de moi. Je parlais du club coquin du campus.

— Le club coquin ? fis-je en clignant les yeux.

— Oui. Tout le monde en parle.

— Oh là, attends un peu. Tu as bien dit « club coquin » ? (Emerson leva une main.) Impossible que tout le monde en parle : moi, je n'en ai jamais entendu parler.

— C'est uniquement sur invitation. Les membres sont peu nombreux et triés sur le volet.

Elle pencha la tête et lui jeta un regard entendu.

— Encore une fois, jamais entendu parler.

Je souris. Emerson me jeta un regard vif. Je couvris ma bouche à la hâte pour cacher mon amusement. Elle était manifestement vexée de n'entendre parler de cette histoire que maintenant.

— C'est quoi, un club coquin ? demanda Georgia, et son accent de l'Alabama donna aux mots une curieuse sonorité.

— Tu sais bien, répondit le copain de Travis. Tout est dans le titre. Un club pour les gens qui aiment sortir des sentiers battus et expérimenter de nouvelles choses, tu vois ?

— Des gens qui aiment sortir des sentiers battus, répétai-je dans un murmure en observant les visages autour de la table. Ça n'est pas beaucoup plus clair.

Surtout quand je n'étais même pas sûre de ce qu'il y avait sur les sentiers battus.

— La fille dans l'appartement en face du mien est membre, ajouta Travis. Elle m'en a parlé.

— Ah oui ? (Les yeux d'Emerson pétillaient de curiosité.) C'est quoi, son truc ?

Travis nous regarda toutes les trois.

— Oh, ce serait vous trois.

— Elle est gay ? (Emerson ne paraissait pas impressionnée.) Je ne vois pas en quoi ça sort des sentiers battus.

— J'ai dit que ce serait *vous trois.*

Nous gardâmes nos yeux fixés sur lui un long moment. Puis Emerson lâcha un « aaah » et Georgia hocha la tête pour signifier qu'elle avait compris. Je restai figée.

Travis rit en voyant mon expression.

— Genre vous trois... *ensemble.* En même temps.

— Oh.

Je rougis aussitôt et Travis rit de nouveau.

— Ton expression n'a pas de prix.

— Le club coquin, hein, fit Emerson en me regardant d'un air songeur. Tu apprendrais effectivement deux ou trois choses si tu allais...

— Laisse tomber, la coupai-je. C'est une chose de flirter innocemment avec un barman et...

Soudain gênée, mon regard dériva vers nos deux voisins qui écoutaient attentivement. Je poursuivis malgré tout.

— ... Et envisager de faire certaines choses. Ce n'est pas la peine de tomber dans la débauche.

Travis donna un coup sur la table et éclata de rire une nouvelle fois. Il agita la main vers moi.

— Où est-ce que vous l'avez trouvée, celle-là ? C'est comme si elle portait une pancarte « Jamais couché » !

— Oh, et toi, si ? rétorqua sèchement Georgia.

Emerson donna un coup de pied dans le casque sur lequel Travis était assis et il s'effondra par terre. D'un geste du menton, elle désigna la salle.

— Va voir ailleurs.

Travis se releva et épousseta ses vêtements.

— Désolé. Je plaisantais. (Il se tourna vers son copain.) Viens, mec.

Tous deux disparurent dans la masse. Nous restâmes un instant silencieuses.

— N'écoute pas ce crétin, murmura finalement Emerson.

Je haussai les épaules, comme si je n'étais pas touchée. Sérieusement, qu'est-ce que ça pouvait bien me faire, ce qu'un blaireau pensait de moi ? Même si ce jugement faisait écho à l'opinion que le barman avait de moi. « Gentille fille » et « Jamais couché » semblaient aller de pair, après tout.

Honnêtement, ça ne me dérangeait pas d'être encore vierge. Ce qui me dérangeait en revanche, c'était d'être invisible aux yeux du sexe opposé. Et dans ces conditions, comment espérer me faire remarquer un jour par Hunter ?

Je bus une gorgée de mon gobelet en jetant un œil à la foule. La salle était remplie de jolies filles, qui riaient, parlaient, secouaient leurs cheveux avec des mouvements fluides et délicats. Jamais je ne m'étais sentie aussi peu à ma place, aussi éloignée de mon univers, que dans cet endroit. N'importe laquelle de ces filles aurait plus de chance avec Hunter que moi. Tout ça parce qu'elles n'avaient pas peur d'aller au bout de leurs envies. Tout ça parce qu'elles savaient comment s'exprimer, comment agir, comment *se comporter* en compagnie d'un garçon. Et elles n'avaient pas besoin d'un club coquin pour les éduquer. Elles improvisaient et je devais en être capable, moi aussi.

Je reportai mon regard sur mes amies, résolue.

— C'est d'accord.

Emerson pencha la tête.

— D'accord… pour quoi ?

— Je vais le faire, déclarai-je. Je vais écouter tous vos conseils. Je vais flirter et porter toutes les tenues que vous me choisirez.

Emerson se redressa, alerte.

— T'es sérieuse ?

Georgia semblait hésitante.

— Tu es sûre, Pepper ?

Je hochai la tête et bus une nouvelle gorgée, dont l'amertume m'arracha une grimace.

— Oui. Je veux apprendre les jeux de la séduction.

J'en avais *besoin.*

Emerson frappa dans ses mains et étudia la salle.

— Génial ! Très bien. Voyons voir. Qui est-ce que…

— Non. (Je levai un doigt.) Si je fais ça, ce n'est pas pour finir avec un type bourré qui ne saura probablement pas mieux embrasser que moi. (Je les regardai dans les yeux.) Comme on a dit tout à l'heure, je veux quelqu'un qui s'y connaît.

Je pris une profonde inspiration, une seule image à l'esprit.

— Je veux le barman.

Emerson sourit lentement, et hocha la tête pour approuver.

— Alors c'est dit. Ce sera le barman.

4

Il ne se passa rien ce soir-là.

C'est une chose de se lancer pour défi de séduire un mec, et c'en est une autre de prendre son courage à deux mains et d'y aller franco. Je l'avais déjà vu repousser deux filles qui s'étaient jetées sur lui. À l'évidence, il avait plus de discernement que la rumeur le laissait entendre. Je ne voulais pas être rembarrée. Car une fois rejetée, je n'aurais plus la moindre chance avec lui, et pour une raison étrange, c'était sur lui que j'avais jeté mon dévolu. Peut-être parce qu'il m'avait apporté son aide l'autre soir. Qui ne craquait pas pour le chevalier en armure étincelante ? Ou peut-être parce qu'il m'avait qualifiée de « gentille fille » et que j'avais décidé de ne pas en être une. Peut-être que j'avais envie de lui faire ravaler ses paroles.

Nous nous mîmes d'accord pour en rester là et pour revenir armées d'un plan. Ou du moins, d'une tenue plus adéquate.

Je réussis à me lever à l'heure pour mon cours. Les légers ronflements d'Emerson qui me parvenaient depuis la pièce voisine indiquaient qu'elle ne serait pas à l'heure pour le sien. Notre sérieuse Georgia, elle, était déjà partie.

Tout en traversant le campus, je profitai du spectacle qu'offraient les feuilles colorées et de la petite morsure de l'air frais de la Nouvelle-Angleterre. Nous entamions à peine l'automne et déjà flamboyaient toutes les nuances de rouge, de jaune et d'orangé. Il faisait presque plus froid que la veille. À mon retour de Pennsylvanie pour Thanksgiving, j'allais devoir ramener des pulls supplémentaires.

J'assistai à mon cours de botanique et pris des notes sur les feuillets que le prof nous avait distribués au début du semestre. Puis je ramassai rapidement mes affaires et tentai de devancer la foule à la sortie.

Je me rendis chez *Java Hut*. Je prenais généralement un latté avant les cours, mais ce matin, je n'avais pas eu le temps. Je mourais d'envie d'un bon coup de fouet de caféine. J'entrai et je m'insérai dans la file. Deux filles apparurent, vêtues de la panoplie de leur sororité – pulls et pantalons en velours assortis –, et se mirent à discuter bruyamment de leurs projets pour le week-end.

Mon téléphone se mit à vibrer dans mon sac.

EMERSON : *Un grand latté caramel bien chaud pour moi STP !*

Manifestement, elle était levée. Je lui répondis en souriant.

MOI : *Qu'est-ce que j'ai en échange ?*

EMERSON : *Je v te rendre tellement sexy que t'arriveras même plus à te débarrasser 2 ton barman canon.*

Je ris sous cape.

MOI : *Pourquoi ça me fait plus peur qu'autre chose ??*

EMERSON : *Parce que t'as peur d'être belle et d'obtenir ce que tu veux.*

MOI : *C'est faux.*

EMERSON : *Que non.*

— Salut, Pepper !

Les mots furent accompagnés d'un léger baiser sur ma joue.

Je fis volte-face et mon regard se heurta à l'objet de mes désirs refoulés. Mon cœur se serra dans ma poitrine.

— Salut, Hunter.

Quel était ce piaillement essoufflé qui était sorti de ma bouche et où était passée ma voix ? Je balayai son corps du regard. Ses cheveux châtains, soigneusement arrangés pour paraître ébouriffés. Ses doux yeux bruns. Ses fossettes.

Il me serra dans ses bras. Une étreinte chaleureuse et fraternelle. Comme d'habitude. Puis il recula et désigna mon téléphone d'un geste du menton.

— Tu lis quelque chose de drôle ?

Je rangeai mon téléphone dans ma poche.

— Non, seulement un message d'Emerson.

— Ah. (Il me serra affectueusement le bras.) Comment ça va ?

— Bien.

Je hochai la tête avec un peu trop d'empressement et je sentis mes joues rougir. C'était toujours comme ça avec lui. Gênant. Enfin, c'était *moi* qui étais embarrassée. Lui était toujours posé, décontracté, à l'aise, tandis que je me transformais en gamine de douze ans à la fois admirative et terrorisée, malgré la gentillesse dont il faisait toujours preuve avec moi.

Il m'observa un long moment avant que j'ajoute :

— Et toi ? Dernière année ?

Je résistai à l'envie de fermer les yeux, au supplice. Apparemment, je n'arrivais pas à formuler des phrases complètes avec lui.

— Oui. Je me suis occupé de mes candidatures. J'ai réduit la liste de mes premiers choix.

— Waouh. C'est super, Hunter.

— J'espère seulement que je vais être admis quelque part, tu vois ?

— Oh, je suis sûre que oui, l'assurai-je avec enthousiasme.

Il me fit signe d'avancer dans la file. Les filles de la sororité étaient en train de passer commande.

Il haussa les épaules.

— La concurrence est rude, et les places sont limitées dans chaque programme. Si ça se trouve, je vais finir par aller étudier la médecine en Uruguay.

Il éclata de rire et je l'imitai, persuadée qu'il plaisantait. Hunter avait terminé major de sa promotion. Dans mon esprit, il ne faisait pas le moindre doute qu'il serait admis dans toutes les écoles de médecine qu'il solliciterait.

— J'ai parlé à Lila hier.

— Ils sont déjà en train de répéter pour le spectacle de fin d'année.

Les mots montèrent dans ma gorge et, chose incroyable, réussirent à passer la barrière de mes lèvres.

— J'ai appris que Paige et toi aviez rompu.

— Oui, confirma-t-il en se frottant la nuque.

C'était peut-être la première fois que je le voyais mal à l'aise et je regrettai aussitôt d'avoir abordé le sujet.

— Qu'est-ce que je vous sers ? nous interrompit la caissière.

Je reportai mon attention sur la fille derrière le comptoir. J'avançai et commandai mes boissons. Puis elle tourna les yeux vers Hunter.

— Et vous ?

J'agitai la main.

— Oh, non, on n'est pas ensemble.

— C'est bon, Pepper, laisse-moi régler, dit-il en sortant son portefeuille. Je vais prendre un café torréfié.

— Merci, murmurai-je tandis que nous nous écartions pour attendre nos commandes.

Hunter désigna deux chaises libres.

— Tu veux t'asseoir ?

— Bien sûr.

Je m'installai et déposai mon sac à bandoulière par terre.

— À ce que je vois, ma sœur n'a pas perdu de temps pour répandre la nouvelle.

Je secouai la tête.

— Je suis désolée. Je ne voulais pas…

— Il n'y a aucun problème, Pepper. Je plaisantais. Tu fais partie de la famille. C'était évident que Lila allait te le dire. (Il fit une petite grimace.) À toi et au reste de l'hémisphère Nord.

« Partie de la famille. » *Fabuleux.* Il me voyait comme une deuxième sœur. On nous appela pour nos boissons ; il me devança, accéda au bar en deux enjambées et revint avec nos trois gobelets.

— J'imagine que tu ne peux pas rester, fit-il remarquer en se rasseyant. La boisson de ton amie va refroidir.

— Je l'ai demandée bouillante et il y a un couvercle. Ça peut attendre.

Et Emerson serait ravie de sacrifier son latté pour que je passe un moment en tête à tête avec Hunter.

— Pour en revenir à Paige… On a décidé de fréquenter d'autres personnes. Je vais commencer l'école de médecine et il lui reste une année à passer ici. C'était une question de logique. Tu vois, l'idée de vivre sans elle… ça ne me semblait pas si terrible. Et c'est la question que je me suis posée. Est-ce que je peux faire ma vie sans elle ? (Il haussa les épaules.) Et il me semble que oui.

— Je n'ai jamais entendu les choses présentées comme ça.

Il fit la grimace.

— Oui, ça doit paraître un peu dur.

— Non, le rassurai-je promptement. Je trouve ça honnête. Pour vous deux.

Il approuva d'un signe de tête et but une gorgée de son gobelet.

— Alors comme ça, repris-je en espérant que ma manœuvre ne semblerait pas trop évidente, tu n'es pas pour les relations longue distance ?

Il me restait encore deux années après celle-ci, après tout, en supposant que tout se passe comme prévu. J'espérais que la fille qu'il lui fallait – moi – saurait le convaincre qu'une relation à distance pouvait en valoir la peine.

— Oh si, je pourrais. Enfin, je n'y suis pas opposé. Ça n'a pas joué dans la rupture.

Je souris, soulagée qu'il n'ait pas saisi le sous-entendu de ma question. Soulagée qu'il n'ait pas compris que je piochais des renseignements pour moi-même.

Il me rendit l'un de ses sourires désarmants. Je pense que c'était son sourire que je préférais chez lui. Toutes ces qualités auraient pu le rendre arrogant ou imbu de lui-même, mais il était tellement bon !

— Mais pour que ça arrive, il faudra que ce soit la bonne. Que ce soit... spécial. Tu vois ?

Je hochai bêtement la tête, la poitrine comprimée. Une vague d'espoir monta en moi, l'espoir qu'un jour il ouvrirait les yeux et me verrait comme quelqu'un de spécial.

— Bien sûr. (Je m'appliquai à siroter mon latté chaud.) Je comprends très bien.

Il s'adossa à sa chaise.

— Assez parlé de moi. Et toi ? Tu vois quelqu'un ? (Il me lança un clin d'œil.) Quelqu'un sur qui tu veux que je me renseigne, histoire de m'assurer qu'il te traitera bien ?

Mon visage s'échauffa ; je baissai les yeux sur mon gobelet et jouai avec le couvercle.

— Tu n'as pas à faire ça.

Je ne savais pas si c'était une bonne ou une mauvaise chose qu'il adopte un rôle protecteur avec moi. Ce serait une bonne chose si ses raisons étaient plus égoïstes qu'altruistes. Malheureusement, il avait toujours veillé sur moi comme il veillait sur sa sœur. C'était adorable, mais ça ne faisait que démontrer l'intérêt purement platonique qu'il me portait. J'avais envie – *besoin* – qu'il me regarde comme une fille en chair et en os... une fille qu'il protégerait parce qu'il la voudrait pour lui tout seul.

— Et de toute façon, il n'y a personne, ajoutai-je.

— OK. Eh bien, quand tu rencontreras quelqu'un, assure-toi bien qu'il te traite correctement, Pepper. Tu le mérites.

Son regard s'adoucit, mais pas pour les bonnes raisons. Son regard de velours ne s'adoucissait pas parce qu'il était submergé de tendresse pour moi, qui étais assise juste devant lui.

Non. En me regardant, il voyait une gamine de douze ans. Et l'enfer qu'était mon monde – mon passé. Un père décédé. Une mère dans la nature. Mon enfance passée avec ma grand-mère dans sa communauté de retraités était à mille lieues de sa vie idyllique. Je lui inspirais de la pitié.

— Bon, je vais peut-être apporter sa boisson à Emerson, dis-je, la gorge soudain serrée.

Je me levai, passai mon sac en travers de mes épaules et récupérai les gobelets sur la table. Il m'accompagna à la porte, qu'il me tint poliment.

Puis il sortit après moi, m'étreignit brièvement en faisant attention aux boissons.

— C'était sympa de te voir. À plus, Pepper.

— Oui, à plus.

Mon sourire disparut dès qu'il se fut retourné. Je le regardai s'éloigner jusqu'à ce qu'il se mêle à la foule d'étudiants.

Je restai plantée là, où je bloquais l'accès au café, jusqu'à ce que son dos ait disparu.

Toutes les émotions et tout le désespoir que j'avais éprouvés la veille affluèrent de nouveau. Plus aiguisés que jamais. Je savais ce qu'il me restait à faire. Si je voulais l'amener à me voir différemment, la pitié en moins, il fallait que je *sois* différente.

5

— Le voilà, déclara Emerson avant de secouer la tête. Je n'arrive pas à croire que je te l'ai laissé. Il est tellement sexy !

Elle me donna un petit coup de coude pour m'encourager et agita un de ses sourcils bien taillés.

— Tu as intérêt à en profiter où je m'occuperai de ton cas. Interdiction de reculer.

J'étais à plusieurs mètres du bar, à moitié dissimulée derrière Emerson, d'où je pouvais observer le barman sans être vue. Je ne me laissai pas décontenancer par ses paroles.

— Tu sais, il y a une donnée qu'il ne faudrait pas oublier de prendre en compte, c'est celle de son intérêt, ou plutôt de son MANQUE d'intérêt pour moi.

— Tu plaisantes, j'espère ? Tu es superbe ce soir. Mieux que la plupart de ces filles qui en font des caisses et qui viennent ici uniquement pour se pavaner devant lui. Tu as quelque chose qu'elles n'ont pas.

— Ah oui ?

Elle confirma.

— Oui. Tu as… (Elle marqua une pause pour chercher le bon mot.) … La fraîcheur.

Je grimaçai, car c'était un peu comme si elle venait de me traiter de « gentille fille ». Impossible d'échapper à ce surnom, apparemment.

Le barman (il fallait vraiment que j'apprenne son prénom) portait un autre tee-shirt aux couleurs du *Mulvaney*, en coton gris avec des lettres bleues, qui semblait doux au toucher. Une image me sauta à l'esprit : moi-même vêtue de ce tee-shirt et rien d'autre, enveloppée de son parfum. Enveloppée de tout son être. Je pris une inspiration et secouai la tête pour chasser cette image. Toutes les filles qui l'approchaient avaient probablement le même fantasme – ainsi que d'autres que je n'avais pas besoin de visualiser. Décidément, je me sentais encore plus quelconque. Il fallait que je trouve le moyen de me démarquer des autres, et je n'étais pas convaincue que ma *fraîcheur* suffirait.

Il était aussi beau que d'habitude. Encore plus, même. Un corps fait pour le péché et un visage trop masculin pour être qualifié de « beau », mais qui me faisait un sacré effet. Il me rendait molle et tremblante.

— Interdiction de reculer, répétai-je.

Ma résolution ne vacillait pas et m'empêchait de tourner les talons pour m'enfuir.

Il n'y avait que nous deux, ce soir. Georgia passait la soirée avec Harris.

— Bon, reprit Em. Je pense qu'on a fait suffisamment de repérages. On y va.

Une vague de panique monta en moi.

— C'est bondé...

— C'est bondé tous les soirs. À moins que tu veuilles venir lui tourner autour un lundi... si seulement il travaille ce jour-là.

Je secouai la tête. Non. Fini de repousser le moment.

— Allons-y. Tu devrais te sentir bien, tu es très belle.

Je baissai les yeux sur ma tenue. Le jean que je portais appartenait à Georgia. Il était trop serré, mais Emerson avait dit que c'était là tout l'intérêt. « Tu as des courbes parfaites. Montre-les. » Le corsage de style bohémien, orné de petits volants de diverses nuances de jaune et orange, était également à Georgia. Emerson m'avait juré qu'il allait à la perfection avec mes cheveux. Avec son col évasé, chaque fois que je le remontais sur une épaule, il glissait sur l'autre. Là encore, c'était le but, d'après Emerson.

Nous commençâmes à nous approcher du bar et Emerson me poussa devant elle. Seules trois personnes travaillaient au comptoir, et nous nous assurâmes d'approcher le bon côté.

Je le vis remplir un pichet et j'en profitai pour admirer l'ondulation de ses muscles. Il releva les yeux pour observer la foule, comme je l'avais déjà vu faire l'autre soir. Il évaluait la clientèle. Peut-être pour rester à l'affût de troubles éventuels ? Ses yeux bleu pâle passèrent brièvement sur moi avant de revenir.

Il m'adressa un sourire en coin.

— Hé, mais c'est ma gentille fille. Comment ça va ?

— Gentille fille ? siffla Emerson à mon oreille. Bon, s'il t'a déjà trouvé un surnom, c'est que tu ne m'as pas tout dit !

Je lui donnai un coup de coude, pas certaine de savoir comment réagir. Je souris.

— Salut.

Il tendit le pichet au client, récupéra l'argent et se tourna vers moi.

— Qu'est-ce que tu bois ?

Je commandai deux bières. Il jeta un regard à Emerson.

— Pièce d'identité ?

Elle fouilla dans son sac et sortit sa fausse carte. Quand je relevai les yeux, je surpris le regard du barman sur moi. Il le détourna aussitôt et jeta un bref coup d'œil à la carte avant de se pencher pour nous servir nos verres.

— Canon, murmura Emerson près de mon oreille. Et il te matait. Tu as vu ça ?

Je secouai la tête, pas convaincue, mais mon cœur donna un grand coup dans ma poitrine.

— Glisse-lui ton numéro.

Je tournai vivement les yeux vers elle.

— Quoi ? Comme ça ?

— Eh bien, tu sauras à sa réaction s'il est intéressé. Peut-être qu'il t'appellera, peut-être pas. Quoi qu'il en soit, soit tu lances le mouvement, soit tu passes à quelqu'un de plus réceptif.

Je me mordis la lèvre, songeuse. Le seul problème, c'est que j'avais déjà décidé que ce serait lui, mon cobaye, et personne d'autre. S'il n'était pas réceptif, je ne me sentais pas de chercher quelqu'un d'autre. Je n'en avais pas *envie*. Et où cela me mènerait-il ?

Emerson poussa un soupir en fouillant dans son sac.

— Qu'est-ce que tu fais ? demandai-je en regardant dans la direction du barman, qui revenait vers nous.

Elle secoua la tête, sortit un eye-liner, piocha une serviette en papier sur une pile posée sur le bar. En quelques secondes, elle griffonna mon nom et mon numéro.

J'écarquillai les yeux.

— Non, arrête !

Je tendis la main vers elle, mais elle se détourna, se hissa sur la pointe des pieds et tendit le bras.

— Tiens ! lança-t-elle tout juste quand je lui saisis le poignet.

— Emerson, non !

Trop tard. Je vis de longs doigts masculins s'emparer de la serviette. Je les suivis des yeux jusqu'au barman qui déposa nos deux bières d'une seule main. Un filet de bile remonta dans ma gorge.

J'entendis la voix d'Emerson à côté de moi qui me parvenait de très loin.

— C'est son numéro, à *elle*.

Elle. Moi. La fille au visage plus rouge qu'une tomate.

Son regard passa de la serviette à moi. Ses yeux d'un bleu argenté se fixèrent sur les miens. Il agita la serviette dans ma direction.

— Tu veux que j'aie ton numéro ?

Il attendit, le visage impassible. La balle était dans mon camp. Il me demandait ce que je voulais, sans me donner la moindre indication sur son désir à lui d'avoir mon numéro.

— Euh, n… oui, bredouillai-je. Comme tu veux.

Minable. J'avais l'impression d'avoir treize ans. Mon visage me brûlait.

— Oui, elle veut que tu l'aies, insista Emerson à côté de moi.

Mon visage s'échauffa encore plus, du moins si c'était possible. Il se pencha en avant et posa les coudes sur le bar, le regard rivé intensément sur moi.

— C'est *toi* qui me donnes ça ?

Apparemment, « comme tu veux » ne s'était pas imprimé dans son cerveau.

L'air cessa d'entrer et de sortir de mes poumons. Je me sentis hocher bêtement la tête. Emerson me donna un coup de coude discret. Un « oui » parvint à trouver le chemin de mes lèvres.

Il se redressa. Sans rien ajouter, il glissa la serviette dans sa poche, s'empara de l'argent que lui tendait Emerson pour nos boissons et se tourna vers un autre client.

Emerson me prit par le bras et m'entraîna à l'écart. Je risquai un dernier coup d'œil au bar et le cherchai parmi la multitude de têtes qui oscillaient devant le comptoir. Je le repérai. Il servait d'autres pichets. Mais il ne regardait pas ce qu'il faisait. Il me regardait, moi.

— Il a tellement envie de toi !

Je jetai un regard noir à Emerson en buvant une gorgée de ma bière. J'étais si contrariée que j'en avais presque oublié que le goût me déplaisait.

— Je n'arrive pas à croire que tu m'aies humiliée comme ça.

Je tournai délibérément les yeux vers elle pour m'empêcher de lorgner du côté du bar.

— Il fallait bien faire quelque chose. Il ne se serait rien passé si tu t'étais contentée de commander, payer et partir !

Je fronçai les sourcils et appuyai ma hanche contre une table de billard. Je refusai d'admettre qu'elle marquait un point. Ou qu'il allait peut-être m'appeler, maintenant. Il avait rangé mon numéro dans sa poche, après tout. Avait-il seulement agi par politesse ? Pour éviter de me faire de la peine ? Peut-être qu'il l'avait déjà jeté.

— Seigneur...

Je me frottai le milieu du front où une douleur sourde venait d'apparaître.

Elle me tapota le dos.

— Je sais. C'est dur d'être une fille qui sort la tête de son trou et adresse la parole à des mecs sexy.

Le type à côté d'Emerson lui donna un petit coup de coude.

— Hé, beauté, c'est ton tour.

Emerson se tourna, positionna sa queue et se prépara à jouer. Elle se pencha sur la table, les fesses tendues, attirant les regards appréciateurs des deux garçons qui nous avaient invitées à disputer une partie avec eux.

La bille tomba dans le trou.

— Joli !

Ryan – ou Bryan ? – lui tapa dans la main et colla ses doigts aux siens un peu plus longtemps que nécessaire. Le geste ne sembla pas déplaire à Emerson. Il était mignon. Je savais, à sa façon de relever la tête quand elle riait, qu'elle était du même avis.

Malheureusement, son copain semblait intéressé par moi et il n'était pas à mon goût. Peut-être qu'il était mignon, mais je pensais simplement à quelqu'un d'autre. Il n'y avait qu'un seul mec qui avait retenu mon attention, et je venais tout juste de me ridiculiser devant lui. Je lui avais carrément répondu « comme tu veux » quand il m'avait demandé si je voulais lui donner mon numéro ! On était loin de la femme pleine d'assurance que j'aspirais à devenir. J'avais tout intérêt à arrêter les frais et à rentrer me coucher.

— Tu es sûre que tu ne veux pas jouer ?

Il me tendit une queue. J'essayai de le regarder avec l'esprit ouvert. Après tout, mon numéro de téléphone était peut-être au fond d'une poubelle à cet instant. Que ça me plaise ou non, j'allais probablement devoir envisager d'autres possibilités pour obtenir l'expérience qu'il me fallait. Un goût amer m'emplit la bouche. Plus facile à dire qu'à faire. Pour une quelconque raison, le barman était le seul garçon que je pouvais envisager d'embrasser sans avoir la nausée.

Le type devant moi n'était *pas vilain*. Un petit peu grassouillet du ventre, sûrement à cause de la bière et des burritos. Mais il avait toujours la jeunesse de son côté, et de jolis traits symétriques. J'étais prête à parier qu'il aurait trente kilos en trop dans dix ans, mais pour l'instant, ça allait encore.

— Non, merci. Et puis vous avez déjà commencé, de toute façon.

Il sourit, mais il semblait déçu.

L'heure suivante, je restai assise sur un tabouret à regarder Emerson et Ryan/Bryan se rapprocher, rire et parler, se toucher à la moindre occasion. J'échangeais des banalités avec son copain. Il restait près de moi même quand il jouait, sans cesser de boire et de parler. J'espérais qu'il ne conduisait pas pour rentrer.

La foule commença à diminuer vers 23 heures.

— C'est les soirées des fraternités ce soir, expliqua Scott – j'avais fini par apprendre son nom – quand je demandai tout haut pourquoi les lieux se vidaient si tôt.

Je hochai la tête, et je ne pus m'empêcher de couler un regard vers le bar. Impossible de résister. Avec la foule moins nombreuse, j'avais une vue plus dégagée.

Seul un barman travaillait au comptoir, et ce n'était pas lui. Je ne voyais le mien nulle part. Était-ce l'heure de sa pause ? Ou bien avait-il fini plus tôt ? Si c'était le cas, il aurait pu venir me parler. S'il en avait eu envie. J'étais désormais convaincue que la serviette avec mon numéro était froissée en boule par terre. Des larmes idiotes me brûlèrent les paupières. Je clignai frénétiquement les yeux.

Je pris une inspiration et je me sommai à moi-même de mettre un terme à cette obsession. Il n'était pas l'objectif final, après tout. C'était Hunter. Je pouvais toujours trouver ailleurs quelqu'un pour m'aider à acquérir de l'expérience.

— Je peux t'offrir un autre verre ? demanda Scott en suivant mon regard.

Je reportai mon attention sur la table de billard. Ryan/Bryan s'était intimement collé contre Emerson pour lui apprendre un coup. Je levai les yeux au ciel.

— Non, ça va, merci.

— Ça vous dirait qu'on sorte d'ici ? proposa Ryan/Bryan en regardant d'abord Emerson, puis Scott et moi.

Puis de nouveau Emerson.

S'en aller ensemble tous les quatre ? Je voyais déjà où ça allait nous mener. Emerson qui prendrait du bon temps dans une chambre quelque part avec Ryan/Bryan, et moi, coincée avec Scott. Non, merci.

Emerson et moi échangeâmes un regard silencieux. Elle m'adressa un imperceptible signe de tête quand elle comprit que j'étais d'accord pour partir, mais pas avec eux. C'était ce que j'aimais bien chez Emerson. Elle avait beau se laisser guider par sa libido la plupart du temps, elle faisait toujours passer notre amitié en premier.

Je me levai de mon tabouret.

— Je dois aller aux toilettes.

Avec un peu d'espoir, ça lui laisserait le temps de conclure avec son mec et d'échanger leurs numéros. Ou pas. Avec Emerson, on ne savait jamais. Des fois, je la croyais vraiment éprise d'un type, et puis elle le laissait tomber sans raison apparente. Une fois, elle avait largué un mec parce qu'il avait demandé un *doggy bag* à la fin de leur dîner. Elle prétendait qu'il était bien trop à l'aise avec elle pour se permettre ce genre de chose. À mon avis, elle se fichait bien d'être la seule à trouver ça parfaitement logique. Personnellement, je pense qu'elle était trop effrayée à l'idée que les choses deviennent sérieuses avec un garçon, mais qu'est-ce que j'en savais ? Je n'en avais embrassé qu'un seul dans ma vie.

Je traversai la pièce vers le couloir étroit qui menait aux toilettes. Il n'y avait qu'une cabine, et d'habitude, c'était la queue, mais pas ce soir. Une fois à l'intérieur, je poussai le loquet. Puis je me tournai, et mon reflet dans le miroir m'arracha une grimace. Comme toujours, mes cheveux étaient hors de contrôle. J'essayai d'arranger mes boucles rousses. Il était peut-être temps d'aller chez le coiffeur, de faire un dégradé ou je ne sais quoi.

Quelques instants plus tard, je finis de me laver les mains avant de pousser l'épaisse porte en chêne. Je repérai aussitôt Scott qui patientait à l'extérieur. Je crus tout d'abord qu'il faisait la queue pour les toilettes, mais à la manière dont il me regarda, je compris qu'il m'attendait.

— Coucou, fit-il en s'écartant du mur.

— Coucou, murmurai-je en remontant le couloir étroit, déplorant le manque de lumière.

L'espace sombre rendait la situation trop intime.

Il m'emboîta le pas.

— Pourquoi vous ne viendriez pas chez nous, Em et toi ?

Je secouai la tête.

— Je dois me lever tôt.

C'était faux, évidemment. Je ne commençai pas avant 11 heures à la garderie, mais il n'avait pas besoin de le savoir.

— Oh, allez.

Il se rapprocha.

Mon dos heurta le mur, et les photos encadrées et plaques d'immatriculation accrochées là.

Je plaçai les mains devant moi en le voyant s'approcher encore.

— Euh, qu'est-ce que…

Il planta ses lèvres sur les miennes.

Sa langue revêche força le passage de mes lèvres et je fus prise d'un haut-le-cœur. Je ne savais pas s'il était seulement trop à fond dans son baiser et qu'il ne se rendait pas compte que moi, pas, ou s'il s'en fichait. Ou s'il était trop soûl. Ou peut-être encore pensait-il que j'allais changer d'avis grâce à ce baiser et que je commencerais à ressentir la même ferveur. Quoi qu'il en soit, ses lèvres restaient fermement collées aux miennes. C'était encore plus maladroit que mon dernier baiser. Mince alors. On aurait pourtant pu croire que les choses auraient évolué depuis le collège.

J'extirpai une de mes mains qui étaient coincées entre nous deux. Je serrai le poing et lui donnai un coup dans l'épaule. Il ne bougea pas, et c'est là que je sentis la panique commencer à monter. Je m'appliquai à garder mon calme tandis qu'il continuait à forcer. Nous étions dans un lieu public. Que pouvait-il bien m'arriver sans mon consentement ? Enfin... à part un baiser atroce qui sentait la bière aigre et qui ne semblait pas près de s'arrêter.

Je lui frappai l'épaule plus fort de ma main libre. Il me tenait si fermement que je ne pouvais pas retirer mon autre main coincée entre nous.

Et puis, d'un coup, il n'était plus là. Comme ça.

Je m'effondrai contre le mur et je sentis vaguement que le coin d'une plaque déchiquetée m'avait éraflé le cou. Curieux que je ne m'en sois pas rendu compte avant. Je m'essuyai la bouche du revers de la main, comme si je pouvais me débarrasser de ce baiser non désiré, puis je m'écartai du mur, concentrée sur la scène devant moi.

Scott était à terre et quelqu'un se profilait au-dessus de lui en le tenant par le col de sa chemise. Il me fallut une seconde pour reconnaître le dos de mon barman, pour comprendre qu'*il* était vraiment là, qu'il me sauvait la mise et qu'il maîtrisait Scott. Qu'il me sauvait la mise une nouvelle fois.

Je m'approchai, jetai un coup d'œil par-dessus son épaule et restai bouche bée devant le visage de Scott. Il saignait, principalement de la bouche. On ne voyait même plus ses dents sous le flot de sang. Je saisis le bras du barman au moment où il prenait son élan pour lui asséner un autre coup.

— Non ! Arrête !

Il me regarda d'un air sauvage, bien loin de sa neutralité d'expression habituelle. Il avait la mâchoire crispée. Un muscle tiquait dans sa joue. Je ne sais pas combien de temps s'écoula pendant qu'il me regardait ainsi, les yeux brillants. Après ce qui sembla une éternité, j'entendis sa voix grave et profonde résonner à travers moi.

— Est-ce que ça va ?

Je confirmai d'un hochement de tête.

— Ça va. (Je désignai Scott.) Tu peux le lâcher.

Scott était maintenant en train de pleurnicher. Je ne comprenais rien à ce qu'il disait. C'était plus des sanglots que des mots.

Je sentis des muscles fermes se bander sous mes doigts et je compris alors que je serrais toujours le bras du barman. Pourtant, je ne le relâchai pas pour autant. Pas tout de suite. Je baissai les yeux, comme si j'avais besoin de voir par moi-même où nos corps se touchaient. Où mes doigts pâles rencontraient sa peau tannée. Ma main recouvrait une partie de son tatouage et je m'imaginai que l'encre réchauffait sa peau à cet endroit. Sans réfléchir, j'effleurai le bord sombre de l'aile et quelque chose remua et se comprima en moi. Je retirai ma main.

Il sembla faire un effort pour détacher son regard de moi et observer de nouveau Scott. Il leva son autre main et Scott tressaillit, comme s'il s'attendait à recevoir un autre coup. Mais à la place, il pointa du doigt le couloir étroit.

— Dégage de mon bar.

Scott hocha vigoureusement la tête, le visage en bouillie. Je fis une grimace. J'avais mal pour lui rien qu'à le regarder. Il se releva tant bien que mal et marmonna :

— Je vais chercher mon pote.

Scott était presque ressorti du couloir quand le barman le rappela, sans prêter attention aux clients qui jetaient des regards curieux dans notre direction.

— Je ne veux plus te voir ici.

Il fila après avoir hoché la tête.

Seule avec mon sauveur, je pris une profonde inspiration, mais mes poumons semblaient soudain s'être rétrécis.

— Merci.

Il se tourna vers moi.

— Je l'ai vu te suivre dans le couloir.

Je penchai la tête.

— Tu me regardais ?

— Je t'ai vue passer.

Alors, oui. Il me regardait.

Le silence retomba. Je frottai mes mains sur mes cuisses.

— Merci encore. J'espère que cette histoire ne te causera pas de problème avec ton patron. Si tu as besoin que je témoigne pour toi…

— Ne t'inquiète pas pour ça.

Je hochai la tête, le contournai, puis fis trois pas avant de m'arrêter. Je pivotai sur moi-même, écartai une mèche rebelle de mon visage et lui demandai :

— Comment tu t'appelles ?

Il me paraissait absurde de continuer de l'appeler Le Barman. Je n'avais pas envie de retourner dans mon dortoir ce soir, de m'allonger sur mon lit et de regarder le plafond en pensant à lui – parce que je savais déjà que ce serait le cas – sans connaître son prénom.

— Reece.

Il me dévisagea, me *transperça* du regard, avec une expression impassible, dénuée de tout sourire.

— Enchantée. (Je m'humectai les lèvres et ajoutai :) Moi, c'est Pepper.

— Je sais.

Je hochai la tête, un peu honteuse. La serviette. Bien sûr. Avec un sourire incertain, je rejoignis la salle principale.

J'étais presque arrivée à la table de billard quand Emerson surgit à mes côtés, les yeux écarquillés au milieu de son visage rond.

— Qu'est-ce qui est arrivé au visage de ce type ? On aurait dit qu'il s'était pris un camion, et il s'est pratiquement sauvé.

Je la pris par le bras et la guidai vers la sortie.

— Ce qui est arrivé ? Le barman, voilà ce qui est arrivé.

— Quoi ? (Elle rougit.) Genre… il est devenu jaloux et il l'a… frappé ?

Je plissai le nez.

— Disons plutôt que Scott a essayé de m'aspirer le visage malgré mes protestations et que Reece est intervenu.

— Reece ? répéta-t-elle.

— Oui. Il a un prénom, tu sais.

Elle secoua la tête et me jeta un regard admiratif tandis que nous sortions du bar.

— Je pense que tu as retenu plus que son attention, Pep.

Je ricanai.

— Il faisait seulement son boulot…

Elle me jeta un regard dubitatif.

— C'est un barman. Depuis quand un barman doit casser la gueule d'un client qui s'intéresse à une fille ?

— Il ne va pas laisser une cliente se faire agresser à la sortie des toilettes.

Elle afficha un air sceptique tandis que nous traversions le parking.

— Tu ne vois rien. Tu ne sais même pas *comment* voir. Crois-moi. Il va t'appeler.

Je n'étais pas aussi naïve que le pensait Emerson. Il aurait pu me retenir dans le couloir, dire quelque chose pour combler ce silence gênant. Pour quelqu'un qui avait une telle réputation, il n'avait rien tenté avec moi. Il n'avait même pas souri.

Non. Il n'appellerait pas. Ce n'était pas du pessimisme. Je le savais, c'est tout.

6

Il n'appela pas, le lendemain. J'avais beau m'être convaincue qu'il ne le ferait pas, j'avais espéré que, peut-être, Emerson avait raison.

Et naturellement, je lui en voulais. Ses paroles s'étaient frayé un chemin dans ma tête et avaient alimenté un espoir qui n'avait pas lieu d'être. Je ne pus m'empêcher de lui jeter un regard mauvais quand elle se planta au milieu de ma chambre, m'interrompant dans mes révisions de psychopathologie.

— Bon, tu te doutes qu'on y retourne ce soir, n'est-ce pas ?

— Euh, non. Sûrement pas.

Elle se laissa tomber à côté de moi sur le lit, à plat ventre.

— Allez ! Tu ne peux pas décider de faire tout ça sans te donner à fond.

— Je ne m'entraîne pas pour un marathon !

— Si ! C'est exactement ce que tu fais.

Elle hocha la tête pour appuyer son propos, et la lumière se refléta sur les innombrables barrettes qu'elle avait disposées dans ses cheveux courts.

— Tu t'entraînes pour Hunter. Imagine que c'est lui qui t'attend sur la ligne d'arrivée.

Je me mordis l'intérieur de la joue en réfléchissant. Elle profita de mon hésitation pour insister.

— Allez, quoi, tu lui as fait de l'effet. Deux soirs d'affilée. (Elle agita deux doigts devant mon visage.) On doit aussi y retourner ce soir. Et cette fois, on ira plus nombreuses. Georgia va à un concert avec Harris, alors je vais aller chercher Suzanne et Amy au bout du couloir. Elles sont toujours partantes pour s'amuser. (Son regard me transperçait.) Dis oui, Pepper.

Je refermai mon livre avec un soupir.

— Bon, d'accord.

Elle frappa dans ses mains et bondit du lit.

— Je vais réunir les autres. Toi, tu prends une douche. Mais ne choisis pas encore ta tenue. (Elle pointa le doigt vers moi.) C'est moi qui gère dans ce domaine.

— Bien évidemment, lançai-je après elle tandis qu'elle claquait la porte.

Si je la laissais faire, je sortirais en bas résille.

Je me relevai, j'emportai mon nécessaire de toilette, peignoir et serviette, une curieuse sensation dans le ventre. Le trac, sans doute. Même si je ne savais pas pourquoi. J'avais à peine parlé à Reece. Il m'avait peut-être aidée la veille (et quand ma voiture avait failli rendre l'âme), mais ça faisait partie de son boulot. Maintenir l'ordre au *Mulvaney*. Il n'y avait rien eu de personnel dans ses actes.

Malgré tout, ma peau se mit à fourmiller au souvenir de ses yeux pâles, rivés sur moi parmi des dizaines d'autres qui rivalisaient pour attirer son attention. Et elles ne rivalisaient pas seulement parce qu'il était celui qui leur servait leurs boissons. En plus d'être beau comme un dieu, il dégageait une sorte de force tranquille. Un cliché pareil n'aurait pas dû fonctionner sur moi. Pourtant, je craquais complètement. Comme toutes les filles qui entraient au *Mulvaney*.

Je fronçai les sourcils. Je ne voulais pas être comme toutes ces autres. Interchangeable.

Il avait peut-être l'habitude de sortir avec d'innombrables femmes dont il ne se souvenait ni du prénom ni du visage le lendemain, mais moi, je voulais faire la différence. Ne pas ressembler à ma mère.

Je voulais qu'il se souvienne de moi.

Emerson avait rameuté non seulement Suzanne et Amy, mais deux autres filles de notre étage. Six au total, il nous fallait donc deux voitures. Quelqu'un décida que Suzanne et moi serions les conductrices, probablement parce que nous n'étions pas de grosses buveuses. Ça me convenait très bien. J'aimais avoir le contrôle de mon propre moyen de transport.

Nous entrâmes au *Mulvaney* par la porte de derrière et nous passâmes devant la cuisine. Mon estomac se mit à gronder et je me rendis compte que je n'avais rien avalé depuis le déjeuner. Emerson me tira par le bras quand elle me vit dévorer des yeux un panier de frites recouvertes de fromage qu'un client venait de commander.

— Viens, tu mangeras plus tard. Je t'achèterai le plus gros hamburger du coin.

Le bar était encore bondé ce soir, mais je repérai immédiatement Reece à sa place habituelle derrière le bar. Était-il aussi étudiant ? Que faisait-il d'autre, à part s'envoyer la moitié des filles qui entraient ici, si l'on en croyait les rumeurs ? Il devait bien avoir une autre occupation dans la vie. J'éprouvai une légère frustration en songeant qu'il n'avait peut-être aucun autre but que celui de servir des bières.

Mon but à moi, c'était Hunter. Une part du gâteau. Si tout se passait comme prévu, j'obtiendrais bientôt mon diplôme et un avenir tout tracé à travailler avec les enfants. C'était ce que je voulais. Quelque chose pour m'épanouir, pour compenser les choses dans ma vie que je n'aurais jamais la possibilité de changer.

— Tiens, dit Emerson en me fourrant des billets dans la main.

Suzanne et les autres étaient déjà en quête d'une table.

— On va commencer avec deux pichets. Je serai juste derrière toi pour t'aider à les porter.

Elle me poussa en direction du bar.

Je m'approchai de lui le plus près possible. Je détestais déjà cette manœuvre qui commençait à me paraître redondante. Il ne m'avait pas encore repérée et j'avais envie de m'enfuir, certaine qu'il saurait que je ne venais que pour lui – certaine qu'il allait me regarder comme l'idiote que j'avais l'impression d'être. Ou pire encore. Il pourrait me regarder, me pointer du doigt et dire : « Hé, mais c'est ma harceleuse ! »

L'image de ma mère surgit dans mon esprit. Vêtue d'une robe bleue délavée, le regard voilé sous l'emprise de la drogue, elle était assise sur les genoux d'un homme et jouait avec ses cheveux, prête à tout pour récolter de quoi se payer sa dose suivante. Elle était continuellement désespérée. Une créature dénuée d'amour-propre. Ce souvenir me laissait un goût amer dans la bouche.

Je freinai des quatre fers et regardai par-dessus mon épaule.

— Je ne veux pas faire ça.

— Quoi ? Pourquoi...

Je me rapprochai de son oreille pour me faire entendre par-dessus le brouhaha.

— Ce n'est tout simplement pas mon style de courir après un mec. Je suis sûre qu'il a compris que j'étais intéressée, depuis le temps. Si c'est le dragueur que vous dites, pourquoi c'est moi qui lui cours après ?

Ce fut le tour d'Emerson de coller ses lèvres contre mon oreille.

— Il n'a pas encore eu l'occasion, c'est tout. Il est coincé derrière son bar. Avec les mecs, tout est question d'occasion. Alors fais en sorte de lui en donner une.

Je secouai la tête et je résistai à l'envie de lui dire que si un garçon en pinçait vraiment pour une fille, il prenait les choses en main pour se créer l'opportunité. Mais après tout, qu'est-ce que j'en savais ? Apparemment, rien.

Sinon, pourquoi serais-je en mission pour apprendre l'art des préliminaires auprès d'un étranger sexy ?

Je rendis ses billets à Emerson.

— Vas-y, toi. Je reste derrière toi pour qu'il puisse me voir, mais je ne vais pas me planter devant lui pour la troisième fois d'affilée. Autant m'accrocher une pancarte autour du cou. Je pense qu'il a compris le message. (Je lui jetai un regard d'avertissement.) Et ne t'avise *pas* de me mettre la honte encore une fois.

Elle récupéra l'argent et leva les yeux au ciel.

— D'accord.

Elle fendit la foule pour s'approcher, avec plus d'efficacité que moi. Je ne pus m'empêcher de remarquer comme elle jouait des coudes. Je suis sûre qu'elle n'avait jamais renversé de pichet, elle.

Je restai en retrait tandis qu'Emerson se penchait en avant en brandissant ses billets, le signe universel pour indiquer qu'on avait besoin d'un service. Quelques instants passèrent avant qu'il porte son attention sur elle.

Quand il la reconnut, son regard fouilla aussitôt les alentours, comme s'il cherchait quelqu'un. Puis il se posa sur moi et mon souffle se bloqua dans ma trachée. L'instant dura une fraction de seconde, juste le temps d'enregistrer ma présence. Rien de plus. Aucun signe indiquant qu'il se souvenait seulement de moi.

Il se tourna de nouveau vers Emerson, pencha la tête pour lui faire signe de passer sa commande. Je compris qu'elle parlait car elle agita les mains. Elle parlait toujours avec les mains.

Il hocha la tête et pivota pour servir la bière. J'attendis son retour, le souffle court. Il lui tendit les pichets, saisit l'argent et lui rendit la monnaie. Tout ça sans un regard pour moi.

Une vague de déception déferla sur moi. J'aurais pensé obtenir un autre coup d'œil, et puis…

Je poussai un soupir. Et puis quoi, je ne savais pas. Je passai une main dans mes cheveux. Mes doigts se prirent dans la masse épaisse ; j'abandonnai et je retirai mes doigts.

Je ne savais pas ce que je fichais là. Essayer d'être une personne que je n'étais pas dans le seul but d'attirer l'attention de Hunter ? Je me berçais d'illusions. S'il ne m'avait pas remarquée pendant toutes ces années, pourquoi cela changerait-il maintenant ?

Au moment où Emerson me rejoignit, je me sentais plus ridicule que jamais. Et elle dut le lire sur mon visage.

— Qu'est-ce qui ne va pas ? demanda-t-elle.

Je secouai la tête.

— C'est n'importe quoi. Je n'ai vraiment rien à faire ici. Encore une fois. Je vais y aller…

— Allez, quoi, Pepper. (Elle tapa du pied, et son visage mutin s'assombrit, frustré.) Ne pars pas.

— Reste, toi. Tu rentreras avec Suzanne.

Je reculai dans la foule. Je marchai sur le pied de quelqu'un et un juron me parvint aux oreilles.

— Attends. Je viens avec toi.

Elle chercha des yeux un endroit où poser les pichets.

— Non, ça va, vraiment. J'ai un examen de stats lundi, de toute façon. Je vais y aller, mais ne fais pas ces yeux-là. Ces derniers jours, je suis sortie plus que… jamais.

Elle acquiesça en laissant échapper un soupir.

— Bon, d'accord. On se voit plus tard, alors.

J'agitai les doigts et je tournai les talons, puis je fendis la foule jusqu'à la sortie.

Je levai la tête pour sentir l'air frais sur mon visage et j'inspirai profondément comme si j'émergeais d'une piscine profonde et glacée.

Le gravier du parking crissa sous mes pieds. Je faillis faire demi-tour en repensant au hamburger qui m'avait tant fait envie. Mais je continuai, tout en cherchant dans quel fast-food j'allais m'arrêter sur le chemin du retour. Mon choix s'était porté sur des nuggets de poulet et des

Tater Tots[1] quand, soudain, je sentis une main se poser sur mon épaule.

Je fis volte-face en poussant un cri, brandissant machinalement le poing. Je heurtai une épaule.

— Oh, tout doux.

Reece tendait une main devant lui et de l'autre, se frottait l'épaule.

Je plaquai mes deux mains sur ma bouche.

— Oh, mon Dieu ! m'exclamai-je d'une voix étouffée. Je suis désolée.

— Non, c'est moi. J'aurais dû dire quelque chose. Bon réflexe. Mais tu devrais apprendre à viser.

Je baissai lentement les mains.

Je le dévisageai et j'essayai d'enregistrer sa présence ici. Devant moi. C'était curieux de le voir hors de son élément. À l'exception de la toute première fois, je ne l'avais jamais vu qu'au *Mulvaney*. Ici, à l'extérieur, il paraissait immense.

Je penchai la tête sur le côté.

— Est-ce que… tu me suivais ? demandai-je en agitant un doigt entre nous deux.

— Je t'ai vue sortir.

— Ça veut dire oui.

Il me regardait ? Il m'avait remarquée. Je n'étais pas invisible après tout.

— Écoute, tu ne devrais pas te retrouver seule ici, la nuit, reprit-il. Quand les mecs boivent quelques coups de trop et voient une jolie fille sortir toute seule…

Il ne finit pas sa phrase. Le message était suffisamment clair.

Je n'avais retenu qu'un seul mot : *jolie*.

— Je vais te raccompagner à ta voiture, acheva-t-il.

— Merci.

Je me retournai et il m'emboîta le pas.

1. Garniture composée de pommes de terre râpées et frites en formes de boules (*N.d.T.*)

Je lui coulai un long regard. Sans le comptoir entre nous, j'étais pleinement consciente de sa taille. Je n'étais pas un petit modèle comme Emerson, et pourtant le sommet de mon crâne atteignait à peine son menton. Il devait approcher le mètre quatre-vingt-dix. Cette sensation d'être petite et délicate était toute nouvelle pour moi.

— J'espère que tu n'auras pas de problème pour avoir quitté le bar. C'est l'heure de ta pause ?

— Ça ne posera aucun problème.

Son bras était tout proche du mien. Il fourra une main dans la poche de son jean.

— Tu pars tôt, remarqua-t-il.

— Oui.

Le silence retomba. Ne voulant pas le laisser durer trop longtemps, j'ajoutai :

— Je n'étais pas d'humeur, ce soir.

Du moins, je ne l'étais pas avant qu'il ne surgisse. La chaleur de son corps irradiait à côté du mien. Chacune de mes terminaisons nerveuses vibrait comme une corde qu'on pince. Nous ne nous touchions même pas, mais je pouvais le sentir partout. Je m'étonnais de parvenir à m'exprimer d'une voix normale.

— Pas d'humeur, répéta-t-il d'une voix grave.

Je perçus une touche d'amusement dans sa voix, même s'il ne riait pas franchement.

Il pencha la tête en arrière et observa les étoiles. Un léger sourire se dessina sur ses lèvres.

— Qu'est-ce qui te fait rire ?

— Je pensais à ce que tu viens de dire.

— Comment ça ?

Il baissa de nouveau la tête.

— Tu n'imagines pas le nombre de nuits où je ne suis « pas d'humeur », mais où je dois quand même venir travailler.

« Je dois. » Intéressant choix de mots.

— Tu n'aimes pas ton boulot ?

Il haussa les épaules.

— Si, mais pas toujours.
— Tu vas aussi à la fac ?
— Non.
— Tu as déjà ton diplôme ?
— Seulement mon bac.

Il n'y avait donc aucune autre occupation que le bar. Nouvelle pointe de déception. Je m'en voulus aussitôt de le juger ainsi. D'autant plus que c'était absurde : je n'envisageais pas de relation à long terme avec lui. Son manque d'ambition aurait dû me laisser de marbre.

— Toi, tu es à la fac ?

Je confirmai d'un signe de tête.

— Laisse-moi deviner... Dartford ?

Il y avait trois universités dans le coin, mais Dartford jouissait de la plus prestigieuse réputation.

— Oui.
— Je m'en doutais. Ça se voit.
— Qu'est-ce que tu veux dire ?
— Tu as l'air douce et gentille. Intelligente. (Nous étions presque arrivés à ma voiture lorsqu'il ajouta :) Et tu n'es pas une habituée, mais tu es venue trois soirs d'affilée.

Ce n'était pas une question, mais une simple déclaration.

Mon estomac se serra quand je constatai une nouvelle fois qu'il m'avait bel et bien remarquée.

— Ma copine Emerson vient souvent ici. Tu as sûrement dû la voir avant. On peut difficilement la manquer. (Il ne confirma ni n'infirma.) C'est elle qui m'a invitée. Je ne fréquente pas beaucoup les bars.

— Alors tu as décidé de vivre à fond l'expérience de la vie étudiante, c'est ça ? Ça ne t'a pas fait peur, ce qui s'est passé hier soir ?

Je fronçai les sourcils.

— Oh, tu veux parler de ce mec dans les toilettes ? Ça aurait dû me faire peur ?

Il ne répondit pas et sa réplique concernant les gentilles filles qui se faisaient avaler tout cru au *Mulvaney* me revint en mémoire.

— Oh, c'est vrai. Les gentilles filles comme moi devraient rester à la maison.

— Je n'ai pas dit ça.

Je m'arrêtai devant ma voiture.

— Mais se faire malmener à la sortie des toilettes aurait dissuadé la plupart de revenir le lendemain.

— Je ne suis pas la plupart des filles.

Il ne s'imaginait pas à quel point. Je semblais peut-être naïve et innocente, mais mes cicatrices étaient profondes. Il en fallait beaucoup pour me faire peur.

Je cherchai mes clés d'une main que l'irritation faisait trembler.

— J'ai peut-être l'air d'une petite étudiante coincée loin des canons sexy qui défilent dans ton bar tous les soirs, mais…

Il m'interrompit d'une voix douce et profonde, dénuée de la colère que je ressentais.

— Je n'ai pas dit ça non plus.

— Mais tu le penses.

— Tu as raison. Tu n'as rien à voir avec les autres filles que je vois tous les soirs.

— Oh, charmant, murmurai-je.

Je serrai les doigts autour de mes clés froides. Je déverrouillai la portière, l'ouvris et relevai les yeux, prête à le congédier, mais lorsque je plongeai dans ses yeux bleu pâle, j'oubliai aussitôt les raisons de ma colère. Ce regard me faisait fondre et ramollissait mes membres.

— Et ce n'est pas un reproche, tu peux me croire.

Tout à coup, mes genoux se mirent à flageoler. Je devais m'asseoir.

— Merci de m'avoir accompagnée.

Je m'apprêtai à m'installer sur mon siège quand sa voix m'immobilisa.

— Dis-moi une chose, Pepper.

C'était la première fois qu'il prononçait mon prénom. Je hochai bêtement la tête, la portière dans le dos.

— Quel âge tu as réellement ?

Sa question me prit au dépourvu.

— Dix-neuf ans.

Il lâcha un rire sombre qui s'insinua en moi comme du chocolat chaud.

— C'est bien ce qu'il me semblait. (Ses lèvres dessinées s'étirèrent sur le côté.) Tu n'es qu'une gamine.

— Je ne suis *pas* une gamine, protestai-je.

Mon enfance s'était terminée le jour où j'avais commencé à passer mes nuits dans des salles de bains de motels, pendant que ma mère se défonçait avec des types au hasard de l'autre côté de la porte.

— Et toi, tu as quel âge ? répliquai-je.

— Vingt-trois.

— Tu n'es pas beaucoup plus vieux que moi, contrai-je. Je ne suis pas une gamine.

Il leva les deux mains comme pour se protéger. Il se moquait de moi.

— Si tu le dis.

J'émis un grognement de frustration.

— Arrête.

— Arrêter quoi ?

— De te montrer condescendant.

Il haussa l'un de ses sourcils sombres.

— Oh oh. Je t'ai énervée. L'étudiante nous sort les grands mots.

Comment ce type faisait-il pour attirer les filles ? C'était un crétin hors compétition. Il était canon, certes, mais tous les canons n'étaient pas des enflures. Hunter n'en était pas une.

— Pauvre con, murmurai-je en pivotant pour me glisser sur mon siège. Pourquoi tu ne retournerais pas servir tes bières et tes cacahouètes pourries ?

Il posa la main sur mon bras et me fit pivoter de nouveau. J'observai sa main sur ma peau, puis son visage.

— Hé, dit-il simplement, sans la moindre colère.

Son sourire avait disparu, cependant. Mon pouls s'accéléra dans mon cou et je résistai à l'envie d'y poser la main pour calmer le bourdonnement de mon sang. Je n'allais certainement pas lui laisser voir l'effet qu'il me faisait.

— Les cacahouètes ne sont pas pourries.

J'aurais éclaté de rire s'il n'avait pas affiché le plus grand sérieux. Ses yeux bleu pâle fixèrent mon visage. Il resserra les doigts sur mon bras et laissa une empreinte brûlante à travers ma manche.

Puis ses yeux tombèrent sur mes lèvres.

Oh, mon Dieu ! Oh, mon Dieu ! Oh, mon Dieu ! Il va m'embrasser.

Nous y étions. L'instant de mon deuxième... oh, laissez tomber. De mon *troisième* baiser. Voulu ou non, je devais prendre en compte celui de la veille. Mais celui-ci était celui que j'avais attendu. Celui qui m'apprendrait vraiment à embrasser. Avec un mec – un *homme* – qui savait s'y prendre.

Il s'approcha de moi. Mon cœur se mit à battre comme un tambour dans ma poitrine. Il pencha la tête et toute pensée m'abandonna. Il n'y avait plus de réflexion, de calcul ou de logique. Seulement des sensations pures.

Le sang se mit à bourdonner dans mes oreilles quand il se rapprocha encore pour ne plus laisser aucun espace entre nous. Ça n'était pas rapide comme dans les films. Pas de plongée en piqué. Je voyais son visage s'approcher lentement. Son regard se déplaça plusieurs fois de mes yeux vers ma bouche pour m'observer, guetter ma réaction. Puis je sentis sa main sur ma joue.

Personne n'avait jamais fait ça. Certes, je n'avais pas beaucoup de référence, mais le contact chaud et râpeux de sa paume sur ma peau me paraissait incroyablement intime, ce qui donnait une réalité et une puissance infinies à ce moment.

Je tressaillis imperceptiblement lorsque ses lèvres se posèrent enfin sur les miennes. Un peu comme si le contact avait créé une légère décharge électrique ou je ne sais quoi. Puis il s'écarta et me regarda. Je crus l'espace d'un instant qu'il s'en tiendrait là, que ce frôlement de lèvres lui avait suffi.

Puis sa bouche se pressa de nouveau sur la mienne, et il n'y avait plus rien de timide là-dedans. Son baiser était ferme et exigeant. Un pur délice. Tout en tenant toujours mon visage d'une main, il fit glisser l'autre dans le bas de mon dos pour m'attirer plus près de lui. Il goûta mes lèvres, la tête penchée d'un côté, puis de l'autre. On aurait dit qu'il voulait me goûter dans toutes les directions. Il traça le contour de mes lèvres avec sa langue, et je le laissai entrer dans ma bouche avec un frisson. Je m'agrippai à ses épaules et à son col en coton, et je savourai la fermeté de son corps sous son tee-shirt.

Puis ce fut fini. Bien trop vite. Je perdis l'équilibre et je chancelai. Je me rattrapai d'une main à la portière de ma voiture, clignant les yeux comme si je sortais d'un rêve. Je portai ma main à mes lèvres pour les effleurer, les sentir, encore chaudes. Puis je le vis, sidérée, tourner les talons et s'éloigner, me laissant seule à côté de ma voiture.

Sans un mot. Sans un regard en arrière.

7

Après avoir survécu à mon examen de stats, je traversai l'esplanade carrée en direction du *Java Hut*. Même si j'avais déjà bu un latté au préalable, j'estimais, après cette épreuve atroce, que j'en avais bien mérité un deuxième. En plus, je n'avais pas très bien dormi les deux nuits précédentes. Depuis que Reece m'avait embrassée.

Emerson prétendait qu'il s'agissait d'un signe infaillible de mon charme irrésistible grandissant. En y repensant, je levai les yeux au ciel et je récoltai un regard étrange d'une fille qui passait.

Je m'engouffrai dans le café, ravie d'échapper au froid. J'allais bientôt devoir sortir mon gros manteau et mes gants.

Je traversai la pièce en humant les arômes de café et de pâtisseries fraîches. Des muffins à la citrouille et des scones étaient exposés en vitrine, ainsi que des cookies nappés d'un glaçage orange en forme de lanterne d'Halloween.

La queue était plus courte que deux heures plus tôt et je me retrouvai derrière une fille qui parlait bruyamment au téléphone. Je m'efforçai d'ignorer les tonalités discordantes de sa voix et je me hissai sur la pointe des pieds pour observer les muffins en vitrine. Je jetai mon dévolu sur un muffin à la canneberge et je laissai mes pensées revenir sur la conversation animée que j'avais eue la veille avec mes deux colocataires.

Selon Emerson, amener Reece à me suivre à l'extérieur traduisait chez moi un talent fou en matière de séduction. Elle l'avait répété en long et en large. Je ne voyais pas les choses ainsi. Il m'avait laissée en plan sans dire un mot après m'avoir embrassée ! J'avais l'impression de me retrouver au collège encore et toujours. À tout moment, j'allais me retourner et surprendre des gamins en train de murmurer derrière leurs mains d'une voix indiscrète. « Elle ne sait pas embrasser. »

C'était absurde, oui. Nous n'étions plus au collège ou au lycée. Nous n'avions plus quinze ans. Et nous n'évoluions pas dans les mêmes cercles sociaux, d'ailleurs. S'il avait envie de raconter que mon baiser l'avait laissé indifférent, à qui pourrait-il le dire ?

Georgia pensait simplement que je devais y retourner et voir ce qui allait se passer ensuite – en supposant qu'il allait bien se passer quelque chose. C'était cette possibilité qui me vrillait l'estomac comme s'il abritait une ruche d'abeilles. J'étais partagée entre la crainte qu'il m'ignore et la panique qu'il ne m'ignore *pas*.

— Il faut vraiment qu'on arrête de se croiser comme ça. Les gens vont finir par croire qu'on a une liaison.

Perdue dans le flot de mes pensées, la voix près de mon oreille me fit sursauter.

— Désolé, gloussa Hunter en s'écartant. Je ne voulais pas te faire peur.

— Non, non.

Je posai une main sur mon cœur battant.

Hunter me serra brièvement contre lui pour me saluer. J'en profitai pour savourer sa chaleur corporelle. Puis il me fit signe d'avancer pour passer ma commande. Troublée, comme toujours en sa présence, je calai une mèche de cheveux derrière mon oreille, un geste vain qui ne fit que déranger les autres. Il fallait vraiment que je fasse quelque chose pour y remédier. Tout couper, peut-être. Courts, audacieux et hérissés comme Emerson. Cette image faillit m'arracher un ricanement. Ça ne fonctionnerait jamais sur moi. J'aurais l'air de m'être coincé les doigts dans une prise électrique.

— Un latté moyen et un muffin à la canneberge, annonçai-je à la caissière souriante.

Hunter passa rapidement sa commande et tendit sa carte de crédit avant que j'aie pu sortir mon portefeuille. Encore une fois.

— Ce n'est pas la peine...

— Pepper, je t'en prie. (Il posa la main sur mon bras pour m'empêcher de fouiller dans mon sac.) Garde tes sous. Tu travailles dur pour les gagner.

Je me sentis rougir jusqu'aux oreilles. Je m'efforçai de ne rien laisser paraître. Je n'ai pas honte de travailler et je sais que je vais devoir trimer jusqu'à la fin de mes jours pour rembourser mon prêt étudiant. J'y suis préparée. J'en ai parfaitement conscience. Seulement, c'était ce rappel de notre différence qui me dérangeait. Nous venions de deux mondes totalement opposés. Et le fait que nous étudiions tous les deux à Dartford n'y changeait rien. Le jour de l'obtention de son diplôme, il n'aurait aucune dette. Et il recevrait certainement une décapotable comme cadeau de félicitations.

— Tu as le temps de discuter ? demanda-t-il tandis que nous emportions nos verres et il désigna d'un signe de tête une alcôve équipée de plusieurs fauteuils confortables.

— Oui, j'ai un peu de temps.

Heureusement, ma voix ne laissa rien deviner de ma nervosité. J'avais à peine vu Hunter l'année passée. Il était trop occupé par Paige. Et désormais, voilà que je le croisais deux fois dans la même semaine.

Nous nous installâmes dans deux fauteuils qui donnaient sur le trottoir. La grande baie vitrée était décorée de feuilles d'automne. Je posai mon gobelet sur la table basse devant moi et mon scone enveloppé d'une serviette en équilibre sur mon genou. J'arrachai un coin et je le mordillai tout en observant Hunter boire une gorgée de sa boisson.

Il me sourit, s'adossa et posa une cheville sur son genou, comme s'il se mettait à l'aise pour une longue conversation. Mon rythme cardiaque s'accéléra. Quoi qu'il ait envie de me dire, il n'avait pas l'air pressé et c'est alors qu'une pensée surgit dans mon esprit : peut-être voulait-il simplement… passer du temps avec moi. Peut-être n'y avait-il aucun but précis. Contrairement au mien. *Aux miens*. L'amener à tomber amoureux de moi. À m'épouser. À me faire de merveilleux enfants.

Le besoin de briser le silence l'emporta finalement :

— Je ne t'ai jamais vu ici avant. À part l'autre fois. Et je le saurais, je passe beaucoup trop de temps ici.

Je désignai les alentours d'un geste.

Il haussa les épaules.

— Paige n'aimait pas beaucoup le café. Elle préférait les smoothies.

— Mais toi, tu préfères le café ?

— Je suis en train de découvrir mes préférences. Je l'ai un peu trop laissée décider pour moi pendant ces deux dernières années. (Il fit une grimace.) Bon sang, je donne l'impression d'avoir été mené à la baguette, non ?

Je serrai mon gobelet entre mes deux mains pour me réchauffer.

— C'est le gentleman qui est en toi. Et puis, tu as été élevé avec une sœur.

— Est-ce que tu serais en train de m'analyser ?

Je fis un geste désinvolte.

— C'est peut-être l'étudiante en psycho qui parle. Mais je connais ta famille. C'est facile de voir que tu es le pur produit de tes parents. Ta mère t'a élevé pour faire de toi un homme bon, sensible aux autres.

Et c'était précisément l'une des raisons pour lesquelles je m'étais entichée de lui à douze ans à peine.

Avec ses deux années de plus que moi, sa popularité et sa beauté, il n'avait aucune obligation de se montrer gentil avec moi. Au début, quand j'avais emménagé chez ma grand-mère, tout le monde se moquait de mes vêtements à l'école, de mes cheveux, de mes grosses lacunes en cours. Quand on avait découvert où je vivais, on m'avait dit que je sentais le Bengay[1]. C'était même devenu mon surnom. Un murmure dans mon dos.

Hunter aurait très bien pu fermer les yeux. Mais il avait décidé d'intervenir, et un jour, il était venu me parler. Devant tout le monde. Le même jour, Lila m'avait proposé une place à sa table pour le déjeuner. Il ne l'y avait jamais vraiment incitée selon moi, mais la gentillesse dont il faisait preuve à mon égard ne lui avait pas échappé. Je n'oublierais jamais ce qu'il avait fait pour moi ce jour-là. J'étais déjà tombée un peu amoureuse de lui et mes sentiments n'avaient cessé de croître au fil des ans.

Hunter m'observa un long moment. Je baissai les yeux sur mon muffin que j'effritai entre mes doigts, de peur qu'il ne lise mes émotions.

— Le gentleman, hein ? murmura-t-il. Peut-être un peu trop. Je suis resté avec Paige plus longtemps que je ne le voulais vraiment, juste parce que je ne voulais pas lui faire de peine.

Je mâchai un morceau de gâteau en réfléchissant soigneusement à ma réplique.

— Je pense que tu peux rester un gentleman et être heureux aussi. Ce ne sont pas forcément deux choses indissociables.

Il pencha la tête sur le côté et m'observa avec un sourire.

---

1. Le Bengay est un baume analgésique utilisé pour soulager les douleurs articulaires (*N.d.T.*)

— Comment quelqu'un qui traîne avec Lila peut-il être aussi intelligent ? me taquina-t-il.

Je laissai échapper un rire et j'examinai le reste de mon scone.

— Je vais peut-être éviter de le lui répéter.

— Merci. Ça va sûrement me sauver la vie. Mais c'est la vérité, tu sais.

— Je ne suis pas si intelligente que ça. J'ai seulement une vieille âme.

C'était ce que mon père me disait toujours. C'était l'une des rares paroles de lui dont je me souvenais, tout comme lorsqu'il m'avait dit de veiller sur ma mère. C'était gravé dans ma mémoire car, après que ma mère m'eut laissée chez ma grand-mère, j'avais pris l'habitude de me demander si mon père me regardait de là-haut avec déception. Estimait-il que je l'avais trahi ?

Je m'aperçus soudain que Hunter n'avait pas répondu et je risquai un coup d'œil vers lui. Il ne souriait plus. Il m'étudiait simplement. Et d'une manière que je ne lui avais jamais vue auparavant. C'était comme s'il me découvrait pour la première fois.

— Oui. Je vois ça.

Je m'efforçai de rester immobile sous son regard intense.

— Je suis content de t'avoir croisée, ajouta-t-il.

Son sourire habituel remplaça progressivement son air pensif.

— Je me demandais si tu voulais qu'on rentre ensemble à la maison pour Thanksgiving, le mois prochain. À moins que tu n'aies d'autres projets.

— Non, répondis-je en secouant la tête.

Cette occasion soudaine accéléra les battements de mon cœur. L'année dernière, il était venu accompagné de Paige. En vérité, j'hésitais jusque-là à prendre un avion pour m'éviter les quatre heures de route. Surtout quand on connaissait la fiabilité de ma voiture.

— Super. Le trajet passera plus vite avec quelqu'un à qui parler.

— C'est sûr, approuvai-je.

— Cool. (Un petit hochement de tête.) Je crois que je n'ai pas ton numéro. (Il sortit son téléphone de sa poche.) Tu me le donnes ?

Je lui récitai.

— Génial. (Il appuya sur un bouton et mon téléphone se mit à sonner.) Et maintenant, tu as le mien.

Je baissai les yeux comme si je pouvais voir mon téléphone à travers la poche de ma veste.

— Génial, répétai-je.

— On se tient au courant ? (Il consulta brièvement l'heure sur son téléphone.) Mince, je suis à la bourre. Je dois filer. Rendez-vous avec mon prof. Quelle barbe, la chimie !

— Tu aurais dû prendre une autre matière, le taquinai-je.

— Ils ne proposaient pas la vannerie, contra-t-il en feignant le plus grand sérieux.

Comme s'il aurait pu choisir la voie de la facilité si celle-ci avait été possible.

— Tu parles ! Hunter Montgomery deviendra un grand neurochirurgien. C'est écrit.

— En fait, c'est la chirurgie reconstructrice qui m'intéresse. Corriger les marques de naissance... ce genre de choses.

Bien sûr. Il n'allait pas devenir un chirurgien esthétique parmi tant d'autres. Aider les gens qui en avaient le plus besoin, voilà qui lui ressemblait. Sauver les chiots et secourir les jeunes demoiselles en détresse. Il se leva et hissa son sac à dos sur son épaule, puis agita légèrement son téléphone.

— À très vite.

Je le regardai se frayer un chemin entre les tables et sortir du café. Il passa devant la fenêtre sur ma droite et m'adressa un signe enjoué de la main.

Oui. On se verrait très vite. Avant Thanksgiving. Il suffisait que l'on se croise comme ça encore deux ou trois fois et il commencerait peut-être à me voir autrement que comme une simple amie, la fille avec laquelle il avait grandi, la meilleure amie de sa petite sœur. Il me verrait, moi. Peut-être.

8

Pénétrer dans la maison des Campbell, c'était un peu comme rentrer chez moi. Un chez-moi comme je n'en avais jamais connu. Mme Campbell me salua et accrocha ses boucles d'oreilles tandis que ses deux filles arrivaient en courant pour se jeter sur moi.

Avec un hoquet de surprise, je les soulevai toutes les deux du sol.

— Pepper ! s'écrièrent-elle à l'unisson. Tu nous as manqué !

— Salut, les filles. Vous aussi vous m'avez manqué !

— Tu aimes nos costumes ?

Elles tournoyèrent sur elles-mêmes pour me montrer leurs tenues.

— Moi, je suis une coccinelle, annonça Madison en tenant sa jupe en tulle.

Sheridan sautilla plusieurs fois sur ses pieds pour attirer mon attention.

— Et moi, je suis une princesse !

— Vous êtes superbes. Ce sont les plus beaux déguisements que j'aie jamais vus. Je ne vous avais même pas reconnues avant d'entendre votre voix.

Elles se ruèrent de nouveau sur moi en jouant des coudes pour obtenir la meilleure place.

Pour ses deux ans, Madison tenait remarquablement bon contre sa sœur de sept ans. Je titubai et je fis une grimace en piétinant ce qui ressemblait à une Barbie. Je baissai les yeux et j'en eus la confirmation.

Mme Campbell referma la porte derrière moi.

— Merci d'être venue, Pepper. Elles ne m'ont pas lâchée de la journée pour savoir quand tu arrivais.

Je déposai mon sac près de la porte et soulevai les deux petites dans mes bras.

— Pour rien au monde je n'aurais manqué l'occasion de venir voir mes petits monstres préférés.

— Je suis prête. Laisse-moi juste récupérer Michael. Nous avons eu un pépin aujourd'hui. Le broyeur d'ordures nous a lâchés. (Elle jeta un regard noir à son aînée.) Il semblerait que Sheridan ait décidé de jeter des billes dans l'évier.

Le visage de Sheridan rosit. Je lui frottai le dos pour la réconforter.

Sans se départir de son sourire, Mme Campbell secoua la tête et me fit signe d'avancer.

— Viens. J'ai fait des spaghettis et il y a du pain à l'ail au four.

— Ça sent délicieusement bon.

— Merci. C'est une recette de ma mère, expliqua-t-elle par-dessus son épaule. Michael préférerait encore rester ici et manger ça plutôt que d'aller au dîner à cinq plats *Chez Amélie* ce soir.

Sans parler de l'arôme de l'ail, de la viande et des tomates, la ferme rénovée sentait toujours bon. Un mélange de vanille et d'assouplissant.

Avec Madison et Sheridan agrippées à moi comme de la vigne vierge, je suivis leur mère tant bien que mal à travers le salon (en m'efforçant d'éviter d'autres Barbie) puis dans la cuisine, où M. Campbell était penché sur un type dont le corps disparaissait dans le meuble sous l'évier. Le sol autour de lui était jonché d'outils divers.

— Michael. On a réservé dans quarante minutes. Il faut y aller. Tu peux laisser Reece tranquille ?

Mon estomac fit un bond dans mon ventre. *Reece ?*

Je regardai de nouveau les longues jambes qui émergeaient sous l'évier. Je ne voyais pas son visage, mais je distinguais les muscles tendus de son bras tatoué. Mes lèvres se mirent à picoter au souvenir de sa bouche sur la mienne, et je dus faire un effort surhumain pour ne pas lever la main et les toucher.

M. Campbell jeta un regard implorant à sa femme et désigna l'évier – ou plutôt Reece.

— On a presque fini.

Elle semblait sur le point d'éclater de rire.

— Vraiment ? « On » ?

Elle m'adressa un regard entendu.

— On a dû appeler du renfort. Michael est comptable. Pas vraiment du genre manuel.

M. Campbell rougit.

— J'ai tout entendu, chérie.

Elle haussa une épaule.

— Tu devrais peut-être prendre des cours du week-end chez Home Depot et arrêter d'appeler Reece chaque fois qu'on casse quelque chose.

M. Campbell remonta ses lunettes sur son nez, même si elles ne semblaient pas avoir glissé.

— Michael. On va être en retard, lui rappela-t-elle d'une voix pressante.

Il désigna de nouveau Reece d'un geste de la main.

— Encore dix minutes.

La voix profonde et familière de Reece s'éleva sous l'évier.

— J'ai presque fini. Vous pouvez y aller, monsieur Campbell.

— Merci, Reece, répondit Mme Campbell, soulagée. (Elle coupa son mari en voyant qu'il s'apprêtait à protester.) Michael, prends ton manteau.

Ce dernier hocha la tête, les épaules basses. Il embrassa ses deux filles et leur rappela d'être sages.

— Merci, Reece, lança-t-il en sortant de la cuisine avec une certaine morosité.

Mme Campbell se tourna ensuite vers moi.

— Les filles ont déjà pris leur bain. On ne devrait pas rentrer trop tard. Appelle-nous s'il y a le moindre problème.

J'acquiesçai d'un signe de tête. J'étais rôdée, désormais.

— Tout ira bien.

— Merci, Pepper.

À l'énoncé de mon prénom, mon regard dériva vers l'évier – ou plutôt le type au-dessous – et je vis son corps se figer. Je déglutis. Après tout, combien de filles pouvaient s'appeler Pepper ? Il savait que j'avais déjà gardé les enfants des Campbell. Ce ne pouvait être que moi. La Pepper du bar. La fille qu'il avait embrassée. La fille qui lui avait donné son numéro avec une discrétion sans pareil. Non pas qu'il ait jamais appelé ou envoyé le moindre message, remarquez. Un nœud se forma dans mon ventre et je compris aussitôt que la situation allait s'avérer gênante.

Il savait que j'étais là. Il savait que *je* savais qu'il était là. Et la dernière fois que je l'avais vu, il m'avait embrassée. Il s'extirpa du meuble et se hissa sur un coude. Puis il planta ses yeux dans les miens. Ma poitrine sembla rétrécir. Son tee-shirt usé moulait son torse et laissait peu de place à l'imagination. Sous le vêtement, son corps était ferme et musclé. Un appel aux caresses.

— Salut.

Je relevai vivement les yeux.

— Salut, répondis-je d'une petite voix essoufflée.

Madison se mit à bondir contre moi. Je chancelai et écartai les pieds pour garder l'équilibre.

— On a faim, Pepper !

— D'accord.

Ravie de cette distraction, je m'écartai des petites et je les emmenai se laver les mains dans la salle de bains de l'entrée.

À notre retour, quelques instants plus tard, Reece avait ramassé ses outils et se lavait les mains dans l'évier.

Il me jeta un coup d'œil.

— Tu peux te servir de l'évier maintenant.

J'acquiesçai tout en installant Madison dans son rehausseur. Mes pensées tournaient fébrilement dans ma tête pour essayer de trouver quelque chose à dire qui ne trahirait pas le foutoir qui régnait à l'intérieur.

— Tu vas manger avec nous, Reece ? demanda Sheridan.

Je bouclai la ceinture du rehausseur et croisai le regard de Reece.

— On mange des pâtes, déclara Madison en frappant la table de ses petites mains potelées.

— Avec des boulettes de viande, ajouta Sheridan. Maman fait les meilleures boulettes du monde.

— Les meilleures du monde, hein ? répéta Reece en l'observant d'un air pensif, comme si ce qu'elle disait importait vraiment, et pas comme les autres adultes qui se contentaient de regarder les enfants sans vraiment les voir.

Ou qui leur parlaient comme à des sortes de sous-humains.

— C'est vrai, ce que tu dis ? demanda-t-il en se séchant les mains avant de s'appuyer contre le comptoir. Elles sont grosses comment ?

Sheridan se mordit la lèvre puis forma un cercle avec sa main, de la taille d'une balle de tennis environ.

— À peu près comme ça.

Sa très légère exagération m'arracha un sourire.

— Oh, mince alors, pour de vrai ? C'est la taille parfaite.

Sheridan hocha vigoureusement la tête, manifestement ravie de voir que Reece était d'accord avec elle.

Puis il fit glisser son regard vers moi.

— Ça te dirait de rester ?

Franchement, qu'est-ce que je pouvais dire d'autre au point où on en était ?

— Bien sûr.

Les filles manifestèrent leur joie et je me tournai à la hâte vers les fourneaux. Des bols attendaient près du plat de pâtes et de la sauce. J'en sortis un quatrième du placard.

Quand je me retournai de nouveau, je ne pus retenir un petit cri. Reece se trouvait juste derrière moi. Les filles gloussèrent et rirent aux éclats.

Reece leva les mains, les paumes tournées vers moi.

— Désolé. Je voulais voir si je pouvais t'aider.

Je hochai la tête. Mon visage me chauffait et je me détestais.

— Ouais. Merci. Hum. Tu peux leur donner à boire ? Il y a du lait au frigo.

Il ouvrit un placard – le bon, ce qui prouvait qu'il avait déjà passé du temps ici – et en sortit quatre verres. Je souris en remarquant qu'il avait choisi deux gobelets de princesse avec des couvercles pour les petites.

Il leur servit du lait tandis que je répartissais les pâtes dans les bols. Du coin de l'œil, je le regardai poser les verres sur la table. Sans que j'aie besoin de lui demander, il ouvrit le four et en sortit les pains à l'ail qui sentaient divinement bon.

Les mains tremblantes, je tentai de me concentrer sur les cuillères de sauce à verser sur les pâtes, mais aucun des gestes de Reece ne m'échappait. Le craquement du pain quand il le coupa en tranches. Le bavardage des filles derrière nous. C'était très étrange de partager ce moment domestique avec lui. J'étais tentée de faire comme s'il était réel… comme s'il s'agissait d'un aperçu de la vie future à laquelle j'aspirais.

— Je veux trois boulettes ! s'exclama Sheridan.

— Ah oui ? fit Reece en posant le pain sur la table. Moi, je vais en manger quatorze.

Sheridan gloussa.

— Tu peux pas en manger quatorze !

Je souris tout en déposant une seule cuillère de sauce sur les pâtes de Madison, juste de quoi les recouvrir. Je leur amenai leur assiette avant de revenir pour celles de Reece et moi.

— Désolée, lui dis-je tandis que je m'asseyais entre les deux filles, mais je n'ai pas réussi à en mettre quatorze dans ton bol.

— Je pourrai toujours y revenir.

Mon pouls s'accéléra car il accompagna sa phrase d'un regard sur ma bouche, et j'eus comme l'impression qu'il ne parlait pas du tout de nourriture.

Sheridan renversa la tête en arrière et partit d'un grand rire, ce qui me fournit une distraction bienvenue.

— Tu es fou, Reece !

Il lui adressa une grimace tout en parsemant ses pâtes de parmesan, avant de faire la même chose sur celles des filles. J'avais toutes les peines du monde à associer ce Reece-là avec le type du bar.

Je me rendais compte que je ne le connaissais pas. Pas vraiment. Mais *cette* facette de lui me donnait une impression... de discordance. Comme de forcer deux pièces de puzzle qui ne se correspondent pas à s'assembler. Physiquement aussi, il paraissait différent. Il ne baignait plus dans la lueur brumeuse et ambrée du bar mais dans la lumière dorée et chaleureuse de la cuisine. Impossible de dissimuler le moindre défaut sous cet éclairage vif, et pourtant, croyez-le ou non, il était encore plus canon.

Sheridan l'observa avec de grands yeux.

— Maman dit qu'on a mal au ventre si on mange trop.

— Quoi ? Ce ventre-là ? (Il se rassit et se tapota l'estomac.) Impossible. C'est du solide. Tu aurais dû voir ce que j'ai avalé au petit déjeuner. Une pile de pancakes qui allait... (Il plissa les yeux et leva la main à une soixantaine de centimètres au-dessus de la table.) ... Jusque-là.

Madison plaqua sa main sur sa bouche pour étouffer son hoquet.

— Les requins mangent des pneus, déclara vigoureusement Sheridan, un peu hors sujet.

Madison hocha sagement la tête pour confirmer.

— C'est Maman qui nous a lu ça dans mon livre sur les requins. On a retrouvé un pneu dans le ventre d'un grand requin blanc.

— Je pourrais avaler un pneu, répondit Reece avec le plus grand sérieux, avant d'enfourner une boulette entière dans sa bouche.

Il récolta de nouveaux gloussements.

Le sourire aux lèvres, j'enroulai des spaghettis autour de ma fourchette, tout en m'efforçant de ne pas comparer ce repas aux dîners de mon enfance, que je prenais habituellement seule devant la télévision. Et encore, si j'avais la chance de me trouver dans une chambre de motel. Souvent, c'était la banquette arrière de la voiture de Maman. Dans tous les cas, il y avait rarement un micro-ondes à disposition et je mangeais beaucoup de raviolis directement dans la conserve.

— Mangez, les filles.

Les petites obéirent et engloutirent leurs pâtes à grand bruit. Elles en mettaient partout. Sheridan planta sa fourchette dans une boulette et la porta à sa bouche pour mordre dedans. Elle parvint à en manger la moitié avant que la boulette retombe dans l'assiette en éclaboussant de la sauce partout autour.

Après trois bouchées, Madison se déclara rassasiée, mais je l'encourageai à manger encore un peu en l'amadouant avec le pain à l'ail. Tout ce temps, je m'efforçai d'ignorer le regard attentif de Reece en espérant paraître naturelle. J'essuyai les mentons des deux petites, puis je risquai un coup d'œil vers Reece et je m'aperçus qu'il me scrutait.

Mon visage se mit à chauffer et je détournai promptement les yeux en calant une mèche de cheveux derrière mon oreille.

— Allez. (J'agitai une tranche de pain sous les yeux de Madison.) Encore une bouchée et tu pourras avoir ce délicieux bout de pain.

Les yeux rivés sur le pain, la fillette enfourna une fourchette de pâtes et me prit le morceau promis des doigts.

Sheridan, c'était une autre histoire. Elle dévorait gaiement son plat et s'apprêtait à attaquer sa deuxième boulette. Je continuai mon repas tandis qu'elles vidaient leurs verres de lait. Tout ce que je mâchais semblait tomber comme du plomb dans mon estomac. C'était difficile de manger avec Reece juste en face de moi. Il me regardait et mangeait avec appétit. Il n'éprouvait visiblement pas les mêmes difficultés que moi.

— Très bien, déclarai-je après que les petites eurent déclaré forfait. Maintenant, on va se laver, se mettre en pyjama et se préparer à aller au lit. Je vous lirai une histoire si vous promettez d'être sages. (Je tapai dans mes mains.) Allez, hop.

— Deux histoires, implora Sheridan.

— Bon. (Je fis mine de réfléchir.) D'accord.

— Trois ! s'écria Madison en levant quatre doigts.

Sheridan la pointa du doigt.

— Ah ! Tu ne sais pas compter ! Tu lèves quatre...

Je baissai le bras de la petite fille sur le côté.

— Trois histoires, ça me semble parfait.

— Youpi ! s'exclamèrent les deux fillettes.

Sheridan descendit de sa chaise et, dans son excitation, Madison retira toute seule sa propre ceinture.

— Attendez. On se lave les mains d'abord.

Je les guidai jusqu'à l'évier de la cuisine et les aidai à grimper sur le tabouret pour se laver les mains. Puis elles filèrent sans demander leur reste.

Je me retournai face à Reece. Il m'observait attentivement, l'air détendu, un bras appuyé sur la table.

— Tu es adorable avec elles.

— Je pensais la même chose de toi.

Il secoua la tête.

— Non, j'ai de l'expérience, c'est tout. J'ai grandi avec un petit frère qui avait l'habitude de me suivre partout.

— Ça ne t'embêtait pas ? Je croyais que les grands frères torturaient leurs petits frères ?

— Pas tant que ça. On s'entendait assez bien. Et c'est toujours le cas.

— Tu as de la chance, murmurai-je en m'efforçant de masquer ma jalousie.

Mais qui sait ce qui aurait pu se passer si j'avais eu un frère ou une sœur ? Ils n'auraient peut-être pas survécu à ma mère. J'y étais à peine parvenue.

Il pencha la tête sur le côté.

— Laisse-moi deviner. Ta sœur et toi êtes des ennemies jurées ?

— Non. Fille unique.

— Oh.

Il n'y avait plus la moindre touche de taquinerie dans sa voix. Il m'observa de nouveau. Je m'adossai à ma chaise et je me mis à remuer distraitement ma nourriture comme si j'allais continuer à manger. Sous son regard scrutateur, je plantai ma fourchette dans une boulette.

— Je l'aurais jamais cru. Tu es à l'aise avec les enfants. Tu dois avoir l'instinct maternel, je suppose.

Sa façon de le dire ne ressemblait pas à un compliment. On aurait dit que cette constatation le décevait.

— Merci.

Je supposais que quelqu'un qui avait grandi dans un village pour retraités (bien qu'il ne le sache pas) n'aurait pas nécessairement dû développer de talent pour communiquer avec les enfants. Mais je les comprenais tout comme je comprenais les personnes âgées. Les uns comme les autres étaient souvent négligés, laissés de côté. Leur monde manquait de contrôle. Moi, je comprenais ce dont ils avaient besoin. Je leur accordais de l'attention. Je faisais preuve de gentillesse. De respect.

— Je crois que j'aimerais travailler avec les enfants, plus tard, déclarai-je, avant de me demander pourquoi il avait fallu que je dise quelque chose.

Il ne s'intéressait pas à ce que je voulais faire après mon diplôme. Il était barman. Il n'était ni Emerson ni Georgia. Ni même Hunter. Surtout pas Hunter.

Le silence s'étira et son absence de commentaire me prouvait bien qu'il se fichait de mes projets d'avenir. Je délaissai mon assiette et me servis d'une serviette pour nettoyer le bazar que les filles avaient mis autour de leurs bols. Une bonne excuse pour éviter son regard.

Puis soudain, il murmura :

— Tu veux dire que tu vas à Dartford et que tu n'as pas l'intention de devenir chirurgienne ou je ne sais quelle sorte de cadre ?

Je lui jetai un regard.

— C'est quoi, ces clichés ?

Il haussa les épaules d'un air impénitent.

Je n'avais aucun droit d'être vexée, alors que j'avais moi-même jeté mon dévolu sur lui à cause de préjugés, à cause d'une catégorie dans laquelle je le pensais classé. J'avais gravité vers lui à cause des rumeurs qui faisaient de lui un coureur sans pareil.

— Merci de m'avoir invité à dîner.

Ce fut mon tour de hausser les épaules.

— Pas de problème. Tu as quand même réparé leur broyeur et je suis sûre qu'ils t'auraient eux-mêmes invité.

Sympa. On aurait dit que je ne voulais pas lui laisser penser qu'il m'intéressait – alors que c'était clairement le cas. Ce n'était qu'une autre preuve de mon incompétence en matière de flirt.

Un bruit sourd suivi d'un couinement retentit à l'étage. Je jetai les miettes et les spaghettis.

— Je ferais mieux d'aller les coucher avant qu'il y ait un drame.

Un petit sourire étira ses lèvres.

— Bien sûr.

Je sortis de la cuisine avec des fourmis dans le cou. Je savais sans avoir besoin de vérifier qu'il me regardait m'éloigner. À ma place, Emerson aurait probablement roulé des hanches comme elle savait si bien le faire. Mais je n'étais pas Em. Ce n'était que moi.

Trente minutes et trois histoires plus tard, je redescendais, pour constater qu'il n'était plus là. Je m'arrêtai net et fouillai la cuisine des yeux, comme s'il avait pu se cacher dans un coin. Il avait débarrassé la table, lavé et entassé la vaisselle à côté de l'évier, mais il avait disparu.

Ouais. Ce n'était que moi. L'indécrottable Pepper.

9

— Redis-moi un peu pourquoi je fais ça ?

Je dévisageai mon reflet dans le miroir. Ma tête était recouverte de petits morceaux de papier aluminium. Emerson était assise à côté de moi, le même attirail posé sur ses cheveux courts. Seule différence, mes mèches étaient de divers tons d'or et de cuivre tandis que les siennes étaient d'un rouge violacé.

Elle sirotait son café glacé en attendant le retour de notre coiffeuse pour retirer l'aluminium de nos cheveux. J'espérais que le résultat n'allait pas m'obliger à porter un bonnet pour le reste du semestre.

Emerson baissa son verre et croisa mon regard dans le miroir, l'air songeuse.

— C'est ce qui va conclure l'affaire.

— Comment ça ? demandai-je.

— Eh bien, notre barman sexy t'a embrassée…

— Reece, la corrigeai-je, avant de tourner la page d'un magazine qui ne m'intéressait pas vraiment. Et n'oublions pas qu'il m'a complètement laissée tomber l'autre soir sans même un au revoir. Alors, mis à part le baiser, je ne dirais pas que je suis près de conclure l'affaire avec lui.

Elle agita une main et continua.

— Il est quand même intéressé par toi. Il est resté dîner avec les filles et toi, non ? Crois-moi. Il a envie de toi.

— Peut-être qu'il avait seulement faim, marmonnai-je tout bas.

— Et, le plus important, Hunter commence enfin à te tourner autour…

— Je n'ai jamais dit que Hunter…

— Pepper, ma chérie, il est intéressé. Il ne t'aurait pas proposé de faire le trajet ensemble pour Thanksgiving s'il ne l'était pas au moins un tout petit peu. (Elle mima le geste avec deux doigts très serrés.) Sinon, un mec ne supporterait jamais un trajet de voiture aussi long.

— Hmm, fut ma seule réponse.

Je bus une gorgée de mon verre d'eau. Les yeux posés sur mon reflet, j'espérais que l'association d'or et de cuivre pour laquelle la coiffeuse avait insisté n'allait pas se révéler être un désastre. Au prix que ça me coûtait, le résultat avait plutôt intérêt à être miraculeux, rien que ça.

Emerson se pencha vers moi et me serra la main.

— Je suis tellement contente que tu fasses ça !

— Te laisser me relooker ?

Elle haussa une épaule.

— C'est plus que ça. C'est *amusant*, Pepper. Enfin quoi, je t'adore et tu es une super partenaire pour les cours et tout… et c'est cool que tu sois toujours partante pour te faire une soirée ciné, mais tu ne m'as jamais accompagnée dans mes journées de filles au salon, suivies par une soirée quelque part.

Je réprimai l'envie de rétorquer que mon budget ne me permettait pas précisément des rendez-vous chez le coiffeur et la manucure. Emerson n'avait jamais eu à gérer de budget de toute sa vie. Sa facture de carte bleue allait tout droit chez son père. Peut-être que si j'avais été persuadée qu'elle était parfaitement heureuse, je l'aurais taquinée sur son train de vie de petite fille gâtée, mais je ne m'aventurais pas sur ce terrain-là. Je savais qu'elle passait la plupart de ses vacances seule dans une maison vide pendant que son père les passait avec sa petite amie du moment. Et je ne savais presque rien de sa mère sinon qu'elle était remariée, et qu'Emerson devait la voir une fois par an. Elle était la preuve vivante que l'argent ne faisait pas le bonheur.

Donc à la place, j'acquiesçai.

— C'est agréable. Ça ne fait pas de mal de se faire dorloter de temps en temps.

— Si tu deviens un jour Mme Hunter Montgomery, il veillera à ce que tu sois chouchoutée en permanence. J'en suis certaine.

Je me contentai de sourire. L'argent de Hunter n'avait jamais été le sujet. C'était lui. Sa famille. Leur perfection. C'était ce que je voulais.

Ce dont j'avais besoin.

Et pourtant, je n'arrivais pas à chasser de mes pensées un baiser fougueux avec un certain barman. Ça m'effrayait un peu. Je redoutais d'avoir peut-être hérité de quelques gènes de ma mère, après tout. Elle avait toujours aimé les *bad boys*. Des hommes qui lui causaient des ennuis. Il y avait bien eu mon père, avant, mais il avait repris le contrôle de sa vie et s'était engagé dans les Marines. Après Papa, plus personne n'avait pu la sauver.

Mais je n'étais pas ma mère. Je n'avais pas l'intention de suivre ses pas ni de répéter ses erreurs. J'avais déjà ma dose de cauchemars avec lesquels composer. Je refusais d'en ajouter de nouveaux.

Il était impossible de sauver ma mère, mais moi, j'allais m'en sortir.

— Waouh, souffla Georgia deux heures plus tard, à son retour dans notre chambre.

Elle nous trouva, Emerson et moi, en train de dévaliser nos penderies pour dénicher la tenue parfaite.

Nous avions déjà parcouru la mienne et après qu'Emerson eut déclaré qu'il n'y avait décidément rien à faire avec mes frusques, nous étions passées aux leurs.

Georgia se laissa tomber sur son lit et jeta son sac à dos par terre. Elle examina mes cheveux de ses yeux d'un brun de velours.

— Tu es superbe !

— Tu vois ? fit Emerson en approuvant d'un signe de tête, se rengorgeant comme une maman fière de sa progéniture.

Ce n'était pas injustifié. C'était elle qui m'avait traînée chez le coiffeur pour commencer. Elle avait pris les rendez-vous et avait tenu bon jusqu'à ce que j'accepte d'y aller.

— Maintenant, il nous faut la bonne tenue.

Je brandis une jupe à carreaux jaunes et bleus qu'Emerson venait de me fourrer de force dans les mains.

— À l'aide, Georgia. Même si j'arrivais à entrer dans les fringues d'Emerson, elles ne me ressemblent pas.

Je me tournai de nouveau vers Emerson, qui sortait un minuscule top orange de son tiroir. J'écarquillai les yeux, impuissante.

— Pitié. Laisse-moi au moins porter mes propres vêtements.

Emerson agita le tissu orange sous mon nez.

— Je vais me les geler là-dedans ! C'est microscopique !

— On ne t'a pas fait une chevelure de sirène pour que tu portes une tenue que tu peux mettre en cours ou n'importe quel autre jour !

Georgia leva une main pour empêcher la bataille qui, à en juger par la lueur farouche qui brillait dans l'œil d'Emerson, s'apprêtait à se jouer. Nous la regardâmes toutes deux se diriger vers sa propre penderie et commencer à écarter les cintres.

— J'ai exactement ce qu'il te faut.

L'espoir accéléra les battements de mon cœur. La garde-robe de Georgia était l'incarnation de l'élégance discrète. Tout paraissait cher et sexy sans trop d'ostentation.

Elle pivota et brandit un pull en cachemire gris qui épousait les formes. Je le touchai avec révérence pour en éprouver la douceur sous mes doigts.

— Oh, soufflai-je. Tu es sûre ? Il va sûrement puer le bar, après la soirée. Et si quelqu'un me renverse quelque chose dessus ?

J'étais certaine qu'il coûtait si cher que je n'aurais jamais les moyens de m'en payer un semblable.

— Essaie-le, insista-t-elle.

Elle me le tendit et secoua la tête pour écarter mes protestations.

— Avec le soutien-gorge qui va bien, glissa Emerson.

Je la regardai, sans expression.

— Quelque chose avec des armatures qui vont remonter un peu tout ça.

Elle désigna son propre bonnet B bien rebondi.

Je secouai la tête.

— Ce que je porte ira très bien...

— Tiens, fit Georgia en ouvrant un tiroir, dont elle sortit un soutien-gorge rose qu'elle agita vers moi. On fait la même taille.

Je poussai un soupir, leur tournai le dos et retirai mon haut. Je dégrafai mon soutien-gorge et enfilai le rose. La sensation de la soie était merveilleuse sur ma peau.

Je m'approchai du miroir sur la porte de la penderie pour examiner mon reflet. Le soutien-gorge faisait des miracles sur ce que j'avais toujours considéré comme une poitrine totalement quelconque. Enfin, je ne l'avais jamais beaucoup considérée tout court.

— Oh, bon sang, s'extasia Emerson en m'observant avec de grands yeux.

Elle hochait la tête avec approbation et je résistai à l'envie de couvrir ma poitrine avec mes mains.

— Heureusement que je ne manque pas de confiance en moi, parce que ces deux beautés suffiraient largement à me filer des complexes.

Je lâchai un faible rire.

— C'est ça.

— Maintenant, essaie avec le pull, pressa Georgia.

J'enfilai le cachemire incroyablement doux et le lissai sur ma poitrine. Il m'allait comme un gant.

— Oui ! (Emerson frappa dans ses mains.) Il ne pourra pas te résister, là-dedans. Et tu peux m'emprunter mes bottes noires. Au moins, on fait la même pointure.

— Tes bottes en cuir qui montent jusqu'aux genoux ?

— Oui. (Elle confirma d'un signe de la tête et la lumière joua avec ses mèches rouge foncé.) Aussi connues sous le nom de « bottes de sexe ».

Je souris d'un air désabusé.

— Oui, eh bien, ce n'est pas à ça qu'elles serviront.

— Probablement pas, railla Emerson. Surtout si tu n'es même pas capable de prononcer le mot.

— Je peux le prononcer, protestai-je face à l'expression suffisante d'Emerson.

Georgia semblait faire de gros efforts pour ne pas rire.

Malgré tout, le mot coinçait dans ma gorge. En réalité, je ne pouvais effectivement pas le prononcer. C'est trop, trop… cru.

Emerson finit par éclater de rire.

— Peut-être que quand ce barman en aura terminé avec toi, tu seras enfin capable de le dire.

— Peut-être, acquiesçai-je. Mais je ne le *ferai* pas. Du moins pas avec lui.

— Hmm. (Emerson se retourna et se mit en quête de ses bottes dans son placard étroit.) Tu es sûre ? Il n'y aurait rien de mal à perdre ta virginité avec quelqu'un qui sait ce qu'il fait.

— Non. Je veux que ma première fois soit avec Hunter.

— Tu m'étonnes, approuva Georgia. Tu dois le faire avec quelqu'un que tu aimes.

— C'est toi qui dis ça, toi qui as toujours été avec le même garçon ?

— Et alors ? Qu'est-ce qu'il y a de mal à ça ? (Georgia redressa les épaules.) C'est le seul garçon que j'aie jamais aimé.

— Comment tu sais que tu ne rates pas quelque chose de mieux ?

Georgia afficha un drôle d'air. Je ne l'avais jamais vraiment vue s'énerver, mais ça devait être ce qui y ressemblait le plus. Des taches colorées apparurent sur son teint clair.

— Il n'y a pas que le sexe dans une relation.

— Certes, mais une relation est forcément meilleure quand on s'éclate au lit.

Georgia pencha la tête.

— Et comment tu le saurais ? Tu as eu combien de relations, Emerson ?

Constatant que les choses risquaient de dégénérer, je décidai d'intervenir.

— Sinon, Georgia, tu viens avec nous ce soir ?

Elle détourna son regard d'Emerson.

— Non. Le père de Harry est en ville pour affaires et on doit dîner avec lui.

Emerson força un bâillement exagéré et Georgia lui jeta un oreiller au visage.

— Vous pourriez peut-être nous rejoindre après ? proposai-je.

— Le *Mulvaney*, ce n'est pas trop la tasse de thé de Harry...

Emerson accueillit cette remarque avec un ricanement. Georgia lui lança un regard noir. Emerson haussa une épaule et reporta son attention sur le contenu de son placard.

— Mais on essaiera quand même, ajouta Georgia.

— Ce serait super, dis-je bêtement, car je détestais ces moments de tension entre elles.

Nous avions beau être très différentes, les choses avaient toujours fonctionné entre nous trois. Et ce depuis le jour de notre rencontre à la réunion d'orientation des première année : nous avions pouffé de rire à l'unisson, sans trop de retenue, quand la dernière année qu'on nous avait assignée avait insisté pour nous faire visiter le campus en entonnant une chanson de sa composition.

— Ne venez pas trop tard. Vous allez manquer le moment mémorable où notre barman posera les yeux sur Pepper.

Je souris, mais j'avais plutôt l'impression d'avoir une grimace sur le visage.

— Il s'appelle Reece, leur dis-je, mais elles ne m'écoutaient pas.

Elles convergèrent d'un seul élan vers les diverses trousses de produits de beauté posées sur le bureau d'Emerson, et partagèrent des idées sur le maquillage à adopter pour moi.

10

Notre petit groupe trouva une table près des billards, une place de choix avec vue directe sur le bar.

— Il travaille ce soir, criai-je à l'oreille d'Emerson par-dessus la musique.

Réflexion faite, il travaillait chacun des soirs où nous étions venues. Ça devait être assommant. Servir des bières, soir après soir. Je chassai cette pensée. Ses ambitions n'auraient pas dû avoir la moindre importance pour moi. Je ne cherchais rien de profond et durable avec lui. Tout comme il ne lui viendrait jamais à l'idée d'envisager une relation profonde et durable avec moi. C'était un rappel efficace. Je plissai les yeux vers lui, derrière le bar. *Ce n'est qu'une histoire d'un soir.* En supposant, bien sûr, qu'il se passe quoi que ce soit.

— C'est lui, ton homme, Pepper ? (Suzanne siffla entre ses dents d'un air approbateur.) Pas mal. Un véritable appel au sexe. Je savais pas que c'était ton truc.

Je ne pris pas la peine de préciser qu'il ne s'agissait pas de « mon homme ». Appelons ça seulement l'envie instinctive de le revendiquer pour moi toute seule.

À cet instant, plusieurs filles faisaient la queue devant lui pour commander des verres. J'avais déjà remarqué ce détail. La plupart des filles venaient dans sa file. Il restait pourtant très professionnel. Il servait les boissons et encaissait l'argent avec aisance et efficacité, sans jamais s'attarder trop longtemps avec la cliente. Je me demandai quand il allait se mettre à draguer toutes les filles qu'il était, selon la rumeur, censé s'envoyer.

— Bon, comment tu vas faire ton coup ? me demanda Emerson à l'oreille en examinant le bar, comme si elle cherchait une tactique d'approche.

Je secouai la tête.

— Il ne m'a pas encore vue.

— Tu n'es pas encore allée au bar !

— Je pense que je devrais peut-être attendre qu'il me remarque en premier.

— Ça pourrait prendre un bon moment. L'endroit est bondé.

— Qu'est-ce que tu suggères, alors ?

— Tu me connais. Je suis directe. (Elle me contempla un instant avant de reporter son regard vers le bar.) Je me planterais devant lui avec l'air le plus sexy possible.

— Allez vas-y ! Vas-y ! s'exclama Suzanne en tapant de la main sur la table en bois grossier.

Elle se pencha en avant, le visage rouge, soit à cause de la chaleur de la foule autour de nous, soit à cause du premier pichet qu'elle avait bu presque toute seule. À en juger par l'éclat vitreux de ses yeux, je mis ça sur le compte de la bière.

Une bagarre éclata quelque part dans un coin. Je tournai la tête en direction du fracas d'une chaise sur le sol. Puis un verre se brisa et une fille cria.

— Oh oh, voilà ton homme.

Là non plus, je ne pris pas la peine de corriger Suzanne. Tout le monde se retourna pour observer d'un œil appréciateur Reece ainsi qu'un autre employé se frayer un chemin à travers la mêlée.

— Il est tellement canon, je pourrais le bouffer, soupira Suzanne d'un air rêveur.

— Hé, pas touche. Il est à Pepper, gronda Emerson.

Elle m'envoya un regard perçant en me voyant ouvrir la bouche pour protester.

Je tournai de nouveau les yeux vers Reece et son dos musclé tandis qu'il séparait les deux types qui se battaient.

— Coucou, les filles !

Annie surgit à notre table, dans une explosion de boucles désordonnées et de décolleté dangereusement profond. Elle passa un bras autour des épaules de Suzanne. Un goût amer envahit soudain ma bouche quand je me souvins que c'était Annie qui avait parlé de Reece au commencement. C'était stupide. Qu'est-ce que ça pouvait bien me faire qu'il ait branché Annie par le passé ?

— Hé, toi ! On est en train de mater le nouveau mec de Pepper, lança Suzanne.

— Pepper !

Annie tourna la tête vers moi et me jaugea de ses yeux lourdement maquillés.

— Tu as un mec ? Je croyais que la seule chose que tu aies jamais tripotée, c'était ta calculatrice !

Elle rit à sa propre blague et fit claquer sa main sur la table.

Je sentis mon visage me brûler.

Emerson lui jeta un regard de dégoût.

— Fais pas ta garce.

Elle leva les yeux au ciel.

— Vous voulez pas vous décoincer ? Mince alors. Alors, dites-moi, c'est qui, le petit chanceux ?

Emerson agita la main comme si ce n'était rien.

— Tu le connais déjà.

Je voyais bien qu'elle non plus ne voulait pas dévoiler son identité. Comme si elle voulait maintenir l'un de ses anciens flirts à l'écart pour protéger mon début de relation avec Reece.

— Ah oui ? (Elle jeta un regard à la ronde, comme si elle pouvait le reconnaître de vue.) C'est qui ?

— Le barman dont tu m'as parlé, qui travaille ici.

Annie écarquilla les yeux.

— Sérieux ? (Elle m'observa avec un intérêt accru.) Je ne t'aurais jamais crue si... libérée, Pepper.

Elle insista sur le mot *libérée* avec un sous-entendu grossier. Mon visage chauffa encore. Elle aurait aussi bien pu me traiter de vierge devant tout le monde.

— Qu'est-ce qu'on est censées comprendre ? lâcha Emerson d'un ton sec.

— Pepper est une telle sainte-nitouche... je ne pense pas qu'elle sera d'accord pour le partager. Enfin quoi, c'est un coureur, Em. Il a déjà embrassé trois filles, ce soir. Il en aura embrassé au moins une autre avant minuit. Quand je suis sortie avec lui, on a fait ça vite fait pendant sa pause sur la banquette arrière de ma voiture.

— Beurk. (Suzanne plissa le nez.) Rappelle-moi de ne jamais m'asseoir sur la banquette arrière de ta voiture.

Je fermai brièvement les yeux. J'aurais préféré ne pas entendre ça. Maintenant, l'image d'eux deux était gravée dans mon esprit. Le sang me monta à la tête. Je repensai au baiser qu'il m'avait donné à côté de ma voiture et mes oreilles se mirent à bourdonner. C'était un baiser si spontané, comme s'il s'était lui aussi laissé surprendre. N'avais-je été qu'une parmi d'autres, ce soir-là ? Mon sentiment de trahison était ridicule. Il était évident que ce garçon avait de l'expérience. Je le savais. On ne pouvait pas savoir aussi bien embrasser sans avoir une sacrée pratique.

— J'y crois pas. Tu es tellement imbue de toi-même, lança Emerson.

— Sérieux, insista-t-elle. Je l'ai vu peloter une fille dehors il y a pas une demi-heure. Et il en embrassait une autre sous la cible des fléchettes il y a cinq minutes.

Elle pointa un ongle violet en direction du jeu.

Suzanne secoua la tête.

— On ne l'a pas quitté des yeux de la dernière demi-heure. C'est impossible.

— C'est vrai, approuva Emerson en me regardant comme si j'avais besoin de réconfort. Elle exagère. Ça fait combien de soirs qu'on l'observe, maintenant ? Si ton barman s'envoyait d'autres filles, on l'aurait remarqué.

J'approuvai d'un hochement de tête. La tension dans ma poitrine sembla s'apaiser. Suzanne et elle avaient raison. Annie ne pouvait pas parler de Reece. Elle était peut-être jalouse. Ou alors elle confondait. Je ne connaissais pas ses motifs. Tout ce que je savais, c'était qu'il ne pouvait pas avoir embrassé trois filles ce soir sans que je le voie.

Soudain, le regard d'Annie se déplaça derrière mon épaule. Puis ses lèvres rouge vif affichèrent un sourire.

— Eh bien, résolvons le mystère. Le voilà.

Je secouai désespérément la tête. Je n'avais vraiment pas l'intention de la laisser m'humilier devant lui !

— Non ! Vraiment, tu n'es pas obligée.

Trop tard. Elle lui faisait signe en lançant un bonjour. J'étais mortifiée. Je sentis une présence dans mon dos, mais j'étais trop pétrifiée pour me retourner. Je gardai les yeux rivés devant moi et Annie contourna la table en ouvrant les bras pour l'enlacer. Son top s'échancra encore un peu plus et j'aperçus le bout d'un mamelon. Je fus submergée par l'envie irrépressible de lui arracher les yeux.

— Hé, bébé ! s'exclama-t-elle d'une voix dégoulinante. Comment tu vas ?

Bébé ? J'avais envie de vomir.

— Bien. Anna, c'est ça ? demanda une voix masculine.

— Annie, corrigea-t-elle.

Une expression infâme passa brièvement sur ses traits.

— Annie. C'est ça, dit la voix profonde.

Emerson pivotait déjà sur son tabouret. Elle me donna un bon coup de coude dans les côtes et laissa échapper un petit rire, qu'elle s'empressa d'étouffer dans sa main.

Je lui jetai un regard noir en frottant mon côté douloureux. Elle me rendit un regard entendu, qui signifiait « je te l'avais dit ». « Tu vois, mima-t-elle du bout des lèvres, il n'y a rien à craindre ».

— Tu connais mon amie Pepper, il paraît ? demanda Annie en me désignant d'un geste théâtral.

Je me tournai lentement sur mon tabouret pour affronter l'inévitable... et ma mâchoire tomba.

Ce n'était pas lui.

Ce n'était pas Reece. Certes, ce type était canon. On pouvait même dire qu'il avait une troublante ressemblance avec Reece, mais ce n'était pas lui.

— Non, dit-il en me tendant la main.

Il me jeta un coup d'œil comme s'il essayait de m'imaginer sans mes vêtements. Je lui serrai la main, à court de mots.

— Bien sûr que si, Logan. (Annie fronça les sourcils en alternant son regard, et insista :) Tu connais Pepper.

Son sourire vacilla.

— Euh, non. Désolé. Je devrais ?

Je le voyais se creuser les méninges pour lister les filles avec lesquelles il avait couché.

Je secouai bêtement la tête et repoussai Emerson qui était désormais en proie à un fou rire à côté de moi.

— Non. On ne s'est jamais rencontrés.

Logan. Il s'appelait Logan.

Il serrait toujours ma main dans la sienne.

— Il me semblait bien. Je n'aurais pas pu oublier une si jolie fille.

Facile. Et avec un visage pareil, j'étais prête à parier qu'il n'avait pas trop d'efforts à fournir.

Emerson, riant toujours, leva une main.

— Oh là, oh là, oh là. Tu travailles ici ? Comment se fait-il qu'on ne t'ait pas vu ces derniers soirs ?

— Je ne bosse que de temps en temps, un ou deux soirs par semaine en général, mais un serveur est tombé malade et Reece m'a appelé.

Il haussa une épaule en contemplant Emerson, avec la même minutie qu'il m'avait accordée. Il appréciait visiblement ce qu'il voyait. Il lui adressa un clin d'œil et son sourire s'élargit pour révéler de belles dents blanches et bien alignées.

— J'étais dispo.

Em lui rendit son sourire, visiblement sous le charme.

— Reece ?

— Oui. C'est mon frère.

— Ton frère, répétai-je dans un souffle.

Annie riait maintenant elle aussi aux éclats. Elle se tenait les côtes et ses seins rebondissaient dans son haut.

Après cette nouvelle information, Emerson me regarda avec une certaine inquiétude.

— Ton frère ? murmurai-je.

Les choses se mirent en place dans ma tête. Je m'étais jetée sur un type qui n'était pas le fameux tombeur réputé. Logan était le jeune frère que Reece avait mentionné. *Oh. Mon. Dieu.*

Annie s'essuya les yeux et laissa des traînées de mascara sur ses joues.

— Alors ça, c'est inestimable. Ne me dis pas que c'est à Reece que tu t'attaquais. Oh, il ne s'intéresse pas à grand monde.

— Eh bien, il s'est intéressé à Pepper, répliqua Em, les joues colorées. Il l'a embrassée. Il ne s'intéresse peut-être pas aux poufiasses.

Annie plaqua une main sur son décolleté plongeant.

— Oh, et c'est moi, la poufiasse ?

Logan haussa les sourcils.

— Mon frère t'a embrassée ?

Il m'examina avec un nouvel intérêt en faisant fi de notre dispute.

— Oui. (Annie agita une main.) Tu n'as pas compris ? Elle l'a pris pour *toi*.

Je fermai lentement, douloureusement les yeux. Tout espoir de ne pas voir cette histoire remonter aux oreilles de Reece s'envola.

— Quoi ?

Logan paraissait totalement confus. Il agita un doigt entre nous deux.

— Tu es venue ici pour sortir avec moi ?

L'humiliation continuait.

— Bien sûr que non.

Annie hocha la tête.

— Ta réputation te précède.

Après un long moment, pendant lequel j'eus envie de me rouler en boule et de mourir, ses traits s'éclaircirent. Son sourire refit surface et il bomba le torse.

— Cool. J'ai une réputation.

Je me levai de mon tabouret. Je passais pour une parfaite idiote.

— Je dois y aller.

Emerson approuva d'un air compatissant.

— Je viens avec toi.

Après un bref au revoir à tout le monde – même à Annie, que j'avais plutôt envie de gifler –, nous commençâmes à nous frayer un chemin jusqu'au bar. Emerson fit régulièrement des pauses pour échanger deux mots avec des connaissances. Je trépignai d'impatience, pressée de m'enfuir de là. Il ne fallait surtout pas que je croise Reece. Je ne pouvais pas lui parler maintenant. Je ne pouvais pas cacher mon embarras et paraître naturelle.

La foule grossissait. Quelqu'un me bouscula et je perdis la main d'Emerson. J'avais l'impression d'être une bouée à la dérive, malmenée par les courants. Je me hissai sur la pointe des pieds et je l'appelai par son prénom en parcourant les visages autour de moi.

Je sentis soudain une main me saisir le poignet. Je poussai un soupir de soulagement. *Maintenant, on peut enfin partir.*

Je me retournai et me retrouvai face à Reece.

Ma poitrine se comprima de nouveau. Mes joues rougirent, s'enflammèrent. Je venais tout juste de croiser son frère et j'étais toujours mortifiée.

— Ah, salut, dis-je bêtement, en l'observant avec attention pour essayer de déceler ce qu'il savait.

Ses doigts me brûlaient. Je pouvais sentir la forme de chacun d'entre eux s'imprimer sur ma peau.

Sa bouche devint une ligne fine.

— J'ai entendu dire que tu avais rencontré mon frère.

Un bloc de plomb me tomba dans le ventre. *Génial.* Il savait.

— Ah, oui. Il est sympa.

Ses yeux pâles étincelèrent.

— Alors c'est donc vrai ? Depuis le début, tu es venue ici pour le draguer, lui ? Et tu m'as pris pour lui ?

Je secouai la tête, à court de mots.

— Oh oui, il m'a tout raconté, reprit-il. Du moins, quand il a enfin réussi à calmer son fou rire. C'est pour ça que tu étais si... (Il me parcourut de haut en bas avant de finir.) ... amicale avec moi ?

Je niai d'un signe de tête.

— Non. Bien sûr que non...

— Tu voulais sortir avec mon frère à cause des rumeurs que tu as entendues sur lui.

Sa phrase tomba comme une sentence, pleine de mépris.

Je tentai de donner le change. Je ricanai comme si c'était la supposition la plus absurde du monde et je feignis l'ignorance absolue.

— Des rumeurs ? Quelles rumeurs ?

Ses yeux pâles se transformèrent en glace.

— Les rumeurs qui disent que mon frère se tape toutes les filles qui pointent leur cul vers lui.

Je retins un hoquet.

Il éclata d'un rire rauque, mais dépourvu de la moindre légèreté.

— C'est drôle, tu sais, dit-il.

Je secouai la tête, incapable de trouver quoi que ce soit de drôle à cette situation.

Il agita une main.

— Toutes ces étudiantes... même une *gentille* fille comme toi... (À en juger par son intonation, je compris qu'il ne me classait plus dans cette catégorie.) ... qui se jettent sur un gamin de lycéen.

Mes sourcils montèrent très haut.

— Quoi ?

— Logan est encore au lycée. Il a dix-huit ans.

Oh. Mon. Dieu. Comme si les choses n'étaient déjà pas assez gênantes. Si je n'avais pas tout mélangé la première fois que j'étais venue ici, si Logan avait été en service *et* réceptif – si je n'avais pas vu Reece en premier et fixé tous mes désirs sur lui –, j'aurais pu me retrouver avec un lycéen. Dix-huit ans ou pas... il était encore au lycée !

Je secouai la tête comme pour me libérer des restes d'un cauchemar.

— Je ne me suis pas jetée sur lui. Je viens de le rencontrer ce soir.

— Mais tu es venue ici pour lui, à la base. Et tu as cru que j'étais lui.

Son regard me transperçait, intense et implacable.

En règle générale, je ne fuyais pas la réalité quand elle devenait gênante ou répugnante. J'avais fait face à beaucoup de choses. La mort d'un père. Une mère qui m'avait préféré sa dépendance. Je ne devais pas me laisser déstabiliser par cette situation, par *lui*. Son opinion de moi ou son jugement n'était pas censé avoir la moindre importance. Il ne représentait qu'une étape à franchir pour atteindre Hunter. Rien d'autre.

J'avais beau me le répéter, rien n'y faisait. L'heure était venue de battre en retraite.

Il y eut un mouvement de foule et les corps se bousculèrent. Reece dut me lâcher le poignet. C'était l'occasion. Je me mis à courir en me servant de mes coudes comme il me l'avait appris. Je fonçai par la porte de derrière et je repérai Emerson, le téléphone à l'oreille.

— Te voilà, dit-elle en me voyant. J'essayais justement de t'appeler.

— Allons-y.

Je la pris par le bras et l'entraînai vers le parking bondé.

— Qu'est-ce qui ne va pas ? Enfin, mis à part qu'on avait confondu ton canon avec l'autre canon ? (Elle rit.) Allez, c'est drôle quand on y pense.

Je lui coulai un regard en biais.

Elle me donna un coup de hanche.

— Console-toi, va. D'après Annie, Reece est insaisissable. Et il t'a embrassée !

— Reece est venu me parler à l'instant, pendant qu'on était séparées.

— Oh. (Ses yeux s'agrandirent.) Qu'est-ce qu'il t'a dit ?

— Il est au courant de tout.

Elle fit la grimace.

— C'était gênant ?

— Ça, oui, et son frère, Logan ? Il a dix-huit ans et il est encore au lycée.

— Incroyable. (Elle éclata de rire et frappa dans ses mains.) Attends un peu que je le dise à Annie.

— Sinon, Reece n'a pas une très grande estime de moi.

Elle cessa de rire.

— Impossible.

Je hochai vigoureusement la tête tout en fuyant cet endroit d'un pas décidé.

— Tu aurais dû voir comment il me regardait.

— Dans ce cas, c'est un crétin. Qu'il aille se faire voir. Qui a besoin de lui ?

Elle déverrouilla sa voiture et ouvrit la portière côté passager. Je m'installai avec un soupir.

— Tu peux affiner tes techniques de drague avec le type que tu veux.

Je ris faiblement et la corrigeai :

— Non. Pas avec le type que je veux.

Je n'étais pas de ces filles qui ne savaient pas à quoi elles ressemblaient quand elles se regardaient dans le miroir. Je savais que j'étais plutôt pas mal, mais entourée de centaines d'autres jolies filles de mon âge qui savaient bien mieux s'habiller que moi (et surtout plus court), je n'avais rien d'extraordinaire.

— Si ! Tu as tout pour toi, Pepper. Hunter est déjà en train de le remarquer. D'ailleurs, tu n'as besoin ni de Reece, ni de qui que ce soit d'autre. Il est peut-être temps que tu fonces, Pepper. Arrête de tourner autour du pot et prends les devants avec Hunter.

Je hochai la tête, les yeux rivés de l'autre côté du pare-brise. Emerson quitta le parking et laissa la longue file de bars et de restaurants derrière nous.

— Tu as raison. C'était une mauvaise idée.

— Mais non. Et même si c'était le cas, il me semble que c'était la mienne, alors c'est ma faute.

Un sourire flotta sur mes lèvres. Je regardai Emerson. Elle s'arrêta à un feu rouge, les sourcils froncés, et je compris qu'elle s'en voulait.

J'appuyai ma tête contre le dossier.

— Personne ne m'a forcée à faire quoi que ce soit. Je sais que tu t'attribues des dons de persuasion hors du commun, mais c'est moi qui ai pris la décision de le faire.

Elle me jeta un regard sceptique.

— Vraiment ?

— Vraiment. Il est possible d'aller contre la Grande Emerson, tu sais.

Elle ricana et s'engagea sur Butler, la rue principale qui traversait le campus et passait devant notre dortoir. Les bâtiments académiques étaient plongés dans le silence. Plusieurs fenêtres aux étages étaient allumées. Je visualisai les étudiants à l'intérieur, absorbés par leurs révisions. Certains possédaient trop d'ambition pour se lâcher dans les bars le soir. J'étais encore l'une d'entre eux quelques semaines plus tôt, enfermée dans ma chambre ou à la bibliothèque. C'était fou de constater qu'un coup de téléphone de Lila, une rencontre avec un barman canon et le fait de croiser Hunter avaient tout changé. Selon moi, c'était plutôt la combinaison des trois, mais qu'est-ce que j'en savais ? Peut-être que l'heure du changement avait sonné. L'heure de briser la coquille dans laquelle je m'étais enfermée le jour où ma mère m'avait déposée sur le perron de ma grand-mère.

Quelle qu'en soit la raison, un interrupteur s'était enclenché en moi.

Le visage de Reece toujours en mémoire, son regard tranchant et méprisant, je me sentais vulnérable, ébranlée. Un sentiment de malaise diffus s'emparait de moi. Reece ne m'avait pas donné une impression de sécurité, ce qui était tout ce dont j'avais besoin. Tout ce que je désirais. Je sentis mes lèvres frémir au souvenir de son baiser, et je devais bien admettre que ce n'était plus la seule chose à laquelle j'aspirais désormais. J'espérais que les choses allaient marcher avec Hunter et que je pourrais avoir les deux… ce que je désirais et ce dont j'avais besoin.

Avec un soupir, je posai la tête contre la vitre fraîche.

— Je vais devoir y retourner. Pour m'excuser.

— Auprès de Reece ?

Emerson se gara sur un espace libre devant notre bâtiment. À cette heure, il était facile de trouver une bonne place. Puis elle se tourna vers moi.

— Pourquoi ?

— Je me suis servie de lui.

Elle éclata de rire.

— Oh, Pepper. Tu es trop gentille. Tu crois qu'il se soucie que tu l'aies confondu avec son tombeur de frère ? Tu as un peu flirté avec lui. Il n'y a pas de mal à ça.

Je revis son visage dans ma tête, la colère dans ses yeux. On aurait dit qu'il s'en souciait, justement.

— Je pense que je lui dois au moins une explication. Je lui ai menti… j'ai tout nié et j'ai fui comme une lâche.

Emerson secoua la tête et coupa le moteur.

— Tu as des scrupules, je peux te comprendre.

Nous sortîmes de la voiture. Elle se verrouilla avec un bip tandis que nous nous éloignions.

— Les mecs se servent tout le temps des filles et ne s'excusent jamais. Mon propre père est au sommet de la liste. C'est le roi des coureurs, encore à cinquante-quatre ans. J'ai connu une demi-douzaine de nounous parce qu'il finissait toujours par coucher avec elles et à les virer ensuite parce que la situation devenait trop gênante.

Emerson chercha les clés de la porte.

— Et je ne te parle pas de ma mère et du gros lot qu'elle a épousé. Et de mon demi-frère. (Elle frissonna.) Surtout pas de lui.

Nous pénétrâmes sous l'éclairage fluorescent qui bourdonnait comme un moucheron infatigable. Je lui jetai un regard prudent tandis qu'elle appelait l'ascenseur.

Elle parlait rarement de son père, et jamais de sa mère. Je ne savais même pas qu'elle avait un demi-frère. Je pus la voir sous un nouvel angle qui me confirmait ce que j'avais toujours soupçonné. Il y avait beaucoup à creuser sous la surface. Elle n'était pas qu'une fille insouciante qui aimait faire la fête et rencontrer un nouveau garçon tous les soirs.

Je n'avais pas l'intention d'insister. Après la mort de mon père, le défilé de pauvres types avait commencé dans la vie de ma mère. Elle ne s'intéressait jamais aux hommes décents et posés. Certains de ses petits copains étaient si méchants que j'avais appris à être reconnaissante quand je paraissais invisible à leurs yeux.

Oui. Em pouvait garder ses secrets. J'avais les miens.

On monta dans l'ascenseur et elle glissa ses yeux brillants vers moi, les plus durs que je lui avais jamais vus.

— Tu ne lui dois rien, Pepper.

— Peut-être, acquiesçai-je.

Mais il fallait tout de même que je le revoie.

11

— Salut, grand-mère, quoi de neuf ?

Je calai mon téléphone contre mon épaule pour retirer le pantalon kaki réglementaire des employés de la garderie Little Miss Muffet.

— Oh, Pepper, ma chérie, quand rentres-tu à la maison ?

Elle posait toujours les mêmes questions. J'avais pourtant inscrit mes congés sur le calendrier à côté du frigo, mais elle ne s'y reportait jamais.

— La semaine de Thanksgiving. Je serai là le mercredi, car je dois travailler le week-end.

Je déboutonnai ma blouse et je grimaçai en apercevant mon reflet dans le miroir. Ma natte bien serrée s'était dénouée plusieurs heures auparavant. Elle n'avait pas tenu le choc face à une ribambelle de petits chamailleurs. Je retirai l'élastique de la masse emmêlée.

— Ils ont besoin d'un compte précis pour le dîner de Thanksgiving, gronda-t-elle.

Je secouai la tête, mais ne répliquai pas.

— Eh bien, réserve pour deux.

Le dîner était généralement servi chez *Hardy*, une cafétéria du coin qui préparait de bonnes dindes et s'appliquait à composer de jolis dressages. Les seniors se regroupaient dans le hall à 10 heures à peine. Je serais la seule convive de moins de soixante-dix ans. Mais au moins, je n'avais désormais plus à me soucier que ma grand-mère prépare seule de grosses mangeailles.

Pour notre premier Thanksgiving toutes les deux, elle avait insisté pour tout préparer elle-même. Elle allait faire la dinde à la friteuse. Heureusement, une voisine qui rendait visite à sa mère avait vu ma grand-mère installer la friteuse à l'extérieur et décidé de mener l'enquête. À quelques secondes près, elle avait empêché ma grand-mère de plonger une dinde *congelée* dans la marmite d'huile bouillante et de brûler la maison... et nous avec.

— D'accord. Rien que deux ?

J'hésitai. Elle ne m'avait jamais posé cette question.

— Oui.

— Parce que la petite-fille de Martha Sultenfuess vient de se fiancer. Tu n'as pas encore de petit ami, toi, si ?

— Est-ce que la petite-fille de Mme Sultenfuess n'a pas la trentaine ?

— Ah oui ? Je pensais que tu avais à peu près son âge.

— J'ai dix-neuf ans, grand-mère.

Rosco se mit à aboyer en arrière-fond. Je me représentais le yorkshire à l'affût derrière la porte moustiquaire, implorant pour qu'on le laisse sortir.

— Ton père s'est marié quand il avait dix-neuf ans.

Je gardai le silence, stupéfaite par ce que je venais d'entendre. Se référait-elle réellement au mariage de mes parents comme un exemple à suivre ?

Je pris une profonde inspiration et je me rappelai que ma grand-mère avait toujours été un peu étourdie. Un jour, alors que je devais avoir treize ans, j'avais trouvé dans le sac de mon déjeuner une boîte de haricots verts en conserve, une bouteille de jus de pruneau et... la télécommande. Cette mésaventure m'avait valu de nombreuses moqueries et quelques surnoms déplaisants. Mais j'avais retenu la leçon. Par la suite, j'avais préparé moi-même mes déjeuners. Mais pendant ma première année, j'avais pris soin d'elle plus qu'elle avait pris soin de moi. La décision de quitter la maison pour la fac avait été difficile à prendre, mais je m'y étais résolue. Je ne pouvais pas lui vouer ma vie. Ce n'était pas ce qu'elle voulait ni ce qu'elle attendait de ma part.

Aujourd'hui, à soixante-dix-neuf ans, on ne pouvait plus prévoir ce qu'elle allait dire ou faire. Le deuxième point était celui qui m'inquiétait le plus. Je redoutais qu'elle doive bientôt intégrer une maison de retraite avec assistance complète. Je détestais cette idée. Et ma grand-mère aussi. La première et unique fois où j'avais abordé le sujet, elle avait pleuré si fort que je n'avais jamais eu le courage de revenir dessus.

Je l'observerais pendant Thanksgiving et je déciderais si nous avions besoin de revenir sur cette conversation.

— Je rencontrerai quelqu'un un jour, lui assurai-je.

Pour une raison étrange, ce fut le visage de Reece qui me traversa l'esprit. Que dirait ma grand-mère si je ramenais à la maison un barman tatoué et piercé ? Elle penserait sûrement que je ressemblais beaucoup à ma mère.

— Tu sais, je ne suis pas éternelle, Pepper. J'aimerais te voir en ménage avant que mon heure vienne.

— Oh, grand-mère, si, tu vas vivre pour toujours.

Elle rit.

— Mon Dieu, j'espère bien que non.

Je gardai le silence. Je n'avais pas envie de penser à l'idée de la perdre. Quand elle serait partie, je me retrouverais vraiment toute seule. Une boule d'émotion monta dans ma gorge. Au début, quand je m'étais installée chez elle, l'idée de la perdre me terrifiait. J'avais déjà tout perdu, et tout le monde. Personne ne restait jamais. J'avais donc pensé que je finirais par la perdre, elle aussi. Il m'avait fallu quelques années pour que j'accepte qu'elle n'allait pas m'abandonner. Je flippais chaque fois qu'elle attrapait un rhume. Quand elle s'était cassé la jambe et qu'elle avait dû passer quelques jours à l'hôpital, je n'avais pas fermé l'œil jusqu'à son retour.

— Je dois aller réviser, grand-mère, parvins-je à dire d'une voix pas trop étranglée.

— Très bien. Sois une bonne fille.

Ma grand-mère me disait ça à chaque fin d'appel. « Sois une bonne fille. » Si elle savait que j'étais sur les chemins de l'exploration sexuelle...

Après avoir raccroché, je finis de me changer. Vêtue d'un jogging confortable et d'un sweat-shirt de Dartford, je me laissai tomber sur mon lit avec mon exemplaire de *Madame Bovary*. Je l'avais presque terminé, heureusement car j'avais un examen de Littérature étrangère le lendemain.

Stylo et surligneur en main, je me plongeai dans les mésaventures de Mme Bovary et me fis la promesse de ne jamais devenir esclave de mes cartes de crédit. Mes prêts étudiants me suffisaient déjà. Au fil de ma lecture, je repérai quelques similarités troublantes entre Mme Bovary et moi. Tout comme moi, elle avait une idée précise de la vie qu'elle voulait et la poursuivait avec acharnement.

Je secouai la tête. Mon engouement pour Hunter n'était ni superficiel ni malsain. Hunter était quelqu'un de bon. Gentil, digne de confiance, prudent. Il était toutes ces choses. Et je n'étais pas Mme Bovary.

— Salut.

Je relevai les yeux et découvris Georgia appuyée contre le chambranle de la porte. Elle portait sa tenue de footing. Ses écouteurs pendaient autour de son cou.

— Coucou. Tu as bien couru ?

Elle se laissa tomber sur le lit à côté de moi.

— Si on veut. C'était dur. Je paie les excès de la semaine. Je suis toujours stressée pendant mes révisions pour mon examen de finance et j'avale n'importe quoi.

Em fit à son tour son apparition.

— Tu devrais te spécialiser dans les arts plastiques comme moi.

— Tu dois encore prendre tes cours principaux, lui rappelai-je.

— Et j'ai presque fini. (Elle haussa une de ses fines épaules.) Je fais ce que j'aime maintenant. Et ce n'est définitivement pas la finance.

Elle adressa une grimace à Georgia avant de secouer la tête.

— Peut-être que si j'étais une artiste de génie, je n'aurais pas besoin de passer mon examen de commerce.

Em lui sourit.

— Tu es gentille. J'espère qu'un jour mes œuvres finiront dans une galerie et que je ne me retrouverai pas à enseigner les arts plastiques dans un collège.

— Comme si ça risquait d'arriver. (Georgia éclata de rire.) Ton papa chéri viendrait te sauver.

Le sourire d'Emerson vacilla et je ne pus m'empêcher de repenser à ce qu'elle m'avait confié sur son père. Georgia ne devait pas être au courant ou bien elle avait oublié.

Je décidai de changer de sujet et demandai :

— Vous avez des projets pour ce soir ?

Le visage d'Emerson s'illumina.

— Je suis toute à toi.

— Harris a prévu de réviser.

— Youpi ! (Emerson frappa dans ses mains.) Faisons quelque chose, rien que toutes les trois.

— Il y a un nouveau resto thaï sur Roosevelt. Il paraît que c'est vraiment bon. On pourrait l'essayer, proposa Georgia.

J'approuvai d'un signe de tête.

— Ça me tente bien...

— Et il y a le dernier film de Jason Bourne...

— On peut aller au ciné n'importe quand, protesta Emerson avec une moue.

— On peut aller au bar n'importe quand, répliqua Georgia.

Je pris une inspiration.

— Je veux retourner au *Mulvaney*.

Mes amies gardèrent le silence un instant. Je sus à l'expression incertaine de Georgia qu'Emerson lui avait tout raconté – en particulier mon humiliation lorsque j'avais découvert que Reece n'était pas le barman que j'espérais séduire. Non, c'était son grand frère. Je ne m'en étais toujours pas remise.

— Tu veux y retourner ? demanda Georgia. Tu es sûre ?

— Oui. Il faut que je parle à Reece.

Emerson me dévisagea et je m'attendis à ce qu'elle me rappelle que je ne lui devais pas la moindre explication. Mais elle n'en fit rien, heureusement, car je ne pouvais pas en rester là. Je ne voulais pas qu'il croie que j'étais comme toutes ces filles qui défilaient au *Mulvaney*, attirées par la réputation de Logan et prêtes à obtenir leur part du gâteau. Il m'avait trouvée différente, au début. C'était ce qui me dérangeait le plus ; désormais, il ne me trouvait plus rien de spécial.

— Alors allons-y, finit par dire Emerson avec une expression d'une solennité inhabituelle.

Elle s'approcha de ma penderie.

— Bon, qu'est-ce que tu vas porter ?

— Quelque chose de sexy, proposa Georgia.

— Bien sûr, répondit Emerson en faisant coulisser les cintres. On va lui faire regretter d'avoir laissé partir notre Pepper.

— Il ne m'a pas exactement laissée partir. Je me suis enfuie.

— Parce qu'il s'est mal comporté. Tu voulais te servir de lui pour améliorer tes prouesses sexuelles. La belle affaire. Quel mec ne serait pas ravi de sortir avec une fille sans aucun engagement derrière ?

Reece, apparemment.

— Je pense que le fond du problème, ici, c'est qu'on a blessé son ego, expliqua Georgia. Pepper l'a confondu avec son frère.

— Alors il faut que tu lui fasses oublier pourquoi il s'est vexé. (Emerson marqua une pause et pivota pour m'observer.) Attends. C'est bien ce que tu veux faire ? Tu veux toujours le séduire ? Est-ce que tu veux toujours que ce soit lui qui t'apprenne les ficelles ?

J'aurais dû être habituée à la franchise d'Emerson depuis le temps, mais elle parvenait encore à me prendre de court. Je tournai les yeux vers Georgia, qui semblait calme et confiante. Comme si elle savait déjà la réponse.

— Oui, confirmai-je, les joues rouges.

Si je devais me forger une expérience en matière de préliminaires, je voulais que ce soit avec lui. J'avais été incapable d'oublier notre baiser. Je n'avais certainement pas l'intention de reprendre mes recherches et de courir après quelqu'un d'autre. Un inconnu. C'était Reece ou personne. J'allais seulement devoir me montrer patiente et espérer que ma maladresse l'attirait.

— Alors c'est réglé, déclara Emerson en me jetant un regard entendu.

— Je veux toujours Hunter, ajoutai-je pour m'assurer qu'il n'y avait pas de confusion.

— Bien sûr, bien sûr.

Elle hocha la tête et se tourna de nouveau vers la penderie. Elle posa la main sur sa hanche fine et en examina le contenu avant de sortir un jean sombre.

— Georgia ? Une idée pour le haut ?

Elle haussa un sourcil, dans l'attente de son avis.

— Un pull bleu à col boule. À droite du placard.

— Merci.

Emerson s'éloigna pour chercher le vêtement dans sa chambre.

— Tu sais, Pepper, dit Georgia en croisant ses jambes enveloppées de Lycra, ce ne sera pas la fin du monde si tu finis avec quelqu'un d'autre que Hunter.

Mon corps entier sembla se crisper pour rejeter cette idée.

— Mais c'est Hunter que je veux. Que j'ai toujours voulu. (J'avais toujours voulu être une Montgomery.) Et pour une fois, ça ne me semble plus totalement impossible.

— Je n'ai jamais pensé que c'était impossible. Encore moins maintenant qu'il est célibataire. Il aurait beaucoup de chance d'être avec toi. Comme n'importe quel garçon.

Elle décroisa les jambes, serra les genoux et se rapprocha du bord du lit. Puis elle me jeta un regard sérieux.

— Mais parfois, ce qu'on veut n'est pas exactement ce qu'il nous faut.

— On croirait entendre le message d'un *fortune cookie*, la taquinai-je, mais ses paroles créèrent un vide en moi.

Je n'aurais su expliquer pourquoi je voulais Hunter. C'était comme ça. Je savais seulement qu'il était ce que je cherchais depuis… depuis toujours.

Comme si elle avait lu dans mes pensées, Georgia demanda :

— Pourquoi faut-il absolument que ce soit Hunter ?

Sa question allait chercher trop loin. Elle orientait mes pensées vers ma mère et un certain ours en peluche, deux choses que je ne récupérerais jamais.

— Oh, je ne sais pas. (Je relevai la tête et plantai mes yeux dans les siens.) Pourquoi faut-il absolument que ce soit Harris ?

Elle cligna les yeux, surprise par ma réplique. Je soupirai et tournai la tête vers la fenêtre, honteuse de mon hostilité.

— Je suis avec Harris depuis le lycée, répondit-elle d'une voix égale.

Je hochai la tête. Je n'essayais pas d'insinuer que sa relation avec Harris n'allait nulle part ou je ne sais quoi. Qu'est-ce que j'y connaissais aux relations ? D'après ce que j'avais pu constater, Harris était un chouette type.

— Ce que j'essaie de te dire, c'est que tu as passé deux ans maintenant sans le moindre rencard. Et tu n'es jamais sortie avec personne au lycée. Peut-être que tu devrais regarder d'autres mecs plutôt que de te focaliser sur Hunter.

C'était difficile à entendre… surtout compte tenu du soutien qu'Emerson et Georgia m'avaient toujours manifesté quant à ma détermination de mettre le grappin sur Hunter. Je me sentais soudain acculée. Je remontai mes genoux contre ma poitrine et reculai sur mon lit jusqu'à m'adosser au mur de brique.

— On ne peut pas dire qu'il y ait eu la queue pour me proposer un rencard, Georgia.

— Parce que tu ne le voulais pas. Les mecs ont besoin d'un peu d'encouragement et tu n'as pas vraiment mis ta disponibilité en avant.

Je croisai les bras, incapable de démentir. Mais ce discours ne me plaisait pas plus pour autant.

— Eh bien, maintenant c'est le cas, non ?

Elle pencha la tête.

— Avec ce barman ? Il est censé avoir de l'importance ? Je croyais que c'était seulement pour un soir.

J'enfouis ma tête entre mes mains et poussai un gémissement.

— Oui. Non. Je ne sais pas.

— J'ai trouvé ! s'exclama Emerson en surgissant dans la pièce, le pouce pointé par-dessus son épaule. Maintenant, grouille-toi d'aller prendre une douche !

Georgia sourit. J'attrapai ma trousse de toilette et mon peignoir, ravie de conclure cette conversation un peu trop sérieuse.

Emerson effectua un petit pas de danse.

— On va briser des cœurs ce soir !

Tant que ce n'était pas le mien…

Au bar, c'était l'habituel marché de viande du weekend – c'est-à-dire qu'il n'y avait pas de place pour s'asseoir. Des groupes de filles et de garçons discutaient et buvaient. Mais leurs yeux étaient en mouvement perpétuel. Scrutateurs. À l'affût. Dès notre arrivée, des types captèrent notre regard et tentèrent d'engager la conversation.

Emerson s'arrêta juste à l'entrée de la première salle, où l'arôme de cornichons frits me mit l'eau à la bouche malgré le restaurant thaï que nous venions de quitter.

— Quel est le plan ?

Je jetai un coup d'œil à la masse des corps en sueur autour de nous. Les visages étaient rouges malgré la température extérieure. Et l'alcool qui coulait à flots ne devait pas y être étranger.

Je me hissai sur la pointe des pieds pour essayer d'apercevoir le bar.

— Je crois que je vais aller le voir directement.

Emerson haussa un sourcil.

— C'est très direct, oui. Et ça ne te ressemble pas vraiment.

— Inutile de repousser à plus tard.

Surtout après ma dernière visite ici. Je n'allais pas faire comme si de rien n'était. J'avais pris la fuite. Il en avait probablement fini avec moi à l'heure qu'il était.

— Bien dit, approuva Georgia. Fini, les manigances.

Nous nous dirigeâmes vers le bar. J'aperçus Reece au milieu de la multitude. Je me dressai sur la pointe des pieds pour avoir une meilleure vue, mais je ne distinguai que son crâne, l'ombre noire de ses cheveux coupés ras.

Sans le quitter des yeux, je demandai à mes amies :

— Je vais m'en occuper toute seule.

— Tu es sûre ?

Emerson ne semblait pas convaincue.

— Oui.

Pour une raison quelconque, alors qu'elles étaient au courant de tout ce qui s'était passé jusqu'à présent, je voulais être seule pour m'humilier une nouvelle fois devant Reece.

Emerson parcourut la foule des yeux et pointa le doigt.

— Là. On peut prendre cette table.

Un bref regard me révéla une table occupée par deux types qui lorgnaient déjà sur la minijupe d'Emerson. Georgia lui emboîta le pas et elles me laissèrent seule dans la file d'attente. Je patientai jusqu'à parvenir au comptoir.

Reece me tournait le dos. Il se pencha et se redressa, ce qui tira sur son tee-shirt. Puis il pivota et son regard se posa sur moi. Il s'immobilisa un instant et son regard s'aiguisa.

— Qu'est-ce que tu fais là ?

Je m'humectai les lèvres et jetai un coup d'œil aux personnes qui se pressaient autour de moi. Je n'avais pas envie d'avoir cette conversation en public, mais je ne voyais pas d'autre possibilité.

Je m'efforçai de parler assez fort pour couvrir le vacarme.

— Je voulais te voir.

Il haussa un sourcil - celui qui était piercé - tout en remplissant un pichet de bière.

— Ah oui ? C'est drôle, étant donné que la dernière fois qu'on s'est parlé, tu t'es enfuie comme une voleuse.

Il tendit le pichet et récupéra l'argent auprès de sa cliente, une fille qui me regarda de haut en bas comme si j'étais une sorte de saleté collée sous la semelle de sa chaussure.

Je lui jetai un regard noir jusqu'à ce qu'elle s'en aille, puis je m'adressai de nouveau à Reece.

— Je n'appelle pas ça une conversation.

— Ah non ?

— C'était plutôt une inquisition.

Ses lèvres affichèrent un semblant de sourire.

— Appelle ça comme tu veux. Je t'ai cernée maintenant, *gentille fille.*

Ces mots et sa façon de les prononcer me hérissèrent. Comme si désormais l'adjectif « gentille » ne pouvait pas être plus éloigné de la vérité.

— Tu ne me connais pas.

Personne ne me connaissait.

— La petite fille gâtée n'a pas aimé ce qu'elle a entendu alors elle s'est enfuie.

D'accord, c'était en partie vrai. Mais je n'étais pas gâtée.

En fin de compte, il me traitait de froussarde. De faible. Une petite voix traversa mon esprit comme un vent froid : *N'est-ce pas la vérité ? N'est-ce pas ce que tu as fait toute ta vie ? Depuis que Maman t'a abandonnée ? Fuir. Te cacher. T'isoler du reste du monde. Développer une obsession pour un mec qui ne sait même pas que tu existes. Prétendre faire partie d'une famille qui n'est pas la tienne.*

Ces pensées cruelles me firent monter les larmes aux yeux. Je m'efforçai de respirer malgré la pression dans ma poitrine et de tenir bon. Je refusai de m'enfuir uniquement parce que la conversation n'allait pas dans mon sens.

— Je suis venue pour te présenter mes excuses.

Il m'observa un long moment sans prêter attention à la fille qui s'approchait de lui, des billets en main. Alors qu'il continuait de me regarder, elle finit par se diriger vers un autre barman. Moi aussi, j'aurais peut-être dû aller voir ailleurs.

Sauf que j'étais venue ici pour ça.

— Je… (Je m'interrompis pour reprendre mon souffle et rassembler mon courage, puis je me lançai :) Je suis accro à un mec depuis très longtemps, mais disons que je manque cruellement d'expérience et que je pensais pouvoir en acquérir auprès de quelqu'un qui sait ce qu'il fait. Apprendre ce qu'il faut faire… dans l'intimité. Comment se comporter avec un garçon.

J'accompagnai mes propos d'un geste de la main entre lui et moi.

Voilà. C'était dit. Et c'était aussi horrible que je l'avais redouté.

Je décidai de le regarder franchement en espérant qu'il ne percevrait pas les tremblements qui parcouraient mon corps.

Il ne laissait rien transparaître. C'était comme si mes paroles n'avaient eu aucun impact sur lui, il se tenait comme un soldat stoïque qui observe durement son ennemi. Sauf que cet ennemi, c'était moi.

Il finit par prendre la parole.

— Tu es en train de dire que tu cherches un plan cul ?

Mon voisin reporta vivement son attention sur moi.

— Sympa.

Il se pencha vers moi et son épaule effleura la mienne.

— Q... quoi ? bredouillai-je. Non !

Reece fusilla le client du regard.

— Va voir ailleurs. Tout de suite.

Le type leva les deux mains pour s'excuser et recula.

J'inspirai en tentant de reprendre mon sang-froid. J'en avais assez dit. J'avais présenté mes excuses. J'avais accompli ce pour quoi j'étais venue. Maintenant, je pouvais m'en aller.

— Je voulais juste te dire que j'étais désolée.

Je tournai les talons et me dirigeai tout droit vers la table où Emerson et Georgia m'attendaient. J'espérais qu'elles n'avaient pas envie de rester plus longtemps. Je voulais rentrer à la maison. J'étais toujours mortifiée, mais, comme avec un pansement qu'on arrache d'un coup sec, la brûlure commençait déjà à s'estomper. Avec un peu d'espoir, tout aurait disparu le lendemain et ne serait plus qu'un vague souvenir. Mon temps au *Mulvaney* était terminé. Pour une raison que je ne m'expliquais pas, cette idée me pinça le cœur.

Les filles m'adressèrent un signe de la main, les yeux brillants de questions en attente. Elles n'accordèrent pas un regard aux types qui essayaient désespérément d'attirer leur attention tandis que je leur rapportais ma conversation avec Reece.

Puis soudain, le regard d'Emerson dériva par-dessus mon épaule et elle ouvrit de grands yeux.

Je pivotai sur moi-même à l'instant précis où Reece tendait la main vers moi. J'ouvris la bouche et je m'apprêtai à dire quelque chose. Mais j'oubliai aussitôt ce que j'avais en tête car sa main se referma sur la mienne. Il me fut alors impossible d'articuler le moindre mot.

12

Ses doigts forts autour des miens, il fouilla mon visage avec une telle intensité que je me retins de me tortiller sur mon siège.

Le vacarme de la pièce bourdonnait dans mes oreilles. Un fracas de verre retentit du côté du bar, mais je ne détournai même pas les yeux. Sans un mot, il tourna les talons et m'entraîna avec lui. Je m'émerveillai de la façon dont les clients s'écartèrent sur son passage. Il n'avait même pas besoin de se servir de ses coudes. Il fendait simplement la foule.

— On va où ? demandai-je une fois que j'eus retrouvé ma voix.

Il ne jeta même pas un regard derrière lui. Pourtant, je savais qu'il m'avait entendue. Il resserra ses doigts autour de ma main.

Une pensée horrible me traversa l'esprit en le voyant me guider jusque vers l'arrière-salle où l'on servait la nourriture :

— Est-ce que tu me jettes dehors ?

Si humiliant que ça puisse être, il en avait la possibilité. Il travaillait ici, après tout. En étions-nous vraiment arrivés à ces extrémités ?

Nous approchâmes du comptoir où une fille en tenue griffonnait les commandes sur un calepin avant de les coller derrière elle sur un tableau à l'intention des cuisiniers.

La queue pour la nourriture était nettement moins longue que pour les boissons, mais quelques personnes commandaient un hamburger pour accompagner leur bière. Nous les contournâmes. Reece releva le bout de comptoir amovible et m'entraîna à sa suite. La fille qui prenait les commandes releva les yeux.

— Mike me remplace, lui dit-il.

Son regard passa de lui à moi et sa bouche forma un petit O de surprise.

Nous traversâmes la cuisine et croisâmes les deux cuisiniers coiffés d'un filet. Reece s'arrêta devant la porte d'un garde-manger. Il sortit un trousseau de clés, la déverrouilla et l'ouvrit.

À l'intérieur, je ne distinguai aucune des étagères de provisions que je m'attendais à trouver. Une volée de marches s'ouvrait devant nous. Il me tira derrière lui et referma la porte.

Mon rythme cardiaque s'accéléra. La proximité de Reece et notre soudaine solitude firent bourdonner mon sang dans mes oreilles. Les bruits du bar furent aussitôt étouffés, comme si quelqu'un avait baissé le volume sur une télécommande.

Une faible lueur brillait en haut des escaliers, nous épargnant une obscurité totale. Mais nous ne nous attardâmes pas longtemps au bas des marches. Il m'entraîna à sa suite en serrant ma main entre ses doigts chauds.

Nos pas sur les marches en bois résonnèrent dans l'espace étroit. Les escaliers débouchaient sur une large pièce. Parquet en bois, murs de brique. Quelques photos intéressantes ornaient les murs ici et là. Les lieux étaient occupés par un lit, un bureau et un espace de vie, ainsi qu'une cuisine dans le coin droit opposé. Un grand écran était installé devant un canapé sombre. Il n'y avait pas d'autre élément de décor superflu. Un repaire typique de célibataire. Non pas que j'aie souvent eu l'occasion d'en voir dans ma vie. Il lâcha ma main et se laissa tomber sur une chaise. Je le regardai bêtement défaire ses lacets.

— Tu vis ici ? parvins-je à articuler.

— Oui.

C'était tout. Un simple monosyllabe. La première botte tomba au sol. Il s'attaqua à la seconde sans m'accorder un regard.

— Tout seul ?

Pff. Est-ce que je pensais vraiment que tous les barmans vivaient ici ?

Il me jeta un bref regard.

— L'endroit m'appartient.

— Le *Mulvaney* ? C'est à toi ?

— Le bar est dans ma famille depuis cinquante ans. Je m'appelle Reece Mulvaney. Mon père était encore gérant il y a deux ans. Aujourd'hui, c'est moi.

— Oh.

Je ne savais pas pourquoi ça changeait tout, soudain, mais c'était le cas.

C'était encore *plus* gênant. Il avait grandi ici. Il avait tout vu. Tout. Toutes sortes d'étudiants idiots et libidineux passer les portes. Je repensai à mon aveu un peu plus tôt, comme quoi j'étais venue ici pour chercher de l'expérience. *Seigneur.* Il devait me prendre pour une sacrée cruche.

J'enfonçai mes mains dans mes poches étroites, à l'affût, dans l'attente qu'il dise quelque chose. Qu'il m'explique à quoi il pensait. Ce que nous faisions ici.

Ce que *je* faisais ici.

Il se releva d'un mouvement fluide, avec la grâce d'un félin. Il posa sur moi un regard intense dans lequel brillait une étrange lueur.

Il s'approcha lentement.

Il s'arrêta devant moi, à quelques centimètres à peine. Je ne pouvais plus respirer. Mes poumons s'étaient vidés de leur air et je n'arrivais pas à inspirer. Je fixai son torse des yeux, trop nerveuse pour le regarder en face.

Voilà qui posait un tout nouveau problème. Je ne pouvais penser qu'à l'impression de fermeté et de solidité de son torse. J'étais comme hypnotisée par la peau dorée qui apparaissait sous son col.

Puis ses mains se retrouvèrent autour de mon visage et dans mes cheveux. Mon cuir chevelu se mit à picoter. Il me força à relever la tête. J'aperçus brièvement l'éclat de ses yeux pâles avant qu'il se penche vers moi, et tout le reste s'envola. Il n'y avait plus que lui, ses lèvres brûlantes sur les miennes, ses mains posées sur mon visage.

Puis sa langue caressa ma lèvre inférieure. Surprise, j'entrouvris la bouche et il en profita pour la glisser à l'intérieur. Je me penchai en avant pour me fondre en lui. Son érection pressée contre moi me donna des vertiges et ramollit mes jambes. Les sensations me submergèrent. Je ne pouvais ignorer sa puissance, sa force. Elle irradiait de sa personne par vagues et, si grisants que soient la situation et cet homme, je me sentais malgré tout légèrement effrayée. Un peu comme ces attractions qui vous font tomber depuis les sommets et remonter une seconde avant de heurter le sol. À cet instant précis, je me sentais tout sauf en sécurité.

Je m'écartai pour reprendre mon souffle, paniquée, hors d'haleine.

— Attends, s'il te plaît, implorai-je d'une voix tremblante en coulant un regard vers les escaliers pour évaluer mes possibilités de fuite.

Un bref coup d'œil me confirma ce que je savais déjà. J'étais totalement à sa merci.

— Quoi ? demanda-t-il d'une voix calme sans lâcher mon visage.

Je luttai contre les désirs sombres qui m'exhortaient à me jeter sur lui et à reprendre notre baiser. Je déglutis et m'efforçai d'analyser la situation, d'ignorer la voix dans ma tête (qui ressemblait beaucoup à celle d'Emerson) m'encourageant à m'offrir à lui sans réserve.

J'évitai son regard et inspectai son loft comme si je pouvais y trouver une échappatoire. Mon attention fut attirée par le lit. Sous nos pieds, l'activité du bar créait un bourdonnement régulier, comme le grondement dans le ventre d'une bête. Même s'il me rappelait qu'une foule grouillait au rez-de-chaussée, nous aurions aussi bien pu nous trouver sur une île déserte. Nous étions bel et bien seuls. Rien que lui et moi.

Il dut s'apercevoir de mon angoisse. Il écarta les doigts sur mes joues et je tournai de nouveau la tête en voyant la sienne s'approcher. Il m'embrassa et captura ma lèvre entre ses dents. Je sentis mon ventre se serrer.

Je poussai un gémissement.

Ses lèvres remuèrent contre ma bouche.

— T'inquiète pas. Les vierges m'intéressent pas.

Et il m'embrassa encore, fourra sa langue dans ma bouche et ses mains dans mes cheveux pour maintenir ma tête et l'incliner à un angle adéquat. La pression de ses lèvres ne me laissa pas l'occasion de répondre. De toute façon, je n'aurais pu former aucune parole cohérente...

Seules deux pensées martelaient mon cerveau. *Oh, merde, c'est si évident que ça que je suis vierge ?* Et : *Pourquoi fait-il ça s'il sait qu'il n'y a pas de sexe à la clé ?*

De toute façon, ces questions furent vite sans importance. Sa bouche me consumait tout entière. Le baiser se prolongea, et se prolongea encore. Il m'explorait avec sa langue et continua de me goûter jusqu'à ce que je prenne de l'assurance. Je touchai sa langue du bout de la mienne. Il émit un grognement d'approbation et passa un bras autour de ma taille. D'un geste, il me souleva juste assez pour pouvoir me transporter, et mes pieds raclèrent le plancher. Je poussai un petit couinement en m'agrippant fermement à ses épaules.

Il s'arrêta puis me relâcha, me laissant glisser le long de son corps, et mes pieds retrouvèrent la surface du sol. Ma tête, en revanche, restait perdue quelque part dans les nuages. Quelque part entre le goût de sa bouche et la sensation de son corps contre moi.

Et puis le contact de sa main rêche sur ma joue disparut à son tour.

Il recula.

Je réprimai un gémissement de déception et je me retins juste à temps de tendre la main vers lui pour l'attraper par l'avant de son tee-shirt.

Il se laissa tomber sur son lit sans me quitter des yeux, me laissant debout devant lui. Je changeai mes pieds de position, incertaine de la conduite à tenir, et m'efforçant de tout mon être de paraître à l'aise et sophistiquée. En vain. Il m'avait traitée de vierge, après tout. Et j'avais admis être venue ici en quête d'expérience. J'étais à découvert.

Ses yeux pâles brillaient dans la faible lueur rouge doré du lampadaire.

Décidée à agir, je m'avançai vers lui, mais il secoua la tête. Ses yeux semblaient me jeter des éclairs. Il se rallongea sur le matelas et se hissa sur un coude, l'air faussement désinvolte.

— Déshabille-toi.

La nature de sa requête était tout sauf innocente, pourtant on aurait dit qu'il me demandait de lui passer le sel.

Un curieux son étranglé monta dans ma gorge. Je tentai de le réprimer et d'articuler quelque chose d'une voix à peu près normale.

— Quoi ?

Il pencha la tête sur le côté pour m'étudier.

— Tu voulais apprendre les préliminaires. C'est pas ce que tu étais venue chercher auprès de mon frère ?

Ce rappel me brûla les joues.

— Eh bien, tu m'as, moi, annonça-t-il.

Il parlait de lui comme d'un second choix. Ce qui était ridicule. Logan était sexy, mais il ressemblait à un chanteur de *boys band*. Reece, c'était complètement autre chose.

— Maintenant, déshabille-toi.

Mes mains se mirent à trembler. S'il ne m'avait pas assuré que « les vierges ne l'intéressaient pas », j'aurais pris mes jambes à mon cou. Sans doute.

Je m'humectai les lèvres et mon ventre se noua lorsque je le vis suivre ce petit geste des yeux. Rien ne lui échappait. J'avalai ma salive et lui demandai :

— Est-ce que ce n'est pas justement sauter les préliminaires et passer directement à l'acte ?

— C'est moi qui ai de l'expérience, ici. Tu me fais confiance ?

Ce fut mon tour de parcourir son corps du regard, délicieusement allongé sur le lit, absolument canon sans avoir besoin de faire le moindre effort. Comme si ramasser des vierges au bar et les ramener ici était son lot quotidien. Ce n'était probablement pas le cas, mais une pointe de jalousie monta en moi malgré tout. Je ne voulais pas savoir s'il avait déjà fait ça ou pas. S'il s'était déjà allongé sur son lit en demandant à d'autres filles de se déshabiller devant lui. Même si c'était sa supposée expérience qui m'avait amenée à cet instant fatidique, j'avais envie de croire que j'étais la première à voir son appartement.

— Je devrais te faire confiance ? (Je levai le menton pour tenter de paraître plus courageuse que je l'étais en réalité.) Ce n'est pas comme si je te connaissais.

Pourtant, si. Un petit peu. Je savais qu'il était du genre à aider une jeune femme coincée sur le bord de la route. Je savais qu'il était doué avec les enfants. Il était aussi du genre à se vexer si on le confondait avec le garçon facile qu'était son frère. Il avait des principes.

— On ne va rien faire que tu n'as pas envie de faire, expliqua-t-il. Retire tes vêtements… avec sensualité. (Le coin de ses lèvres s'étira sur le côté.) Ça peut être très excitant. C'est pas ce que tu voulais apprendre ? Comment exciter un mec ? Un mec en particulier ?

Hunter. Oui. Mon cœur bondit à l'évocation de son nom. Mon objectif. La raison de ma présence ici. C'était exactement ça. Je hochai la tête.

— Bien. Alors qu'est-ce que tu attends ?

Qu'est-ce que j'attends ? Je me mordis la lèvre en essayant de me décider. La logique ainsi que l'élan de désir dans mes veines m'encouragèrent. *Oui. Vas-y. Fais comme si tu n'avais pas peur, et vis, pour une fois.*

— Viens. (Il s'assit sur le lit.) Je vais imiter chacun de tes mouvements, proposa-t-il.

Bien sûr, les types comme lui étaient pudiques. Laissez-moi rire. Comme si ça pouvait me mettre plus à l'aise à l'idée de me déshabiller devant lui.

Il tendit la main derrière sa tête, agrippa son tee-shirt et le retira d'un seul geste.

Un ruban invisible se resserra autour de ma poitrine. Bon sang de bonsoir. Je le dévorai du regard. Sa peau bronzée. Ses abdos en béton. Ma bouche saliva et s'assécha simultanément. Je distinguais maintenant son tatouage dans son intégralité, qui couvrait son bras et descendait sur son torse. Le dessin animal recouvrait son pectoral gauche. Je discernais également une sorte de texte qui s'étirait le long de sa cage thoracique, mais je ne pouvais déchiffrer les mots de là où j'étais.

— C'est ridicule, soufflai-je, un mélange de crainte et de désir tourbillonnant en moi tel un élixir enivrant.

Je ne m'aperçus que trop tard que j'avais parlé tout haut. Ma poitrine se comprima encore davantage.

Il esquissa un semblant de sourire.

— Conseil numéro un : ne dis pas à un mec qu'il est ridicule quand il se déshabille devant toi. Tu risquerais de lui filer des complexes.

Je ne pouvais imaginer Reece avoir des complexes. Pas avec ce corps et ce visage.

Je parcourus des yeux son torse mince, son ventre plat et ses muscles dessinés. J'étais incapable de me retenir.

La ceinture de son jean était baissée au point de révéler l'élastique noir de son caleçon.

— À toi. Enfin... quand tu auras fini de mater.

Je relevai les yeux vers son visage. Sa voix semblait différente, plus rauque et plus profonde, comme un grondement bas qui créait une réaction physique sur ma peau. Ses yeux aussi paraissaient différents. Un voile passait sur ses iris pâles, comme une nappe de brouillard qui dérive au-dessus de la mer. Il me regardait avec une intensité telle que mes mains se mirent à trembler en se rapprochant du bord du pull de Georgia.

Je peux y arriver.

Je retirai promptement le vêtement avant de perdre mon courage. Un bref regard me confirma que je ne portais pas mon soutien-gorge en coton blanc habituel. *Dieu merci.* Le satin rose pâle remontait ma poitrine. Son regard avide me donna l'impression d'être nue alors que je portais encore mon soutien-gorge. D'ici le mois de mai, il y aurait une foule de filles qui prendraient le soleil sur l'esplanade, vêtues de bikinis plus petits que mon soutien-gorge.

— Joli, dit-il d'une voix douce.

— Merci.

— Pas la peine de rester plantée là comme si tu affrontais un peloton d'exécution.

Le grondement de sa voix ne fit rien pour apaiser ma nervosité, au contraire. Il me sembla même que j'avais légèrement sursauté.

Il se rapprocha du bord du matelas et tendit un bras vers moi. Il me saisit le poignet et m'attira vers lui, sans se départir de son petit sourire. Je vins à lui à pas hésitants, à la fois soulagée et curieusement déçue d'être interrompue pendant mon strip-tease (mais principalement soulagée).

Sa peau nue à l'air ferme attira de nouveau mon regard. Je ne pouvais m'empêcher de m'y perdre et je devais me retenir de saliver. Il aurait dû constamment se balader torse nu. Non, oubliez. Il serait capable de causer des émeutes.

Il relâcha mon poignet et je me retrouvai entre ses jambes écartées qui irradiaient de chaleur. Je baissai la tête vers lui. Je mourais d'envie de poser les doigts sur la courbe dénudée de ses épaules, et de caresser son tatouage.

— Continue, susurra-t-il d'une voix de velours qui glissa sur ma peau.

Je déglutis.

— Quoi ?

— Le rose te va très bien, certes, mais je veux que tu enlèves ça.

Il tira légèrement sur l'une de mes bretelles. Bon, d'accord, je n'étais pas tirée d'affaire, mais une vague de panique monta en moi à l'idée de retirer mon soutien-gorge. Il avait les yeux au niveau de ma poitrine ! Je n'étais pas sûre de pouvoir supporter une telle proximité.

Je voulais de l'expérience, mais ne s'agissait-il pas d'une plongée directe dans le grand bain ? Est-ce que nous ne pouvions pas barboter un peu, d'abord ? En commençant par la pataugeoire pour enfants ?

Il tordit les lèvres.

— Tu réfléchis trop. Ça se voit. Arrête.

— C'est ce que tu fais avec les autres filles avec lesquelles tu n'as pas l'intention de coucher ?

Je reconnaissais à peine ma voix, qui semblait toute petite et étouffée.

— C'est ce que je fais avec toi.

Il posa les mains sur mes hanches et ses doigts semblèrent me brûler de leur empreinte.

— Allez. Détends-toi.

C'était peut-être le ton de défi qui me piqua à vif, ou simplement la vérité contenue dans ses paroles. Il avait raison : je réfléchissais trop. Je tendis mon bras dans mon dos et dégrafai mon soutien-gorge. Je me demandai comment j'avais pu, en une semaine, passer de la fille avec un seul baiser au compteur à... celle-là. Seule, à moitié nue avec un canon trop bien pour moi et qui ne jouait pas dans la même cour que moi.

Arrête de réfléchir, Pepper.

Je retins le sous-vêtement contre mon corps pour l'empêcher de tomber.

Ça n'a rien à voir avec la réflexion. Il s'agit seulement d'instinct.

Il m'observa, et son regard passa de mon visage à mes bras que je pressais contre moi pour m'épargner la nudité totale.

Il leva une main. En m'étudiant intensément, il retira une bretelle et effleura doucement ma peau. Le ruban de satin tomba sans bruit de mon épaule gauche.

Un frisson parcourut ma colonne. La chair de poule apparut sur ma peau et mon corps entier se raidit.

C'était un petit rien du tout. Une bretelle qui n'offrait aucune véritable protection, mais c'était comme si une barrière était tombée. Il approcha la main de l'autre bretelle. Nouveau frôlement de doigts sur mon épaule. Nouveaux frissons.

Il ne restait plus que mes bras plaqués contre moi désormais pour retenir les bonnets roses. Sans me quitter des yeux, il saisit mes poignets puis, lentement, fermement, il les écarta de ma poitrine. Le soutien-gorge tomba.

Malgré la vague de chaleur qu'il faisait naître en moi, un courant froid glissa sur ma peau et me fit frissonner. Mes tétons réagirent en durcissant. Ou peut-être que c'était seulement l'effet qu'il me faisait. Il traîna son regard d'un bleu scintillant sur mon corps.

Je n'avais jamais été aussi nue devant quelqu'un auparavant. Je ne me déshabillais même pas devant les autres filles. J'étais du genre à me cacher dans les cabines des vestiaires ou à m'habiller à la hâte en tournant le dos à tout le monde. C'était un événement sans précédent.

Et je n'avais nulle part où me cacher.

Il posa les mains sur mes côtes et non pas directement sur ma poitrine, mais le résultat fut le même : je tressaillis malgré tout. Ses pouces effleuraient le dessous de mes seins sans vraiment les toucher.

Il m'attira à lui et m'allongea sur le lit. Puis il se rapprocha de moi, plaça son bras musclé à côté de ma tête et glissa l'une de ses jambes par-dessus ma hanche pour me plaquer sur le matelas. Je pris une inspiration, tourmentée, et retins mon souffle. C'était trop. Trop vite.

— Si belle, si douce.

Il caressa légèrement mon ventre et ma peau frémit malgré moi au contact de sa paume chaude. J'avais mal aux poumons à force de retenir mon souffle, mais je n'arrivais plus à les faire fonctionner.

Embarrassée, je ramenai mes mains sur ma poitrine. Il réagit immédiatement en les écartant. Avec une inspiration résolue, je plaquai mes bras, raides, contre mes flancs. Je voulais me montrer courageuse. Je voulais m'épanouir dans cette expérience et oublier la vierge effarouchée que j'étais en réalité.

Une bouffée de chaleur remonta dans mon cou et me brûla le visage. J'attendis, prête à sentir ses mains empoigner ma poitrine comme le ferait n'importe quel garçon, mais rien ne vint.

Il approcha son visage et je sentis son souffle chaud près de mon oreille. Je penchai la tête pour solliciter ses caresses.

— Détends-toi. Tu es censée prendre du plaisir.

— D-d'accord, dis-je d'une voix tremblante.

— Ce n'est pas très excitant si tu es toute crispée.

— Alors je ne t'excite pas ? bredouillai-je, mortifiée, avec l'impression d'avoir échoué.

J'étais ici pour explorer, pour apprendre, et je m'y prenais terriblement mal.

— Oh si, je suis excité. Ne t'inquiète pas pour ça.

Il passa la main dans mes cheveux pour les écarter de mon cou.

— Je parle de manière générale. Si tu passes à l'acte avec quelqu'un d'autre… il aimerait sûrement que tu sois plus réceptive.

Il posa les lèvres sur ma joue, juste à côté de mon oreille. « Quelqu'un d'autre. » Ses paroles résonnèrent en moi. Je n'arrivais pas à penser à quelqu'un d'autre pour le moment. Je n'imaginais personne d'autre que lui pour caresser ma peau avec ses lèvres, pour toucher mon ventre et enfoncer légèrement le bout de ses doigts dans ma chair frémissante.

À cet instant, toutes mes peurs s'envolèrent. J'oubliai même que j'étais nue, exposée, vulnérable comme je ne l'avais jamais été. Comme je ne m'étais jamais *autorisée* à l'être avec quiconque.

Je me tortillai sur le lit, submergée de désir, à l'affût de son prochain geste, de sa prochaine caresse. J'espérais qu'il allait le faire tout autant que je le redoutais.

Sa bouche frôla de nouveau mon oreille et je sentis son souffle sur mes lobes hypersensibles. Il me donnait envie d'aller plus loin.

— Tout ce qu'il veut, c'est que tu aies autant envie de lui que lui de toi.

Il faisait de nouveau référence à mon supposé futur amant, le type pour qui je faisais tout ça. En réalité, l'évocation de Hunter à un moment pareil me contrariait. Il n'était pas là. Reece, si. Je n'avais pas envie de penser à Hunter pour l'instant. Je ne voulais qu'une chose : ressentir.

Je tournai la tête pour le regarder en face, nos bouches à quelques millimètres à peine l'une de l'autre.

— C'est ce que tu fais ? Tu essaies de m'amener à avoir envie de toi ?

D'où me venait cette question ? Avec ma voix, elle paraissait rauque et aguicheuse.

— À toi de me dire. C'est le cas ?

Je déglutis et m'apprêtai à répondre qu'en effet il y était parvenu depuis bien longtemps, mais il mordit mon lobe et je me cambrai sur le lit avec un petit cri de plaisir inattendu.

Il émit un son grave d'approbation, puis il me caressa. Une sensation surprenante après l'autre. Sa bouche sur mon oreille. Sa main sur mon sein. J'entrouvris les lèvres en éprouvant la chaleur de sa paume sur ma chair.

— J'adore ta peau. Tu as une poitrine sublime.

Ma tête roula sur le côté et je m'agrippai à ses épaules en faisant fi de ma timidité. J'empoignai ses muscles solides qui se contractèrent lorsque j'enfonçai mes ongles dans sa peau.

Il agaça mon téton et je poussai un gémissement, l'entrejambe palpitant, puis je me tortillai sur le lit en cherchant un moyen d'apaiser la vague de chaleur qui s'emparait de moi.

Il m'embrassa de nouveau et fit fusionner nos lèvres et nos langues. Je lui rendis son baiser. Toutes mes incertitudes s'étaient envolées.

Il approcha alors son visage de mon sein, débarrassé de la légèreté taquine de ses doigts, et m'enveloppa dans la chaleur humide de sa bouche.

Je murmurai un son étranglé sans parvenir à articuler de parole intelligible.

Soudain, mon téléphone se mit à sonner. Il continua comme si de rien n'était, continua de me dévorer comme si j'étais un mets rare. Comme si nous étions les deux dernières personnes de l'univers. Sans bar ni personne au rez-de-chaussée. Sans téléphone qui carillonnait dans ma poche.

La sonnerie finit par s'arrêter et je cessai aussitôt de m'interroger sur l'origine de l'appel. Même si ça n'était pas très difficile à deviner.

Puis un message fit vibrer l'appareil dans ma poche contre sa hanche. Nous l'ignorâmes. Même la deuxième fois. Puis la troisième.

À la quatrième, il se redressa en grognant.

— Ça ne va pas s'arrêter.

Il s'assit, glissa la main dans ma poche pour en sortir mon téléphone. Je me mordis la lèvre en sentant ses doigts si proches du sommet de mes cuisses. Malgré l'intimité que nous venions de partager ces dernières minutes, ce geste laissait entrevoir encore bien davantage.

Puis, plutôt que de me tendre mon téléphone comme je m'y attendais, il se mit à taper sur le clavier.

— Qu'est-ce que tu fais ?

Il acheva son message et jeta l'appareil sur le lit derrière ma tête ; puis il se repositionna au-dessus de moi, son torse nu écrasant ma poitrine encore humide de ses baisers.

— Qu'est-ce que tu as répondu ?

Son souffle effleura mes lèvres.

— Que tu passais la nuit avec moi.

13

Oh. Mon. Dieu. Une vague de chaleur remonta le long de mon échine, une sensation que le contact de ses lèvres sur les miennes ne fit qu'amplifier. Il s'inséra entre mes cuisses et je m'émerveillai de le sentir à cette place, qui semblait la sienne. Il posa ses mains sur ma ceinture, fit glisser ses doigts sous mon nombril et à l'intérieur de ma culotte.

Le contact provoqua à la fois une décharge électrique et un frisson de panique. Je gémis contre ses lèvres, lui saisis le poignet et tirai dessus.

Il obéit et retira sa main de ma culotte, et je fus aussitôt submergée par une sensation d'apaisement. Il était donc sincère tout à l'heure : il ne ferait rien dont je n'avais pas envie. Cette assurance aiguisa mon sentiment de puissance. Je pouvais tout faire. L'embrasser. Le caresser. L'explorer à ma guise sans craindre qu'il exige de moi plus que ce que j'étais prête à lui donner.

Mes dernières réserves se dissipèrent totalement. Je plongeai mes mains dans ses cheveux soyeux, j'éprouvai la forme de son crâne, la peau tendre de sa nuque. Je m'autorisai à intensifier notre baiser, à presser mes lèvres plus fort contre les siennes et à le goûter avec ma langue. Il lâcha un grognement appréciateur et murmura :

— J'adore sentir tes mains sur moi.

J'aimais aussi le sentir contre moi, je savourais la liberté d'en avoir la possibilité. Je caressai ses larges épaules, descendis le long de sa colonne et remontai. Je me délectai de la texture veloutée de ses cheveux courts et de la barbe sur ses joues.

— Bon sang, qu'est-ce que tu es douce... fit-il en écrasant ses lèvres sur les miennes tandis que je sentais sa mâchoire bouger sous ma main.

Il glissa les siennes sous moi, empoigna mes fesses et pressa son érection contre mon corps. Un élan de désir s'empara de moi. Il commença à effectuer des mouvements du bassin et je rompis notre baiser pour essayer de maîtriser ma respiration. Son souffle aussi inégal que le mien emplissait mes oreilles.

Il retira l'une de ses mains de mes fesses pour la placer entre nous et frotter mon entrejambe. Je poussai un petit cri en décollant les hanches du lit sous la pression de ses caresses expertes. Il me toucha à travers mon jean et augmenta la pression à chaque frottement. Il appuya la base de sa paume à un endroit magique de mon anatomie. Je me mis à trembler. Puis je plaquai mes hanches contre lui en m'agrippant à ses bras.

— Oh, Seigneur.

Oh, mon Dieu ! Oh, mon Dieu ! Oh, mon Dieu !

Je fermai les yeux et me mordis la lèvre pour m'empêcher de faire trop de bruit. Il allait me faire jouir. Comme ça. Aussi facilement. Et à travers mon jean, rien que ça.

— Laisse-toi aller. C'est bon, dit-il d'une voix rauque. J'ai envie de t'entendre.

Je relâchai ma lèvre et laissai les sons s'exprimer. Je lâchai un cri aigu en me cambrant sous lui, dressant et descendant les hanches. Je ne reconnaissais même pas ma voix. C'était celle d'une créature guidée par le plaisir et les sensations débridées. Je fermai les yeux en sentant monter en moi une insupportable tension. Ma litanie silencieuse passa la barrière de mes lèvres.

— Oh, mon Dieu ! Oh, mon Dieu ! Oh, mon Dieu !

Un gloussement grave s'échappa des lèvres de Reece et résonna contre ma gorge nue. Il pencha la tête pour prendre mon téton en bouche. Des feux d'artifice explosèrent derrière mes paupières closes. Je criai en enfonçant mes ongles dans ses épaules. Je me mis à trembler au rythme des vagues de plaisir qui déferlaient sur moi. Puis je m'affaissai, vidée de mon énergie.

Il m'aida à me rallonger et enroula son corps derrière moi. Son érection n'avait pas disparu et je pouvais la sentir dans mon dos, me rappelant qu'il n'avait pas atteint le paroxysme.

Tandis que les délicieuses sensations quittaient peu à peu mon corps, une certaine gêne s'installa. Je restai immobile un moment, plongée dans mes réflexions, en me demandant quoi dire.

Que dire après son premier orgasme ? *Vous me remettez la même chose, s'il vous plaît ?* Je tournai mon visage contre le matelas pour étouffer le ricanement à ma propre plaisanterie.

Il se releva, et je restai figée en jouant nerveusement avec une mèche de mes cheveux, cherchant la meilleure manière de gérer l'instant. Je perçus un léger cliquetis puis l'appartement fut plongé dans la pénombre. Un bruissement et la sensation d'une couverture douce sur moi. Reece se glissa au-dessous et passa son bras fort autour de ma taille pour m'attirer contre lui. J'attendis que quelque chose se passe et les minutes s'écoulèrent. Était-ce le moment où il essaierait de m'inciter à coucher avec lui ? Son érection toujours présente dans mon dos me distrayait et m'excitait, ramenant à la vie la palpitation entre mes jambes. Je serrai les cuisses dans le but désespéré d'apaiser l'élancement presque douloureux.

Rien. Pas un mot. Pas un geste. Son érection finit par se ramollir et au bout d'un moment, je sentis sa poitrine se soulever à un rythme régulier dans mon dos. Incroyable. Il s'était endormi.

Je me tenais aussi raide qu'une planche de bois entre ses bras. Je doutais de parvenir à trouver le sommeil.

Puis ce fut ma dernière pensée avant d'être engloutie par les ténèbres.

Je me réveillai la jambe enchevêtrée avec celle, plus longue et plus lourde, d'un homme. Une grande première.

Les souvenirs de la veille affluèrent et mon visage s'échauffa aussitôt, ainsi que d'autres parties de mon corps. Je me crispai instantanément, à l'écoute, tous les sens en alerte. Une légère couche de poils recouvrait les membres masculins et créait un délicieux frottement contre mes jambes douces. C'était une expérience totalement étrangère. Je humai l'air et je saisis l'arôme musqué du lit de cèdre, ainsi qu'autre chose. Quelque chose qui m'était déjà familier. C'était lui. Je connaissais son odeur. Le savon, le musc et le sel de sa peau. Je n'avais jamais connu l'odeur personnelle de quiconque jusqu'à aujourd'hui. Enfin, à part celles de ma mère et de ma grand-mère. Celle de ma grand-mère consistait en un mélange de lessive et de Bengay. Pas désagréable. Ma mère, c'était la cigarette et l'odeur aigre de l'alcool.

Je tournai la tête sur l'oreiller et jetai un coup d'œil sur ma droite. La pièce était baignée d'une lumière sombre et bleutée qui filtrait à travers les rideaux. J'observai Reece dans la pâle lueur de l'aube. Un bras était levé au-dessus de sa tête et l'autre jeté nonchalamment sur le côté. Au moins, il ne me serrait plus comme si j'étais son coussin préféré. J'étais libre. La garde ainsi baissée, il paraissait plus jeune. Je rêvais de toucher son visage et d'éprouver sa barbe rugueuse sous mes doigts. J'avais une vue dégagée sur son tatouage qui courait sur son torse, sur ses muscles dessinés et ses tendons, et s'arrêtait juste sous son aisselle. Je plissai les yeux pour déchiffrer les mots dans la lumière faible. « Conduis-moi au rocher que seul je ne puis atteindre. » S'agissait-il d'un psaume de la Bible ? Je fronçai les sourcils, désorientée à l'idée que ces mots puissent avoir une signification particulière pour lui. Suffisamment pour qu'il ait choisi de les graver sur sa peau de façon permanente. C'était une nouvelle facette de lui qui s'offrait à moi, une douceur, une profondeur que je n'aurais jamais soupçonnées.

Réprimant mon envie de le toucher, je démêlai mes jambes des siennes et sortis du lit. Je fouillai rapidement le sol des yeux et je trouvai mon pull et mon soutien-gorge roulés en boule à quelques dizaines de centimètres.

Je m'habillai sans le quitter des yeux, certaine qu'il allait se réveiller d'un moment à l'autre et poser son regard voilé sur moi. Le temps d'enfiler ma deuxième botte en sautillant sur un pied, mon cœur battait à un rythme effréné.

Je récupérai avec précaution mon téléphone sur le lit et je reculai. Je fis une pause au sommet des marches. J'en profitai une dernière fois pour examiner le moindre centimètre de son corps niché dans les draps, comme s'il était le modèle d'une pub pour un parfum sensuel. Je pris une profonde inspiration pour me ressaisir.

Je posai une main sur le mur, soudain soulagée qu'il ne se soit pas réveillé. Mais ce n'était pas la seule chose que je ressentais. Un malaise s'insinuait dans mon ventre comme une bulle d'acide. Il me semblait mal, d'une certaine façon, de partir ainsi comme une voleuse. Sans un mot. J'avais l'impression de le trahir, ce qui était totalement stupide. Les coups d'un soir, ça arrivait tout le temps. Pas d'attache. Pas d'engagement. Et ce n'était pas comme si nous avions couché ensemble. Nous n'étions pas obligés de nous regarder dans les yeux et de débiter un chapelet de mensonges et de promesses de s'appeler. Ça n'était pas ça du tout. Il savait pertinemment pourquoi je l'avais suivi ici la nuit dernière. Pourquoi j'avais baissé ma garde et je m'étais autorisée à faire ces choses incroyables avec lui. Nous le savions tous les deux. Je n'étais pas l'une de ces filles qu'il pouvait craindre de voir lui coller aux basques et lui empoisonner l'existence parce qu'elle était folle de lui et persuadée d'avoir trouvé l'amour de sa vie.

Je m'attardai pourtant, en plein dilemme. J'essayai de me convaincre que je pouvais partir sans scrupule. Je ne pouvais m'imaginer me réveiller dans la lumière du matin à ses côtés après la nuit qu'on avait passée. Qu'est-ce que je dirais ? J'avais obtenu ce que j'étais venue chercher. Et lui... je fronçai les sourcils. Soudain, je ne savais plus bien ce que lui avait retiré de cette expérience. Je n'avais pas couché avec lui. Il n'avait même pas...

Mes joues s'empourprèrent, ce qui ne faisait que souligner mon manque d'expérience et ma gêne. Je n'arrivais même pas à aller au bout de ma pensée. Je n'avais pourtant pas à rougir de mes propres pensées, mais je sentais mon visage s'échauffer au seul souvenir de ce qu'il m'avait fait alors que je ne lui avais pas rendu la pareille.

J'arrachai mon regard de son corps et descendis les marches en silence. Je demandai par message à Emerson de venir me chercher. Il fallait que je rentre, de toute façon. J'avais du travail aujourd'hui. Et des révisions.

Je fis la grimace. Étais-je réellement en train de me chercher des excuses ? Comme si je ne savais pas la vérité ?

Comme si je ne savais pas que je prenais la fuite par peur, tout simplement.

L'inquisition commença à la seconde où je grimpai dans la voiture d'Em et se poursuivit pendant tout le trajet de retour au dortoir. Elle ne comptait manifestement me laisser aucun répit, même si je m'étais attendue à devoir partager les moindres détails de ma nuit.

Une fois dans ma chambre, Emerson se laissa tomber sur mon lit. Elle n'avait pas pris la peine de retirer son pyjama et de se changer. Elle ôta ses pantoufles et blottit ses pieds sous elle. Au naturel, ses cheveux courts retombaient avec souplesse autour de son visage de lutin. Elle avait dû se laver en rentrant du *Mulvaney* car son visage ne portait pas la moindre trace de maquillage. Elle était adorable et semblait plus proche de la quinzaine que de la vingtaine.

Elle secoua la tête en me regardant et je décelai une touche d'admiration dans son geste.

— Je n'aurais jamais cru que je te verrais un jour rentrer à 7 heures du matin après avoir passé la nuit avec un mec. C'est une habitude chez moi, mais toi ? Hum hum.

J'agitai la main.

— Oh, je t'en prie.

Elle leva la tête en direction de la chambre voisine et s'écria :

— Georgia ! Elle est rentrée ! (Ses yeux étincelaient d'une lueur d'approbation.) J'ai l'impression qu'il faudrait qu'on aille manger des pancakes ou faire quelque chose pour fêter ça.

— Ce n'est pas mon anniversaire, Emerson.

— Euh... (Elle haussa un sourcil.) Un peu, si.

Georgia entra en traînant des pieds. Elle semblait réveillée depuis un moment. Elle avait toujours été une lève-tôt. Elle m'observa de haut en bas comme si elle cherchait d'éventuelles blessures.

— Ça va ?

— Oui. Super.

— Je te l'avais dit, ajouta Emerson avant de reporter son attention sur moi. Elle s'inquiétait. Ce message... c'est lui qui l'a envoyé, non ?

Je hochai la tête et elle sourit.

— Mince alors, c'était vraiment sexy.

J'affichai un faible sourire et je m'affalai sur mon fauteuil. Georgia poussa Emerson et s'installa à son tour sur le lit.

— Bon, allez, raconte, reprit Emerson. C'était comment ? Comment il était, *lui* ?

— C'était...

Je m'interrompis, soudain mal à l'aise à l'idée de leur raconter. Ce n'était qu'une aventure d'un soir. En théorie, il n'y avait rien à dire de spécial. D'accord, j'avais expérimenté les préliminaires dans ma vie sexuelle jusque-là inexistante. Ça, c'était spécial. OK. Mais Reece… *Nous deux*… eh bien, il n'y avait pas de *nous*.

Mes amies continuaient de patienter en m'observant.

— C'était sympa, achevai-je. Il était… il était sympa.

Les épaules d'Emerson s'affaissèrent.

— Sympa ?

— Hmm.

Je hochai de nouveau la tête.

— Si nul que ça ? (Elle fit claquer sa langue.) Désolée pour toi.

Je clignai les yeux.

— Quoi ? Non, non. Il était fantastique. Il… bredouillai-je.

Georgia m'étudia attentivement et Emerson me jeta un coussin.

— « Sympa », c'est le nom de code pour « nul ». Alors raconte-nous !

— Em, elle n'en a pas envie.

Emerson tourna une expression médusée vers Georgia.

— Oh, allez, quoi ! C'était sa première fois. Et il est canon. (Elle se tourna vers moi.) Tu ne vas pas jouer les cachottières !

Elle ouvrit de grands yeux, se pencha en avant et ajouta à voix basse :

— Oooh. Est-ce que toi et lui… ?

Elle exécuta une sorte de petite dance avec ses doigts qui finirent entrelacés.

— Non ! répliquai-je en lui renvoyant l'oreiller, qu'elle rattrapa avec un rire.

— Alors donne-nous au moins quelques détails.

— Tout ce que vous avez besoin de savoir, c'est que vous avez devant vous une fille bien plus expérimentée.

Em laissa échapper un soupir frustré.

— Bien. Tu ne comptes pas nous donner le moindre détail croustillant, j'ai compris. Est-ce que tu peux au moins nous dire si tu vas le revoir, ou si tu te sens suffisamment entraînée maintenant ?

Sa question me redonna brusquement envie de fuir. Je me levai et entrepris de rassembler des vêtements propres. Je devais être au travail dans une heure.

— Pas sûre.

Je passai en revue mon assortiment de pantalons de travail pour éviter leur regard.

— Tu ne sais pas ? s'étonna Georgia, la voix teintée d'inquiétude. Ne me dis pas qu'il t'a jetée ce matin comme une malpropre ? Quel crétin.

Je haussai les épaules avec maladresse.

— Ah, eh bien... il se peut que je sois partie avant qu'il se réveille.

— Quoi ? couina Em. Tu plaisantes ! Il va se réveiller dans un lit vide ?

Je me tournai de nouveau face à mes amies, mes vêtements et ma trousse de toilette à la main.

— Oui.

Je décelai moi-même l'incertitude dans ma voix.

Georgia et Emerson échangèrent un regard.

— Où est le problème ? murmurai-je.

— C'est un peu brutal, Pepper.

C'était un peu gonflé de la part d'une fille qui n'avait jamais passé la nuit entière avec un mec – et qui ne l'avait jamais laissé rester.

— Pourquoi ?

Je les sondai du regard, le ventre noué.

— Sans même un au revoir ? demanda Georgia.

— Waouh, murmura Emerson. Je n'aurais jamais cru que tu serais du genre à faire ça, disposer d'un type et le jeter au petit matin.

Mon visage s'empourpra.

— Ce n'est pas ça.

Georgia m'adressa un regard compatissant.

— C'est ce qu'il va penser en se réveillant.

Je me mordis la lèvre. La bulle d'acide était de retour dans mon estomac.

— Je n'avais simplement pas envie de l'affronter. (Je plantai mon regard dans celui d'Em.) Et *pas* parce que j'ai passé une mauvaise nuit. J'étais gênée, je suppose.

— Ça va aller. C'est un mec, il ne se prendra sûrement pas la tête plus que ça, m'assura Emerson.

En réalité, ça m'embêtait. J'étais une contradiction ambulante. Je ne voulais pas qu'il se vexe, mais je n'aimais pas non plus l'idée qu'il puisse se ficher que je sois partie comme une voleuse. Hum. J'étais complètement perdue.

Je secouai la tête et me dirigeai vers la porte.

— Je dois aller me préparer.

— Hé, même s'il est blessé, ce n'est pas si grave. Pour une fois que c'est le garçon qui a l'impression qu'on s'est servi de lui... lança Emerson dans mon dos.

— Merci, répondis-je par-dessus mon épaule en me demandant ce que j'étais devenue.

Quand est-ce que je m'étais transformée en fille qui s'envoie un beau barman et le laisse tomber avant même qu'il se réveille ? Ça me semblait sordide, et un peu trop semblable au passé que j'essayais de fuir.

14

Il était près de 1 heure du matin quand les Campbell rentrèrent et me réglèrent la soirée. Une fois sur le chemin du retour sur la route de campagne isolée, je ne pus m'empêcher de repenser à Reece. En particulier quand je passai à l'endroit où ma voiture m'avait lâchée l'autre nuit. Là où on s'était rencontrés la première fois.

Mon téléphone sonna dans le porte-gobelet. J'y jetai un bref coup d'œil. Emerson. Je décrochai en gardant prudemment une main sur le volant. Je fus accueillie par un vacarme de voix et de musique.

— Allô ? dis-je en haussant la voix.

— Tu as fini ? (Sa voix était tout aussi forte et semblait exaspérée.) Tu travailles trop, chérie.

Drôle de remarque de la part d'une fille qui n'avait jamais eu besoin de travailler. Je levai les yeux au ciel.

— Oui. Je suis sur la route, là.

— Viens nous rejoindre ! Je suis avec Suzanne.

— Non, c'est bon. Je rentre.

— Rabat-joie ! Tu-sais-qui est là.

Ma poitrine se comprima.

— Non, vraiment. Je suis fatiguée.

— C'est nul ! Allez. Tu n'as pas envie de remettre ça avec lui ? Il est vraiment sexy... Et tu devrais voir cette saleté qui fait tout pour attirer son attention en ce moment. Tu dois venir ici et revendiquer ton homme !

Je ne pris pas la peine de lui expliquer qu'il n'était pas mon homme. Em avait manifestement bu quelques verres de trop, ce soir. Je doutais beaucoup que son cerveau enregistre ce que je pourrais lui dire.

— C'est Suzanne qui conduit ?

— Oui, Maman. Elle est sobre comme un chameau. Elle s'est fait confisquer sa fausse carte d'identité la semaine derrière par un videur du *Freemont*.

Elle se mit à rire et j'entendis Suzanne l'appeler en arrière-fond.

— Sois sage, ajoutai-je. Je raccroche.

Emerson commença à lancer des huées. Je raccrochai en souriant. Et j'arborais toujours ce sourire en pénétrant dans la ville. Puis il commença à s'effacer quand je repensai aux paroles d'Em. Tout ce que je voyais dans ma tête, c'était Reece en train de servir des verres à des filles qui se pâmaient devant lui. Tout à coup, je changeai de direction.

Sans objectif défini en tête, je pris pourtant celle du *Mulvaney*.

Les lieux étaient aussi bondés que d'habitude, mais du monde était déjà en train de sortir dans la nuit noire et froide. Je consultai mon téléphone ; il ne restait qu'une demi-heure avant la fermeture et elle avait probablement déjà été annoncée dans les haut-parleurs. Je savais que c'était inutile d'arriver à cette heure-ci, mais maintenant j'étais là. Je ne me sentais pas à ma place vêtue de mon tee-shirt informe de l'université, d'un jean et d'une paire de baskets. Bien loin des filles qui devaient se peler les fesses dans leurs tenues minuscules.

Je portais une tresse lâche dans mon dos. Je n'avais pas de maquillage, mais je m'en fichais. Je n'étais pas là pour me faire draguer ou pour impressionner qui que ce soit. Et pourtant, je ne faisais pas semblant non plus d'être là pour Emerson. Je l'adorais, mais je n'étais pas d'humeur à faire la fête avec Suzanne et elle. Je voulais seulement le voir. Je n'avais pas besoin qu'il me voie. En fait, je voulais même éviter qu'il me remarque. Le voir était une sorte de désir compulsif que je devais satisfaire.

Je repérai Emerson au beau milieu d'un groupe de mecs. Évidemment. En me voyant, elle leva les bras en l'air en couinant. Puis elle me serra contre elle comme si elle ne m'avait pas vue de la semaine.

— Tu es une belle ivrogne, lui murmurai-je à l'oreille, gênée par l'attention qu'elle attirait sur moi.

Elle s'écarta et agita un doigt vers moi.

— Je ne suis pas ivre.

Je tournai les yeux vers Suzanne, qui était clairement plus sobre, ce qui semblait d'ailleurs l'agacer.

— Oui, elle a bu quelques verres.

— D'accord, d'accord, d'accord. Je vais vous dire. Je vais vous dire.

Complètement ivre, à n'en plus douter. Elle se répétait souvent quand elle avait trop bu. Elle leva les deux mains en l'air.

— Je viens de le voir au bar.

Le volume de sa voix me fit tressaillir. Elle semblait percer le brouhaha ambiant.

— Chut, voyons !

Je lui baissai les deux bras, mais elle continua de s'exprimer à un volume trop élevé.

— Je l'ai gardé à l'œil. Et cette espèce de garce en rouge, là ? Je voulais lui régler son compte pour toi, mais ma gardienne ici présente m'en a empêchée.

Je jetai un regard reconnaissant à Suzanne.

— Je crois qu'il est l'heure de rentrer.

Suzanne approuva d'un hochement de tête. Les types autour de nous grognèrent d'un air déçu. Emerson se joignit à eux et fit de grands gestes.

— Oooh. Ils veulent que je reste.

— J'en doute pas. Désolée, les gars.

Je passai un bras autour de sa taille.

Tandis que nous traversions la salle principale, je ne pus empêcher mon regard de coulisser vers la droite en direction du bar. Aucun signe de Reece. Une voix tonitruante annonça la fermeture imminente et les clients commencèrent à se diriger vers les portes. La foule ralentit notre progression.

La voix d'Emerson me transperça l'oreille.

— Oh ! Hé ! Salut, Reece. Regarde, Pepper. C'est Reece.

Je tournai vivement les yeux. Reece se tenait devant nous et nous regardait, impassible.

— Salut, dis-je bêtement.

Il parcourut ma silhouette des yeux et je me rappelai la tenue que je portais. Pas de maquillage. Les cheveux dans tous les sens. Le pull barbouillé de compote de pommes. Génial.

— Qu'est-ce que tu fais là ?

Ça n'était pas le plus chaleureux des accueils. Étais-je bannie du bar, désormais ?

Un silence gênant s'installa entre nous, d'autant plus perceptible à cause du vacarme autour de nous. Nous restions plantés là, muets.

J'hésitai, bien consciente des regards d'Emerson et de Suzanne qui jouaient au ping-pong entre nous deux.

— Je... je n'ai pas le droit d'être là ?

Je regrettai aussitôt ma question. Je n'avais vraiment pas envie de l'entendre déclarer que je n'étais plus la bienvenue ici, et je compris à l'absence totale de chaleur dans son regard qu'il était sur le point de le faire.

Il croisa les bras, et l'aile recouverte de plumes de son tatouage ondula comme si elle prenait son envol. Les manches de son tee-shirt moulaient ses bras musclés, ce qui me rappela leur sensation sous mes doigts, et quelque chose remua en moi.

Il me détailla de nouveau et mes joues me brûlèrent quand je songeai qu'il savait exactement ce qui se trouvait sous mes vêtements peu flatteurs. Du moins, pour la partie supérieure.

— La dernière fois que je t'ai vue, tu étais plutôt pressée de partir. (Il pencha la tête sur le côté.) Ou alors c'était seulement mon lit que tu étais pressée de quitter ?

Je m'efforçai de garder mon sang-froid, le souffle court.

— Oooh. Bon sang, Pepper ! (Je jetai un regard noir à Em, qui haussa les épaules et me regarda d'un air d'excuse.) Je t'avais dit que c'était brutal.

Venait-elle tout juste de me vendre ? Et Reece venait-il vraiment de dire ça ?

— Hé, c'est pas grave, fit-il en levant une main. Après tout, je savais qu'on m'utilisait. Mais je n'avais pas compris que je ne méritais même pas un au revoir.

Puis, apparemment lassé de moi, il tourna les talons et retourna vers le bar.

— Tu as la bouche ouverte, me dit Suzanne à côté de moi.

Je la refermai d'un coup sec.

— Ça alors.

Emerson le suivit des yeux un instant, puis les tourna vers moi. Je me préparai au conseil très spirituel qui allait sûrement suivre. Mais tout ce qu'elle dit fut :

— Il est trop canon.

Je ricanai.

— Tu l'as déjà dit.

— Et tu t'es moquée de lui ? Waouh. Je voulais juste te faire sortir de ta coquille. Et j'ai créé un monstre. Comment as-tu pu devenir une traînée pareille ?

Elle plaqua sa main sur sa bouche pour essayer d'étouffer un gloussement.

Je levai les yeux au ciel et resserrai mon bras autour de sa taille.

— Tu es complètement bourrée. Allez, viens, on va à la voiture.

Sur le chemin de la sortie, elle posa la tête sur mon épaule.

— Je vous aime, les filles, gazouilla-t-elle. Vous êtes les meilleures personnes dans ma vie. Vous deux et Georgia.

Je lui coulai un long regard, en me demandant si sa cuite de ce soir avait un lien avec la conversation téléphonique qu'elle avait eue un peu plus tôt avec sa mère. J'étais entrée dans la pièce au moment où elle raccrochait. D'habitude, Emerson avait un teint de porcelaine. Elle ressemblait à un petit lutin irlandais avec des yeux bleus et brillants, ainsi qu'une peau laiteuse et sans défaut. Mais à ce moment-là, elle avait deux plaques rouges sur les joues.

Je ne savais pas de quoi elles avaient parlé, seulement qu'Emerson avait la bouche pincée. Quand je lui avais demandé si tout allait bien, elle avait soudain pris un air enjoué et rapidement changé de sujet.

Emerson tomba comme un poids mort sur la banquette arrière de la voiture de Suzanne. Je regardai cette dernière par-dessus le toit.

— Tu peux la ramener, Suz ?

Elle hocha la tête et rejeta ses cheveux sombres et brillants par-dessus son épaule.

— Ça va aller.

Emerson se redressa.

— Tu vas où ?

— Seulement parler à Reece.

— Oh, parler, dit-elle en exagérant lourdement. C'est comme ça qu'on dit, maintenant ?

Je soupirai avec un sourire et m'adressai de nouveau à Suzanne.

— Sûre de pouvoir t'occuper d'elle ?

— Mais oui. Je vais la border. Et si ça ne va pas, je pourrai toujours l'étouffer avec un oreiller.

— Tu entends ? Elle veut me tuer ! Ne me laisse pas seule avec elle !

Je secouai la tête et refermai la portière au nez d'Emerson.

Je suivis des yeux la voiture qui s'éloignait avant de reprendre le chemin du bar, à contresens de la foule. Je contournai une blonde qui frissonnait dans sa minijupe trop courte.

Le temps que je pénètre de nouveau à l'intérieur, les lieux étaient presque vides et les pas des derniers clients résonnaient lourdement sur le plancher. Je n'eus aucun mal à localiser Reece. Il se trouvait derrière le comptoir et discutait avec deux autres barmans. Il devait leur donner des directives car ils l'écoutaient en hochant la tête.

Je découvrais cette nouvelle facette de lui. Son aspect autoritaire avait toujours été présent, mais je n'en avais pas pris la mesure. J'avais pu le discerner, sans pour autant envisager qu'il puisse être responsable des lieux. Comment se faisait-il qu'un jeune garçon de vingt-trois ans se retrouve à la tête d'un bar ? C'était une grosse responsabilité. D'après ses dires, l'affaire était dans la famille depuis trois générations, mais où était son père ? Et sa mère ? Pourquoi n'était-ce pas eux qui le dirigeaient ?

Je croisai les bras. Avant tout parce que je ne savais pas quoi en faire, mais peut-être aussi dans le but de cacher mon pull taché. J'aurais vraiment dû prêter attention à ma tenue, ce soir, me douter que j'allais finir ici.

Je me sentais gênée, bêtement plantée là, à ne savoir que faire de mon corps, attendant patiemment qu'il me remarque. L'un des barmans, un type plus vieux avec une moustache en guidon, m'aperçut. Il fit un signe de tête dans ma direction. Reece se retourna et me regarda. Son expression se durcit aussitôt. J'eus honte d'en être la cause.

Est-ce que c'était juste cette soirée où il m'avait embrassée et dit ces choses qui m'avaient donné l'impression d'être spéciale ? Si différente de la fille qui n'a pas l'habitude des baisers et des tombeurs au sourire sexy ? Il avait réussi à rendre la compagnie d'un garçon naturelle pour moi. Sa compagnie à lui. Avec lui, je me sentais belle.

Sa bouche devint une ligne mince. Il fit un pas vers moi, puis s'arrêta pour adresser quelques mots aux barmans avant de soulever la partie mobile et de s'approcher.

— Tu es revenue.

— Je suis désolée.

Je ne sais pas à quoi il s'attendait, mais certainement pas à ça. Il cligna les yeux.

— Désolée pour quoi ?

— J'aurais dû te dire au revoir. C'était mal élevé.

Je haussai une épaule, gênée par l'intensité de son regard, et je décidai d'opter pour l'honnêteté, même si je risquais de passer pour une folle.

— Je ne suis pas très accoutumée aux règles des coups d'un soir. Je suis désolée, j'ai foiré.

Je relevai les yeux vers lui.

Il continua de m'observer. Son expression perdit de sa dureté et sa bouche se détendit légèrement. Il semblait plus déconcerté qu'autre chose. Il me regardait comme si j'étais une sorte d'étrangère.

— Bon. Je voulais juste que tu le saches. Bonne nuit.

Je tournai les talons et m'éloignai.

Je n'avais pas fait cinq pas que je sentis sa main sur mon épaule. Je pivotai.

— Tu n'as pas foiré. J'aime l'idée que tu ne connaisses pas les règles des coups d'un soir.

— Ah oui ?

— Oui. Tu n'es pas...

Il passa une main sur ses cheveux ras. Je sentis mes paumes fourmiller au souvenir de ce contact.

— Tu es différente. Je n'ai pas aimé me réveiller et découvrir que tu étais partie.

Je ne bougeai pas. Je laissai en silence son aveu pénétrer mon cerveau et mes joues s'empourprer.

— Oh, finis-je par articuler malgré le nœud dans ma gorge.

Que se serait-il passé si j'étais restée ? Si j'avais été là à son réveil ? Qu'aurait-il dit ? Ou fait ? Aurait-il repris les choses là où on les avait laissées la veille ?

Il tendit un bras et pinça le bas de mon pull.

— J'aime bien, ça.

— Mon sweat ? (Je laissai échapper un rire nerveux.) J'ai de la compote partout.

Je désignai d'un geste la tache sur l'avant.

— Ça te va bien.

— Je sais que tu mens.

— Non.

Il tira légèrement sur mon sweat et m'attira à lui petit à petit, et c'était de nouveau comme l'autre soir. Il n'y avait plus que lui, la chaleur qui émanait de son corps, le bleu de ses yeux qui semblait s'enfumer quand il me regardait. J'étais sous le charme, je l'avais toujours été. J'étais envoûtée depuis notre premier baiser et encore davantage depuis la nuit que j'avais passée dans son loft. C'était peut-être ce qui m'avait ramenée ici au milieu de la nuit. J'espérais peut-être répéter l'expérience.

— Je ne te mentirai jamais, Pepper.

Cette douce déclaration me traversa comme un bang supersonique. Et si fou que ça puisse paraître, j'y perçus davantage qu'une promesse d'honnêteté. Ses paroles étaient pleines d'une attente, d'un *nous*. D'une envie de faire ça. Quoi que *ça* puisse être.

— Hé, frérot ! Je dors toujours chez toi ce soir ?

Reece tourna la tête en direction de la voix. Je suivis son regard et j'aperçus Logan qui portait un bac rempli de verres vides. Son regard s'éclaira quand il me vit.

— Oh, salut. Pepper, c'est ça ? Comment ça va ?

Son regard passa de moi à Reece et il parut soudain un peu trop content.

— Je vois que tu as trouvé le bon frère. Tant pis pour moi.

Embarrassée, je marmonnai quelques mots et m'écartai de Reece en calant une mèche de cheveux derrière mon oreille. Sa main relâcha le bas de mon pull.

Reece jeta un regard noir à son frère.

— Oui, quand tu auras fini de tout nettoyer dans la cuisine.

— Cool. À plus, Pepper.

Il prit la direction de la cuisine après m'avoir adressé un clin d'œil.

— Il est tard. (Je lissai la même mèche qui n'avait pourtant pas bougé.) Je dois y aller.

— Je te raccompagne à ta voiture.

— Est-ce que tu raccompagnes toutes les filles qui quittent ce bar à leurs voitures ?

Il m'emboîta le pas.

— D'abord, la plupart des filles ne repartent pas seules. Elles sont avec un groupe. Ensuite, tu n'es pas n'importe quelle fille pour moi.

Il marqua une pause et ma poitrine se serra. Je laissai ses paroles pénétrer ma peau comme l'encre d'un tatouage.

— Et je crois que tu le sais.

L'air quitta mes poumons. Je ne trouvai pas la moindre réplique. Nous sortîmes dans la nuit fraîche et traversâmes le parking. Plus on approchait de ma voiture et plus je me souvenais de la première fois qu'il l'avait fait. De notre premier baiser. Des pensées qui me menèrent jusqu'à notre nuit chez lui, où on était allés au-delà du baiser. Je frottai mes mains soudain moites sur mes cuisses.

Une fois arrivée, je déverrouillai ma voiture. Je me tournai vers lui avec un sourire qui me semblait curieux et forcé.

— Merci.

Il m'examina un long moment sous les lumières du parking.

— Alors tu es seulement venue t'excuser, Pepper ? C'est tout ?

Je déglutis.

— Oui ?

Pourquoi avais-je mis le ton d'une question dans ce mot ? Et pourquoi me regardait-il comme s'il ne me croyait pas ?

— Je pensais que tu voulais peut-être reprendre où on s'est arrêtés. (Il enfonça une main dans sa poche et se balança sur ses pieds.) Pour apprendre de nouveaux trucs, par exemple.

Nous y étions. La réalité était comme un éléphant au milieu de la pièce, qu'on ne pouvait plus faire semblant de ne pas voir.

— Ce qu'on a fait, je pense que...

Je m'arrêtai avant de dire « ça suffit ». Était-ce la vérité ? Pourquoi ne pas faire durer le plaisir un peu plus longtemps ? Je ne ferais que m'améliorer dans l'art du baiser et dans d'autres domaines, non ? Les préliminaires. Voilà ce que je cherchais. En plus, il restait plusieurs semaines avant les vacances de Thanksgiving et la compagnie ininterrompue de Hunter. Je choisis d'ignorer la voix qui murmurait dans ma tête que les choses risquaient de se compliquer. J'en voulais encore. Fin de l'histoire.

— Eh bien... qu'est-ce qu'il me reste à apprendre ? demandai-je.

Je ne voulais pas avoir l'air d'un chiot trop enthousiaste et désespéré d'obtenir une gâterie. Même si c'était le cas.

Ma phrase le fit rire. Le son grave et profond tourbillonna dans mon ventre comme du cidre chaud.

Je m'efforçai de chasser l'effet délicieux de son rire sur moi pour lui demander :

— Qu'est-ce qu'il y a de drôle ?

— Oh, ta question à elle toute seule prouve qu'il te reste encore beaucoup à apprendre. (Il marqua une pause et me contempla de nouveau.) La question, c'est de savoir jusqu'où tu es prête à aller avec moi sans faire l'amour. (Il sourit légèrement.) Tu n'es toujours pas partante pour ça, si ?

Je clignai les yeux.

— Non, je ne p... peux pas. Pas ça.

Il gloussa tout bas.

— N'aie pas l'air aussi effrayée. Je reposais la question pour vérifier, c'est tout.

J'avais l'impression d'avoir le visage en feu. Je remuai sur mes pieds et j'enfonçai le bout de ma clé dans mon pouce. Mon regard se perdit dans la nuit noire quelque part derrière lui. C'était humiliant. Je ne pouvais pas croiser son regard alors qu'il était en train de me demander si je voulais prendre de nouvelles leçons avec lui et jusqu'où je voulais aller.

Plutôt que de lui répondre directement, je lui posai une question :

— Ton frère dort chez toi ce soir ?

Oui, j'avais envie de plus. Oui, je voulais aller plus loin, mais il ne pourrait visiblement rien se passer ce soir.

— Oui. Ça tombe mal.

Je hochai la tête et je m'humectai les lèvres en laissant mon regard parcourir son torse et les lettres MULVANEY inscrites sur son tee-shirt. C'était plus facile que de regarder ses yeux brillants qui semblaient détenir le pouvoir de m'hypnotiser.

Il s'approcha de moi et le gravier crissa sous ses pieds. Il posa une main sur la portière de ma voiture, me prenant pratiquement au piège. Je fis remonter mes yeux le long de son bras tatoué jusqu'à son visage.

— À moins, commença-t-il, que tu ne m'invites chez toi.

Oh, Seigneur. Il voulait passer la nuit chez moi ?

— Tu veux venir dans mon dortoir ?

— Sauf si tu as une colocataire. (Il afficha le demi-sourire sexy dont il avait le secret.) Ça pourrait être gênant.

— Euh, non, je n'en ai pas. Je partage une suite, mais j'ai une chambre pour moi toute seule.

Un silence accueillit ma déclaration. L'air sembla grésiller entre nous, chargé d'une énergie indéfinissable. Pourtant, je la reconnus, car cette sensation de décharge électrique sur ma peau survenait souvent en sa présence.

— C'est pratique, murmura-t-il.

Je m'humectai les lèvres. J'avais l'impression qu'on s'observait depuis une éternité. Encore un peu et j'allais me fendiller sous la pression.

— Alors, reprit-il en haussant un sourcil, tu m'invites ?

— Oh. (Je laissai échapper un rire bref et nerveux.) Oui. Oui, je suppose que oui.

Il sourit et je faillis fondre sur place. Je m'agrippai à ma portière pour empêcher mes genoux de trembler.

Il se pencha en avant, me retenant toujours prisonnière.

— D'accord. Je te suis.

— D'accord, répétai-je avec un sourire idiot.

Il retira son bras et commença à reculer sans me quitter des yeux.

— Attends là. Je prends ma Jeep.

— D'accord, dis-je encore une fois.

J'aurais peut-être dû changer de disque. Trouver quelque chose de plus intelligent, de plus séducteur.

Je relâchai mon souffle aussitôt qu'il tourna le dos.

15

Je m'installai sur le siège conducteur et regardai sa silhouette s'éloigner dans mon rétroviseur tout en tapotant nerveusement le volant. Je secouai brusquement la tête et poussai un petit cri à l'abri dans ma voiture pour calmer mes nerfs. Puis je posai mes mains sur mes joues rouges.

Je baissai le pare-soleil pour voir de quoi j'avais l'air dans le petit miroir. Mes yeux étaient plus brillants que d'habitude. Je m'adressai à mon reflet :

— D'accord. Ressaisis-toi, Pepper. Tu es une grande fille. C'est toi qui l'as cherché. Tu fais seulement ce que des centaines, des milliers de femmes vont faire ce soir. (Et certainement moins d'ailleurs, étant donné que je n'allais même pas faire l'amour.) Dé-tends-toi.

Je continuai malgré tout de frémir sur mon siège.

Les phares de la Jeep de Reece apparurent derrière moi. J'enclenchai la marche arrière et je reculai.

Il me suivit le long de l'artère principale. Je traversai le campus entre les bâtiments en brique rouge qui bordaient Butler et je contournai la grande esplanade carrée, dont les pelouses vertes étaient plongées dans le silence. Je parvins miraculeusement à ne pas envoyer ma voiture dans le décor malgré les coups d'œil que je jetais constamment à l'ombre de Reece dans mon rétroviseur.

Nous trouvâmes deux places côte à côte sur le parking. Je pris une profonde inspiration, récupérai mes affaires et mis le pied dehors. Heureusement que j'avais fini mes révisions chez les Campbell. Reece m'attendait déjà, l'air détendu, à l'aise, une main à demi enfoncée dans sa poche.

— Ça ne posait pas de problème que tu quittes le bar ? me vint-il à l'idée de lui demander.

— J'ai appelé mon frère. Il fermera.

— Oh. Tant mieux.

Je m'approchai de lui et nous prîmes la direction des dortoirs. Je jetai un coup d'œil à ses bras nus.

— Tu n'as pas froid ?

— Ça va.

— Ce n'est pas loin, le rassurai-je inutilement. On y est presque.

Apparemment, la nervosité me faisait dire tout ce qui me passait par la tête.

Je passai ma carte devant le lecteur et pénétrai dans les dortoirs. J'appelai l'ascenseur et adressai un petit sourire à Reece. Le silence était gênant. Je tentai de paraître plus assurée que je l'étais réellement. Tu parles ! Il me connaissait. Il savait ce que j'étais, et ce que je n'étais pas. Je suivis des yeux les numéros d'étages qui défilaient. *Sept. Six.* Il savait ce que je voulais découvrir. *Cinq.* Ce que j'avais besoin d'apprendre. *Quatre. Trois.* C'est-à-dire : tout. *Deux.*

Deux filles déboulèrent bruyamment dans l'entrée de l'immeuble. À leur façon de se soutenir l'une l'autre, elles avaient dû écluser quelques verres.

Je ne les connaissais pas, mais leurs visages ne m'étaient pas inconnus. Nous avions déjà dû nous croiser dans les couloirs ou dans l'ascenseur. La blonde m'avait peut-être même dépannée de quelques pièces dans la buanderie.

Leurs gloussements aigus stoppèrent net dès qu'elles nous aperçurent, Reece et moi. Elles échangèrent des regards étonnés et pincèrent les lèvres, comme pour se forcer à tenir leur langue. Les portes de l'ascenseur s'ouvrirent avec un petit *ding* et Reece nous laissa passer toutes les trois devant lui. J'aurais juré qu'elles ricanaient comme des gamines de douze ans.

Je levai les yeux au ciel et appuyai sur le bouton du cinquième étage. J'aurais préféré emprunter les escaliers, mais c'était devenu une habitude pour moi de les éviter à cette heure de la nuit. J'avais l'impression d'être dans une tombe. Les petits espaces et moi n'avions jamais été très copains. J'avais passé trop de temps, dans mon enfance, enfermée dans des placards et des salles de bains.

Les filles descendirent au troisième étage. Elles n'attendirent même pas que les portes se soient refermées avant de murmurer sans discrétion entre elles et de nous jeter des œillades par-dessus leurs épaules.

— Ça alors, dis-je tout bas. On se serait crus dans la cour du lycée. Il y a des choses qui ne changent pas.

— Et d'autres, si.

Il me coula un long regard tandis que nous arrivions à mon étage.

— Je n'ai pas couché avec beaucoup de filles, au lycée.

Je haussai un sourcil.

— Ah non ?

— Non. C'est venu plus tard.

— J'en suis sûre.

J'ouvris ma porte et je pénétrai dans l'intérieur plongé dans le noir. J'allumai la lampe sur mon bureau et déposai mon sac sur mon fauteuil. La porte de la pièce adjacente était entrouverte, comme d'habitude. Je passai la tête par l'entrebâillement et distinguai la silhouette endormie d'Emerson sous sa couette. Je pouvais même entendre ses légers ronflements. Je refermai le battant et, pour la première fois, je tournai le verrou.

Quand Georgia voulait être tranquille avec Harris, ils allaient chez lui. Elle y passait même la nuit, à l'occasion. Je ne pus m'empêcher de sourire en songeant à la réaction d'Emerson quand elle se réveillerait et trouverait la porte fermée. Elle ne saurait quoi penser.

Je me tournai vers Reece en frottant mes mains sur mes cuisses, comme si le contact du jean pouvait m'apaiser. Je relevai le menton et me préparai mentalement.

Seulement, il ne me regardait même pas. Il observait ma chambre en tournant lentement sur lui-même. Il explorait mon sanctuaire avec un intérêt certain. Mon couvre-lit fleuri, mon poster des oreilles de Mickey, dont l'ombre se dessinait sur un ciel étoilé. Je vis ma chambre à travers les yeux d'un étranger. Les siens. Je parcourus des yeux mon lit, l'affiche, la peluche posée sur mon oreiller qui me suivait depuis de nombreuses années. Ce n'était pas le plus beau des ours en peluche, mais c'était le premier cadeau que m'avait offert ma grand-mère et je le chérissais. Je compris que c'était la chambre d'une petite fille. Du moins, c'était ainsi qu'il devait la percevoir.

Je cherchai un élément positif. Tout était bien rangé. Les livres de cours soigneusement empilés sur mon bureau à côté de mon ordinateur. Aucun désordre. Je détestais avoir tout un tas de choses que j'allais devoir entasser dans ma voiture à la fin de l'année avant de trouver un endroit où les stocker pendant que je passerais l'été chez ma grand-mère.

Reece s'approcha de mon bureau, sur lequel étaient posées trois photos. L'une nous représentait, mon père et moi sur ses genoux, en train de souffler les bougies pour mon premier anniversaire. Tout un groupe de personnes se pressaient derrière nous, mais aucun visage n'était visible, ce que j'avais toujours apprécié. J'ignorais laquelle était ma mère, ou même si elle était seulement présente. Le photographe s'était concentré sur mon père et moi. Ce cliché représentait ce que nous aurions pu vivre si une mine terrestre ne me l'avait pas arraché, me laissant seule avec elle à la place.

Même si c'était mon gâteau d'anniversaire, c'était mon père qui soufflait les bougies. Je le regardais avec de grands yeux, un air ahuri sur mon petit visage rond. Comme s'il réalisait le plus extraordinaire exploit que j'avais vu de ma courte vie.

Sur la deuxième photo, j'étais aux côtés de ma grand-mère lors de l'obtention de mon diplôme. Dans le coin du cadre, j'avais calé une bande de quatre clichés de Photomaton d'Emerson, Georgia et moi pris au centre commercial au printemps dernier. C'était le jour où on avait décidé de prendre cette suite ensemble. Nous faisions les grimaces habituelles, et à chacune de ses poses, Emerson semblait faire l'amour à l'objectif. Comme si la seule expression qu'elle connaissait, c'était celle de la déesse du porno.

Sur le dernier cliché, je posais avec Lila et Hunter au barbecue du 4 juillet de l'année précédente. Sa copine rôdait quelque part dans le coin, mais la photo avait été prise au bon moment. Reece tendit le bras pour s'en emparer.

— C'est lui ?

— Lui, qui ?

— Le fameux mec.

Il me regarda puis observa de nouveau la photo d'un air songeur.

Je clignai les yeux, surprise de sa perspicacité et gênée d'évoquer Hunter avec lui. En détail, du moins. C'était déjà bien assez qu'il sache que je faisais tout ça pour attirer quelqu'un d'autre. Mais devais-je tout partager avec lui ?

Il dut prendre mon silence pour de l'embarras. Ou il perdit patience. Quoi qu'il en soit, il tapota le verre au-dessus de la tête de Hunter.

— C'est pour lui que tu fais tout ça, j'ai raison ?

Il agita le cadre entre nous deux.

Je lui adressai un signe entre le hochement de tête et la dénégation.

— Comment tu l'as deviné ?

— Tu n'as que ces quelques photos, alors j'en ai déduit que c'étaient les personnes les plus importantes dans ta vie.

Je jetai un regard aux visages figés de mon père, ma grand-mère, Emerson, Georgia, Lila et Hunter. Il avait raison. Ces personnes étaient tout pour moi.

— Et tu rougis sur celle-là, reprit-il en désignant la photo avec Hunter et Lila.

Je m'approchai, lui pris le cadre des mains et le reposai sur mon bureau.

— J'avais dû prendre un coup de soleil ce jour-là, c'est tout.

Je ne savais pas pourquoi ses paroles m'avaient mise mal à l'aise et pourquoi j'avais éprouvé le besoin de dévier le sujet.

J'étais maintenant plus proche de lui. Quelques centimètres à peine nous séparaient. Je tins bon, décidée à ne pas reculer comme si sa proximité m'effrayait. Ce serait idiot compte tenu de la raison précise pour laquelle je l'avais invité ici. Jouer la mijaurée maintenant serait vraiment ridicule.

Je levai le menton et lui souris en tentant une expression aguicheuse. J'avais envie qu'il m'embrasse. Qu'il me touche. Ce serait plus facile que poursuivre cette conversation.

Mais plutôt que de saisir l'allusion, il reporta son attention sur la photo de mon père et moi.

— C'est ton père ?

Je poussai un soupir.

— Oui.

— Tu es mimi. Tu étais vraiment rousse à cette époque.

— Oui, le peu de cheveux que j'avais, du moins.

Il contempla ma chevelure.

— Tu t'es bien rattrapée. (Tournant de nouveau les yeux vers la photo, il ajouta :) Mais ce n'est pas de lui que tu les tiens, apparemment.

Je fronçai les sourcils. Des souvenirs importuns firent irruption dans mes pensées. Pourquoi posait-il autant de questions ? Ce n'était pas la raison de sa présence ici. Nous savions tous les deux pourquoi il était là.

Je reposai de nouveau la photo. Puis je me dirigeai vers le lit et m'y laissai tomber. Je croisai les chevilles et lui répondis :

— Non. Ça doit venir de ma mère. C'est elle qui était rousse.

J'espérais que le « était » le dissuaderait de pousser l'interrogatoire. Il y avait une raison pour qu'aucune photo d'elle n'ait l'honneur d'orner mon bureau. Il y avait une raison pour qu'elle soit exclue des personnes les plus importantes pour moi. Il devrait être suffisamment intelligent pour le comprendre. Avec cette seule subtilité de langage, je lui en avais révélé plus qu'à Emerson et Georgia.

— Mon père est mort, déclarai-je soudain.

Je ne savais pas trop pourquoi. Je n'y étais pas obligée. Il ne m'avait posé aucune question sur mon père. C'était probablement dans le but de détourner la conversation de ma mère. D'une certaine manière, il était moins douloureux pour moi de parler de mon père qui avait sauté sur une mine en Afghanistan. Triste, mais vrai. Aucun des deux sujets n'avait le moindre attrait romantique, mais l'un valait toujours mieux que l'autre. Je préférais encore qu'il me voie comme une pauvre petite orpheline plutôt que d'affronter son regard s'il découvrait la vérité au sujet de ma mère.

— Désolé de l'apprendre. Alors tu as grandi seule avec ta mère ?

Apparemment, il n'avait pas l'intention de lâcher le morceau.

Je le dévisageai, certaine d'échouer à masquer ma frustration. Je remuai les pieds devant moi.

— Ma mère a disparu aussi. (Ce n'était pas exactement la vérité, mais ce n'était pas un mensonge non plus.) J'ai été élevée par ma grand-mère.

Voilà que la pitié faisait son entrée. Son regard s'adoucit nettement. Mais au moins, il s'agissait de la pitié qu'on éprouve pour une orpheline, pas de l'autre, bien plus cuisante. Je pouvais supporter ce regard-là. Mais l'autre genre de pitié me donnait l'impression qu'on ne pouvait plus rien pour moi.

— Parlons d'autre chose, suggérai-je en me demandant ce qu'il attendait pour passer à l'action.

C'était peut-être à moi de faire le premier pas. À condition de trouver le courage de le faire.

— D'accord. (Il passa une main sur son crâne rasé de près.) C'est le genre de sujet de conversation qui peut te ruiner une ambiance.

Oui, avec entre autres les lapins dépecés et les enfants qui meurent de faim.

— Oui, c'est pour ça.

Il m'adressa un sourire « je sais que je suis un dieu du sexe » et s'approcha de moi d'un pas tranquille et nonchalant. Tel un chat sauvage. Faussement détendu alors que je le savais capable de bondir à tout moment.

Mes joues se mirent à chauffer. J'avais déjà senti ses muscles, souples et puissants sous mes mains. Je l'avais même vu démolir ce type devant les toilettes du *Mulvaney* sans le moindre effort apparent.

Il s'arrêta juste devant moi. Mes chevilles croisées passèrent entre ses jambes. Il me prit la main et recroquevilla ses doigts légèrement rêches dans ma paume.

— Parle-moi de ce mec sur la photo. Ça devrait te mettre dans l'ambiance.

Je déglutis. Il plaisantait, n'est-ce pas ? Pour me mettre dans l'ambiance, je n'avais qu'à le regarder. L'intimité du contact de sa main suffisait amplement.

— Hunter ? On se connaît depuis toujours.

Il écarta mes jambes et s'agenouilla entre mes cuisses puis posa les mains sur mes genoux. Je le laissai faire, le souffle court. Tremblant de l'intérieur. Ses doigts me brûlaient à travers le jean.

Il haussa un sourcil.

— Je t'écoute. Il s'appelle Hunter.

J'inspirai un filet d'air entre mes lèvres pincées.

— Sa sœur Lila est ma meilleure amie.

Il continuait à m'observer tout en caressant le dessus de mes cuisses, puis glissa les doigts sous le rebord de mon sweat pour les poser sur ma taille.

— Continue.

— Ils m'ont toujours donné l'impression de faire partie de leur famille. Je pense que j'ai passé plus de temps chez les Montgomery que chez moi. Ils forment vraiment une grande famille formidable. Des voyages en famille à Disney, des barbecues, tu vois ce que je veux dire ? Ce genre de choses.

Ses mains chaudes ne cessaient de bouger, et remontaient sur mon nombril. Il écarta le pouce pour retirer le bouton de ma braguette et s'y attarda. Je me figeai et j'oubliai ce que je disais.

Il releva brièvement les yeux vers moi.

— Et puis ? Continue de parler.

Je déglutis et repris :

— Moi, je ne suis jamais allée à Disney World. Et ils continuent d'y aller tous les ans en famille.

Mon Dieu. Je racontais n'importe quoi. Franchement, j'étais vraiment en train de lui parler de Disney World ?

Il souleva mon pull puis le fit immédiatement passer par-dessus ma tête d'un geste prompt. Il retomba par terre.

Je me retrouvai en soutien-gorge devant lui. Je baissai les yeux pour vérifier la couleur. Blanc, avec un petit nœud jaune niché entre mes seins.

Je frissonnai. D'accord, je m'étais déjà retrouvée presque nue devant lui, mais c'était encore différent. Peut-être parce que nous étions dans ma chambre. Ou seulement parce que j'étais encore complètement novice. Je lui vouais toujours une totale admiration, à tel point que je n'arrivais pas à arrêter de trembler comme la vierge effarouchée que j'étais. C'était peut-être aussi sa façon de me regarder, comme si j'étais la dernière femme sur terre.

— Tu disais ? Disney ?

— Ils y vont tous ensemble. Les Montgomery. Ce sont des gens bien.

Je ne reconnaissais même pas ma propre voix, qui ressemblait plutôt à un croassement étranglé.

— Hunter est quelqu'un de bien. Il veut devenir médecin.

Il posa la paume juste sous mon soutien-gorge et écarta les doigts. Ils recouvraient presque tout mon ventre et le bout effleurait mes côtes.

— On dirait un saint.

Il pencha la tête en me contemplant, me consumant avec ses yeux.

J'espère pas, fut tout ce qui me vint à l'esprit. Un saint ne me regarderait jamais comme Reece le faisait en ce moment, et c'était ce que je voulais. Ce qu'il me *fallait*. Il fit glisser son autre main dans mon dos, remonta le long de ma colonne et caressa chaque courbe. Je me sentais féminine, délicate. Vénérée.

Il me saisit soudain à deux mains et je fus propulsée en l'air pendant une fraction de seconde, avant d'atterrir sur le dos. Dieu merci, il n'avait plus envie de parler de Hunter. Je ne pouvais plus former de paroles cohérentes, pas plus que cinq minutes plus tôt.

Il se releva, délaça mes chaussures et les retira. Elles tombèrent par terre avec un bruit sourd.

Il s'allongea sur moi et posa ses coudes de chaque côté de ma tête.

Son visage était tout proche du mien. Il resta immobile et je m'autorisai à l'explorer du bout des doigts, à suivre le contour de ses sourcils, l'arête de son nez, la courbe de ses lèvres.

Il posa ces dernières sur mes doigts.

— Tant que tu le regarderas comme ça, il sera tout à toi.

J'écartai légèrement ma main.

— Comment je te regarde ?

Il s'inséra plus profondément entre mes cuisses et glissa une main entre mon dos et le matelas. D'une chiquenaude adroite, il dégrafa mon soutien-gorge et le retira.

— Comme si tu voulais me bouffer tout cru.

— Oh.

Il baissa la tête et je frémis en le sentant déposer un baiser sur mon téton. *Oh.* Puis sur l'autre. J'enfouis mes doigts dans ses cheveux. Il aspira ensuite mon téton dans sa bouche chaude et humide et je ne pus m'empêcher de me cambrer, tout en lâchant un hoquet involontaire.

J'agrippai son tee-shirt et le tirai vers le haut. Je voulais le sentir, peau contre peau.

Il se redressa et retira son tee-shirt. Puis il se pencha sur moi de nouveau. Cette fois, nos torses se touchaient. Il m'embrassa avec fougue. Il n'était plus question de douceur ni de tendresse. Il m'embrassa profondément, presque brutalement. Je répondis à son ardeur et fis tournoyer ma langue contre la sienne.

Il me mordit la lèvre et l'attira entre ses dents. Je poussai un gémissement en soulevant les épaules pour me coller contre lui. Il esquiva et je grognai en traquant sa bouche jusqu'à ce qu'il me laisse l'avoir de nouveau, puis je caressai ses épaules et son dos, dont la peau ondulait sous mes mains.

Il se redressa légèrement et m'observa d'un regard si pénétrant que ses yeux bleus brillaient d'un éclat presque argenté. Il soufflait bruyamment.

— Reece, lâchai-je dans un murmure proche de la supplique.

— J'ai envie de te voir. En entier.

— Je…

Ma voix se brisa.

— Tu peux me faire confiance.

Je hochai la tête. Je n'en doutais pas. Ce n'était pas lui, le problème. C'était moi. Ma peur.

Il se laissa rapidement glisser le long de mon corps et posa ses doigts experts sur ma braguette, puis retira mon jean d'un geste fluide. Il s'en sortait mieux que je ne l'aurais fait. Comme s'il retirait tous les jours les jeans des filles.

— Alors ça, c'est sexy.

Je baissai les yeux et je constatai avec une grimace que je portais ma culotte en coton blanc ornée de minuscules chatons jaunes. Pas vraiment l'attirail d'une déesse du sexe.

Un son étranglé, entre le rire et le grognement, s'échappa de mes lèvres.

— Il faut vraiment que j'investisse dans de la lingerie plus sexy.

— Non, non. J'adore. Et je te promets qu'elle fait son effet.

Il déposa un baiser lent et sensuel entre ma culotte et mon nombril. Des étincelles enflammèrent mon système nerveux et je sursautai comme sous le coup d'une décharge électrique. Il posa ses mains à plat entre mes jambes. Je n'arrivais plus à respirer normalement. De petits gémissements gênants montaient irrémédiablement de ma gorge.

— Pepper, laisse-moi te caresser.

Le timbre rauque de sa voix était peut-être la chose la plus sexy que j'aie jamais entendue. Avec cette voix, avec cette main entre mes jambes, il aurait pu me demander n'importe quoi, j'aurais accepté.

Je hochai vivement la tête. Ses mains glissèrent dans ma culotte avant que j'aie pu cligner les yeux.

Je sentis ses doigts me caresser, écarter ma chair. Puis il enfonça un doigt en moi et poussa un grognement presque animal.

Je me redressai en décollant les hanches du lit avec un petit cri aigu. Il pressa la base de sa paume sur cet endroit.

— Tu es si humide...

Agrippée à ses épaules, son murmure me parvint de très loin. Il posa ses lèvres dans le creux de mon cou tout en insérant et en sortant de nouveau ses doigts. Plus profond, plus intime. Il m'élargissait. Je poussai un nouveau cri et des muscles dont je n'avais jamais eu conscience jusque-là se resserrèrent autour de lui. Je m'agrippai à lui comme à une bouée de sauvetage secouée par les flots.

Nous gardâmes cette position pendant un instant infini. Une intense léthargie s'empara de mon corps. Il retira ses mains de ma culotte et me serra contre lui. Repue de plaisir, je me sentais éveillée et alerte, et je n'avais pas la moindre envie de dormir.

Je me blottis contre lui. Je savourai cet instant où j'avais tous les droits de le toucher, de le laisser me caresser. Ce ne serait plus pareil le lendemain. Peut-être même plus jamais.

Je saisis l'occasion de lui demander ce qui me troublait depuis que j'avais appris qu'il gérait le *Mulvaney*.

— Est-ce que vous êtes seuls, Logan et toi ?

Il me répondit par un silence et je hasardai un bref coup d'œil à son visage. Il m'observait, pensif.

— Logan est encore au lycée, c'est ça ?

— Oui. En dernière année. Il vient m'aider au bar de temps en temps. Il joue au base-ball. Il espère obtenir une bourse.

Logan devait donc vivre dans la maison près de celle des Campbell. Avec leurs parents. J'imaginais le tableau. Une ancienne ferme pittoresque comme celle des Campbell. Avec un étang. Et des canards. Je voyais d'ici sa mère leur donner du pain rassis vêtue d'un tablier. Un scénario idyllique. Je savais que j'étais en train de romancer sa vie. Bon, d'accord, de le romancer, lui. Mais je ne pouvais pas m'en empêcher. C'est ce que je faisais toujours quand je rencontrais quelqu'un. Je lui imaginais une vie parfaite. Une vie normale.

— Tu vis tout seul au-dessus du bar alors ?

— Oui.

Du bout du doigt, il dessina un délicieux motif sur mon bras.

— Et tes parents ? Ça leur convient ?

— Ma mère est décédée quand j'avais huit ans.

— Oh, je suis désolée. (Je m'humectai les lèvres.) Et ton père ?

— Il est en fauteuil roulant. Depuis deux ans maintenant.

— Je suis vraiment désolée. Ça doit être dur.

C'était donc la raison pour laquelle il gérait le bar tout seul ? Parce que son père n'était plus en mesure de le faire ? J'avais envie de lui soutirer plus d'informations, mais son visage s'était fermé. Il paraissait dur, inaccessible désormais. J'avais manifestement touché une corde sensible, un sujet qu'il ne souhaitait pas aborder. Je pouvais aisément le comprendre. J'avais mes propres fantômes soigneusement enfermés dans un placard.

Il fallait tout de même que je dise quelque chose. Lui apporter du réconfort. Je me hissai sur un coude et je l'observai en tenant le drap contre moi. Je dessinai de petits cercles sur sa poitrine avec ma main.

— Ne me regarde pas comme si j'étais quelqu'un de noble, dit-il d'une voix calme, les sourcils froncés, le regard glacial. C'est moi qui l'ai mis là-dedans.

Cette fois, je sentis ma mâchoire tomber. Ma main se figea sur son torse.

— Voilà. Maintenant, tu sais quel genre de mec je suis. Je travaille au bar parce que mon paternel ne peut plus assurer. Parce que c'est son héritage et c'est le moins que je puisse faire après l'avoir paralysé.

Un son monta au fond de sa gorge. J'hésitai entre le ricanement et le grognement… de dégoût, peut-être ? Contre qui était-il dirigé, contre moi ou contre lui-même ?

Je secouai la tête.

— Je…

— Tu ne devrais pas perdre ton temps avec moi.

Il se leva subitement et récupéra son tee-shirt. Il l'enfila et poursuivit d'une voix dure :

— C'était amusant, mais je pense que tu as eu les leçons de préliminaires que tu voulais, non ? Tu es plus que prête pour ton beau gosse en polo.

Je le regardai quitter le halo de lumière projeté par ma lampe et s'enfoncer dans les ombres près de ma porte. J'avais envie de le rappeler et de lui assurer qu'il se trompait. Mais qu'il se trompait à quel sujet ? Devais-je lui dire que je ne perdais pas mon temps avec lui ? Que cette soirée ne me suffisait pas ? Que je refusais de croire à sa responsabilité concernant la paralysie de son père ? Je ne savais presque rien de lui. Et je ne pouvais me permettre de lui dire toutes ces choses.

Je laissai mes instincts prendre le relais. Les mêmes qui m'avaient aidée à survivre après la mort de mon père, quand je m'étais retrouvée seule avec ma mère. Je le regardai sortir de ma chambre et refermer la porte derrière lui. Je serrai la couverture autour de moi, puis je me levai et j'allai la verrouiller.

16

— Attends, quoi ? Il a dit qu'il avait mis son père en chaise roulante ? demanda Georgia, installée devant une pile de pancakes dans notre bistrot préféré, situé non loin du campus.

Elle planta sa fourchette dans une saucisse qu'elle plongea ensuite dans le sirop. Elle fourra le morceau de viande luisant dans sa bouche et mâcha en me regardant comme si elle se concentrait sur une tâche compliquée.

Emerson fit une grimace et sirota son café. Elle ajusta ses lunettes à motifs léopard sur son nez et détourna la tête de la fenêtre pour la pencher sur sa droite. Un bol de flocons d'avoine, que je l'avais forcée à commander en lui assurant qu'elle se sentirait mieux avec quelque chose dans le ventre, était posé presque intact devant elle.

— Comment peux-tu avaler tout ça ?

— Je peux avaler tout ça parce que je cours cinq jours par semaine et que je ne bois pas comme un trou ! répliqua Georgia en coupant un bout de sa pile de pancakes. Bon. Revenons-en à nos moutons. Est-ce que tu lui as demandé ce qu'il entendait par là ?

Je donnai des petits coups de fourchette dans ma galette de pommes de terre râpées.

— Non. Après m'avoir balancé ça, il était pressé de partir, et honnêtement, j'étais moi aussi pressée qu'il s'en aille.

— Sans blague. (Emerson soupira.) Les beaux gosses sont toujours des sociopathes.

— Vraiment ? Toujours ? (Je cherchai de l'aide auprès de Georgia.) *Toujours ?*

Emerson fit la grimace et se massa le front.

— Parle moins fort. Et s'ils ne sont pas des sociopathes, en tout cas ils sont toujours un peu timbrés.

— Tu m'en diras tant. Si c'est vrai, alors pourquoi tu étais si pressée de me caser avec le type le plus canon du coin ?

— Est-ce que tu voulais sortir avec un mec sans charme et sans la moindre expérience au lit ? Je croyais que c'était ton objectif, l'expérience.

— Ne fais pas attention à elle, intervint Georgia en agitant une main en l'air. Elle est de mauvaise humeur parce qu'elle a la gueule de bois. Hunter est canon et *pas* timbré. Et on peut dire la même chose de mon petit ami.

Emerson baragouina quelque chose dans sa tasse de café qui ressemblait à s'y méprendre à « tu es bien sûre de ça ? »

Georgia lui jeta un regard noir.

— Très drôle.

— Je dis seulement qu'on ne sait jamais de quoi quelqu'un est fait.

— Eh bien, quel optimisme. (Georgia secoua la tête et s'empara de son verre de jus de fruits.) Écoute, il s'est sans doute mal exprimé. Son père s'est peut-être blessé en se tuant à la tâche pour subvenir aux besoins de la famille, et Reece s'en tient pour responsable. Quelque chose comme ça. Il ne peut évidemment pas avoir *paralysé* son propre père ou bien il serait en prison. Et s'il était aussi malveillant, pourquoi se sentirait-il obligé de gérer l'entreprise de son père ?

— Peut-être justement qu'il voulait récupérer l'entreprise, suggéra Emerson.

— Mince alors, tu es vraiment un boute-en-train, toi, ce matin, lâcha Georgia d'un ton sec.

— Désolée, seulement je ne veux pas que Pepper souffre, et je commence à me dire que ce type sent les ennuis à plein nez.

Georgia sembla réfléchir à sa déclaration tout en buvant une gorgée de son jus. Je l'imitai. Nous avions partagé deux moments d'intimité, et chaque fois il m'avait fait jouir sans avoir la moindre attente concernant son propre plaisir. Il aurait eu de nombreuses occasions d'abuser de la situation et de me faire du mal.

Georgia trempa un nouveau morceau de saucisse dans son sirop.

— Je pense qu'elle doit découvrir ce qu'il voulait dire exactement.

— Oui, approuvai-je dans un murmure.

À la lumière du jour, mes instincts de fuite s'étaient envolés. C'était la curiosité qui avait pris le dessus. Qu'était-il réellement arrivé au père de Reece ? Un garçon capable de s'arrêter pour aider une fille en rade sur le bord de la route n'était pas du genre à mettre quelqu'un dans un fauteuil roulant. Encore moins son propre père.

— Je veux savoir.

Emerson murmura de nouveau tout bas.

— Quoi ?

Elle releva ses yeux bleus par-dessus le bord de sa tasse.

— Tu sais ce qu'on dit. La curiosité est un vilain défaut.

Malgré ma décision de revoir Reece et d'aller au fond de cette histoire, il me fallut plusieurs jours avant de m'y résoudre. En partie à cause de ma volonté vacillante et en partie parce que j'étais très occupée. Entre ma dissertation en littérature étrangère, mes révisions pour mon examen de psychopathologie et mon travail chez Little Miss Muffet, j'avais à peine le temps de dormir.

C'était probablement mieux comme ça, de toute façon. J'avais besoin d'un peu d'espace pour me rappeler la raison qui m'avait poussée dans les bras de Reece au commencement. Seule la curiosité m'empêchait de faire une croix sur lui et d'aller de l'avant. C'était du moins ce dont j'essayais de me convaincre quand, après avoir rendu ma dissertation de littérature étrangère, je trouvai une place libre sur le parking du *Mulvaney*. À l'intérieur, je fus assaillie par l'odeur alléchante d'ailes de poulet frites. Apparemment, c'était une soirée promotion sur les ailes. Les lieux étaient remplis de joueurs de rugby costauds et trapus. Quelques filles étaient assises à des tables chargées de paniers d'ailes. Elles aussi avaient le physique de joueurs de rugby.

Je m'approchai de la pièce principale et j'eus l'impression d'être revenue à la fois précédente, quand le bar s'apprêtait à fermer, que tout le monde se dirigeait vers la sortie et que la grande salle vide paraissait immense, caverneuse. Aucun signe de Reece au bar, mais je reconnus le barman plus âgé avec la moustache en guidon. Lui aussi sembla se souvenir de moi et m'adressa un signe de la main.

— Salut, rouquine, qu'est-ce que je peux faire pour toi ?

— Reece est dans le coin ?

— Pas aujourd'hui. Il est malade.

— Malade ?

— Oui. Il m'a appelé ce matin en me demandant si je pouvais le remplacer. (Il haussa ses épaules squelettiques.) Ça ne me dérangeait pas, c'est toujours calme, le mardi.

Il désigna un panier rempli d'os de poulet à côté de son bras.

— Je peux m'empiffrer d'ailes de poulet et regarder la télé aussi bien qu'à la maison.

Sans la foule et le vacarme, je parvenais même à distinguer le bruit de la télé située en hauteur dans le coin au-dessus du bar.

— Qu'est-ce qu'il a ?

— Il ne m'a pas précisé. Mais on aurait dit qu'il était à l'article de la mort. J'espère que je vais pas choper son truc.

Il me jeta un regard brillant.

— J'espère que toi non plus, d'ailleurs.

Il me lança un clin d'œil, et je compris qu'il pensait que Reece et moi n'étions pas de simples amis. Il supposait que nous étions le genre d'amis à partager certaines choses. Y compris un virus.

Je le saluai, les joues brûlantes.

— Merci.

Je repris le chemin de la sortie et j'hésitai en passant devant le comptoir de nourriture. Quelques types faisaient la queue. La fille qui prenait les commandes était la même qui nous avait vus, Reece et moi, monter dans sa chambre le week-end dernier. Je tergiversai et je jetai un coup d'œil à l'intérieur des cuisines, comme si j'avais pu voir directement dans sa chambre.

Oh, et puis zut.

Je poussai le battant qui menait aux cuisines. La fille derrière le comptoir s'apprêta à protester et me regarda, les lèvres entrouvertes. Mais elle parut reconnaître mon visage car elle hésita.

— Salut.

Je lui adressai un simple hochement de tête et je me comportai comme si j'avais tous les droits de pénétrer à ma guise dans les cuisines.

— Euh, salut, répondit-elle, toujours pas convaincue.

Je sentis son regard dans mon dos tandis que je m'enfonçais dans les cuisines où résonnaient des grésillements de friture. Aucun des cuisiniers ne me prêta la moindre attention.

J'espérais que la porte ne serait pas fermée à clé. Je baissai la poignée et je l'ouvris en poussant un soupir de soulagement. Je la refermai derrière moi. Les sons de la cuisine furent aussitôt étouffés et je montai les marches. En haut, je ralentis et je signalai ma présence.

— Qui est là ?

— C'est Pepper.

Ma réponse fut accueillie par un grognement. Voilà qui n'était guère encourageant. Je choisis néanmoins de m'avancer.

La vue du lit et des draps froissés autour de lui me fit un effet de déjà-vu. J'avais l'impression d'être revenue à la nuit où je m'étais échappée en douce. Un bref regard m'apprit qu'il ne portait qu'un short de sport. Secrètement ravie, je m'approchai du lit.

— On m'a dit que tu étais malade.

— À l'agonie, plus précisément, répondit-il d'une voix rauque en jetant un bras contre son visage, couvrant tout sauf ses lèvres couleur de cendre.

— Va-t'en.

— Qu'est-ce qui ne va pas ? À part le fait d'être à l'agonie ?

— Disons seulement que j'ai noué une relation intime avec les toilettes.

— Tu vomis ? À quelle fréquence ?

— Je ne sais pas… je crois que ça se calme.

Je m'approchai de son frigo sans répondre et jetai un coup d'œil à l'intérieur. Je sortis une bouteille de boisson énergétique, je lui servis un demi-verre et y ajoutai deux glaçons. Puis j'allais m'asseoir à côté de lui sur le lit.

Il me regarda par-dessous son bras. Il avait les yeux rouges, le blanc injecté de sang. Ses iris bleus ressortaient de façon saisissante.

— Je t'ai dit de t'en aller.

— Tiens, essaie de boire une gorgée. Il ne faut pas que tu te déshydrates.

Je portai le verre à ses lèvres, mais il secoua la tête et repoussa ma main.

— Je ne garde rien.

— Tu fais peut-être une intoxication alimentaire.

— J'ai mangé la même chose que quelqu'un d'autre hier soir, et elle n'est pas malade.

Elle. Va savoir pourquoi, ce seul mot me fit tressaillir et mon ventre se noua instantanément. C'était n'importe quoi. Je n'avais aucun droit sur lui. Je ne *voulais* aucun droit sur lui.

Je posai le verre sur la table de nuit et je touchai son front. Sa peau était brûlante.

— Tu as de la fièvre aussi.

— Tu ne devrais pas être là. (Cette fois, sa voix avait perdu de son agressivité.) Tu vas tomber malade aussi.

Je niai d'un signe de tête.

— Je ne tombe jamais malade. C'est ma deuxième année dans une garderie. J'ai une constitution de fer.

— Tu as bien de la chance.

Ses paupières commencèrent à se fermer.

Je fronçai les sourcils. Je travaillais dans quelques heures, mais je n'aimais pas l'idée de le laisser seul dans cet état.

— Tu as un thermomètre ? Tu as pris ta température ?

Il rouvrit les yeux.

— Ça va. Ça ira. Tu peux y aller. Je n'ai besoin de personne pour s'occuper de moi. Je le fais tout seul depuis des années.

Ses paupières se fermèrent de nouveau sur ses yeux brillants.

Je restai là un moment à l'observer. Les mouvements de sa poitrine s'étaient apaisés. Il s'était rendormi. Je passai une main sur son front, toujours trop chaud. M'occuper de personnes malades ne me faisait pas peur. J'avais grandi avec ma grand-mère, après tout. J'avais été témoin de ce qui pouvait arriver quand on ne se soignait pas à temps. Certes, il était jeune et robuste, mais on ne savait jamais.

Je me levai, redescendis les marches et traversai les cuisines en sens inverse.

Cinq minutes plus tard, je pénétrai dans l'épicerie située au coin de la rue. J'achetai un thermomètre, du Pedialyte[1], du Sprite et une autre bouteille de boisson énergétique. J'ajoutai du paracétamol, en espérant qu'il ne le régurgiterait pas, puis des petits biscuits salés, de la gelée et deux boîtes de soupe de nouilles au poulet pour quand il se sentirait un peu mieux. Une employée m'aida à dénicher des petits sachets réfrigérants. S'il ne parvenait pas à garder le Tylenol, je pourrais toujours les lui appliquer sur le front.

Dix minutes plus tard, j'entrai de nouveau au *Mulvaney*. J'adressai un bref signe de tête à la caissière. Un sourire effleura ses lèvres quand elle aperçut les sacs que je portais.

À mon retour dans le loft, je trouvai le lit vide. Puis j'entendis du mouvement dans la salle de bains.

— Ça va ? lançai-je.

Il se passa quelques minutes avant qu'il émerge en s'essuyant la bouche avec une serviette.

— La boisson énergétique n'est pas très bien passée.

Je fis une grimace.

— Désolée.

Il observa les sacs blancs dans mes mains de ses yeux injectés de sang.

Il jeta la serviette dans la salle de bains d'un geste brusque. Même malade, il dégageait toujours une impression de force, de puissance, et il ne perdait rien de son sex-appeal. Je clignai fermement les yeux pour chasser cette remarque totalement inappropriée. Ce n'était pas le moment. Et en réalité, après sa confession de la dernière

1. Solution de réhydratation orale. (*N.d.T.*)

fois, je n'étais pas certaine qu'il y aurait de nouveau des moments propices à ce genre de remarques.

Il se dirigea vers le lit d'un pas traînant.

— Tu es revenue.

Ce n'était pas une question.

— Oui.

— Et tu as fait des achats.

— Oui. Je t'ai pris deux ou trois choses dont tu pourrais avoir besoin.

Je me dirigeai vers l'espace cuisine, rangeai au frigo ce qui devait l'être et les deux petits sachets réfrigérants au congélateur. Je déchirai l'emballage du thermomètre, parcourus brièvement la notice et m'approchai de Reece.

Il observa l'appareil les yeux plissés, comme si ça pouvait le mordre. À moins que ce ne soit moi qui lui fasse peur.

— Tu as acheté un thermomètre ?

— Oui.

Je m'assis au bord du lit, appuyai sur le bouton et fis glisser l'appareil sur son front. Puis je retirai ma main et je lus :

— 39,1. Je crois qu'il est l'heure du paracétamol.

Il désigna son verre désormais vide.

— Je rejette tout.

Je hochai la tête.

— D'accord.

J'allai chercher un gant de toilette dans la salle de bains et le passai sous l'eau froide. Ça ferait l'affaire jusqu'à ce que les sachets de glace soient suffisamment réfrigérés. Je me rassis à côté de lui et plaçai le gant sur son front. Il eut un geste de recul et me saisit le poignet. Il avait une poigne de fer malgré sa fièvre.

Son regard bleu me transperça.

— Pourquoi tu fais tout ça ?

Je haussai les épaules, mal à l'aise.

— Je ne sais pas.

Il secoua la tête, comme si ma réponse ne le satisfaisait pas.

— Pourquoi tu es venue ?

Il bougea les doigts et provoqua de petites étincelles sur ma peau. Il aurait dû avoir l'air ridicule, avec le gant de toilette bleu qui lui recouvrait la moitié du visage, mais ce n'était pas le cas. Il paraissait humain, viril et bien trop vulnérable.

— Parce que tu as besoin de quelqu'un.

C'était la simple vérité, mais les mots flottèrent dans l'air un moment. J'en mesurai alors la portée. Ils avaient dépassé ma pensée. Il glissa ses doigts sur mon poignet et poussa un profond soupir – comme s'il se rappelait soudain qu'il était malade et que ce n'était pas le moment de s'occuper de ces histoires. De moi. Il ferma de nouveau les yeux.

Il s'endormit presque instantanément.

— Oui, désolée de te prévenir à la dernière minute, mais je ne peux pas la laisser seule. Elle est trop malade. (Je marquai une pause et j'écoutai Beckie me témoigner sa sympathie et me rassurer.) Merci pour ta compréhension. À samedi.

Je raccrochai. J'avais un peu honte d'avoir attendu le dernier moment pour appeler, mais il m'avait bien fallu deux heures pour décider que je ne pouvais pas laisser Reece tout seul. Ou que je n'en avais pas envie. Quoi qu'il en soit, je m'étais résolue à jouer les infirmières, même s'il ne m'avait rien demandé. Même s'il ne le *voulait* pas.

— J'imagine que je suis le « elle » dont tu parlais ?

Je fis volte-face et croisai le regard franc de Reece.

— Tu es réveillé.

Il se redressa et s'adossa aux oreillers.

— J'ai dormi combien de temps ?

— Presque deux heures.

Il soupira et se passa une main sur le visage.

— Et je n'ai pas eu envie de vomir. C'est bon signe. Je peux peut-être essayer tes médicaments, maintenant.

Il tourna la tête vers la gauche et, en constatant que son verre avait disparu (je l'avais lavé), il bascula ses jambes sur le côté pour se lever.

— Non, ne bouge pas.

Je me hâtai d'aller lui servir un petit verre de boisson énergétique et je lui préparai deux comprimés de paracétamol.

À mon retour, il les déposa sur sa langue et les fit passer avec une petite gorgée.

— Merci. (Il reposa le verre sur sa table de nuit.) Vraiment, tu n'es pas obligée de manquer le travail pour moi.

— Trop tard. En plus... (Je désignai la table de sa cuisine où j'avais étalé mes livres de cours.) J'ai des révisions à faire.

J'étais allée récupérer mon sac dans ma voiture dès qu'il s'était endormi.

Il hocha la tête et se leva.

Je tendis instinctivement la main comme pour l'aider à se stabiliser, même si toute cette peau nue et tatouée me troublait et me rappelait l'autre nuit. Nos deux nuits. Ici et dans ma chambre. Elles me paraissaient lointaines et irréelles, comme un rêve. Nos corps entremêlés, ses mains qui caressaient des endroits de mon corps que personne n'avait encore touchés... Je laissai mon regard parcourir sa silhouette. Le tatouage qui recouvrait la moitié de son torse lui donnait un petit côté dangereux. Comme si sa place était dans une cour de prison, à faire de la musculation avec ses codétenus. Pas ici, avec moi.

Je baissai la main et humectai mes lèvres.

— Qu'est-ce que tu fais ? Tu devrais rester couché.

Sur le dos. Faible et malade, et bien moins intimidant.

Un demi-sourire flotta sur ses lèvres.

— Je vais prendre une douche. Tout ira bien, Maman.

Je rougis. J'avais effectivement tendance à me montrer maternelle. C'est ce que disaient toujours Emerson et Georgia. Quelle ironie, quand on pensait que je n'avais jamais connu ce genre de mère ! Mais voilà ce qui arrivait quand on grandissait dans une communauté où les gens, y compris son propre tuteur, tombaient souvent malades.

Je le suivis des yeux se diriger vers la salle de bains et j'observai, comme hypnotisée, ses muscles qui ondulaient sous la peau dorée de son dos. Sa démarche était moins souple et assurée que d'habitude. Il fit une pause devant la porte et tourna la tête vers moi.

— Tu peux rester. Si tu veux. (Il jeta un coup d'œil à mes livres de cours.) Tu peux réviser ici.

J'acquiesçai tandis que mon cœur faisait un petit bond dans ma poitrine. Puis il s'enferma dans la salle de bains et le son de la douche me parvint bientôt à travers la porte.

Le cœur léger, je dénichai des draps propres dans un coffre près du lit. J'étais en train de tapoter ses oreillers quand il émergea de la salle de bains dix minutes plus tard. Il s'arrêta et se sécha les cheveux avec une serviette.

— Tu as changé mes draps ?

Je me redressai pour lui faire face et je dus réprimer un sourire. Il semblait presque confus.

— Tu étais malade… Je me suis dit que tu apprécierais d'avoir un lit propre.

Il me considéra d'un air grave, comme s'il essayait de comprendre comment je fonctionnais. Mon sourire s'effaça. Car il n'y arriverait jamais. Je ne pouvais pas le laisser y parvenir. Mince alors, pour ça, il faudrait déjà que je me comprenne moi-même, et c'était une lutte constante.

Dès que je pensais savoir ce que je voulais dans la vie et qui j'étais, je recevais un coup de fil de ma grand-mère qui déprimait au sujet de mon père. Elle évoquait toujours l'erreur qu'il avait faite en épousant ma mère, regrettait qu'il n'ait pas épousé Frankie Mazzerelli à la place, son amour de jeunesse, qui était aujourd'hui mariée à un pharmacien et mère de quatre enfants. Et quand ce n'était pas ma grand-mère, je faisais des cauchemars où je revivais l'époque de mes dix ans, quand je me cachais dans un coin en priant pour être invisible. C'était alors mon rêve. Tandis que les autres petites filles rêvaient de châteaux de princesse, je rêvais d'invisibilité.

J'étais perdue à cette époque. Et cela n'avait guère changé depuis. J'essayais encore de découvrir qui j'étais. Depuis mon entrée à la fac, j'avais changé trois fois de spécialisation, pour finir par jeter mon dévolu sur la psychologie. Comme si devenir thérapeute et aider les autres à surmonter leurs problèmes pouvait m'aider, d'une certaine manière, à résoudre les miens.

Il n'y avait qu'une seule vérité irréfutable dans ma vie. Une seule à ma connaissance. Hunter était quelqu'un de bien. Quelqu'un de normal. Et c'était ce que je voulais. Correction : c'était *lui* que je voulais. C'était le plan.

— Merci, dit-il. Merci de faire ça, d'être là.

— Tu veux essayer d'avaler quelque chose ? lui proposai-je en me dirigeant vers la cuisine. Je t'ai acheté de la soupe de nouilles au poulet, de la gelée et des biscuits.

— On va commencer par une petite gelée.

Je sortis un pot du frigo et le lui tendis. Il ouvrit un tiroir et attrapa une cuillère. Puis il s'appuya contre le comptoir et m'observa.

— Et toi, tu as mangé ?

— J'ai déjeuné tard et j'ai grignoté quelques biscuits pendant que tu dormais. Ça va.

Il retira le couvercle du pot.

— Ils peuvent te préparer quelque chose en bas. C'est une soirée ailes de poulet.

— Pas la peine.

Il enfourna une petite cuillère de gelée et la fit lentement tourner dans sa bouche.

— Je ne pensais pas te revoir. Pourquoi tu es revenue ? demanda-t-il en préparant une deuxième cuillerée.

Je ne distinguais pas suffisamment bien ses traits pour deviner ses pensées, mais il semblait presque soulagé que je lui aie donné tort. Était-il heureux de ma présence ?

— Après ce que tu as dit l'autre nuit, je ne suis pas surprise que tu penses ça.

Il releva vers moi des yeux perçants.

— Alors qu'est-ce que tu fais là ?

Au moins, il ne faisait pas semblant de ne pas comprendre mon allusion.

— Qu'est-ce que tu as voulu dire, quand tu m'as avoué avoir mis ton père en fauteuil roulant ?

— Exactement ce que j'ai dit.

— Alors tu... tu lui as fait du mal ? Délibérément ?

Ses lèvres se tordirent pour afficher un sourire cassant.

— Tu attends de moi que je minimise la chose. Tu as envie que je te dise que je ne suis pas ce genre d'homme. Que je ne suis pas quelqu'un de brisé. N'est-ce pas, Pepper ?

Il secoua la tête et jeta son pot vide à la poubelle.

— Je ne vais pas te mentir et essayer de te persuader que je suis quelqu'un de bien, quelqu'un de rayonnant et propret comme ton mec qui va devenir médecin.

Il s'écarta du comptoir et se dirigea de nouveau vers le lit.

— Ce n'est pas ce que j'attends.

— Oh que si. Je le sais à ta façon de me regarder, avec tes grands yeux verts.

Je serrai les poings.

— Je veux seulement connaître la vérité.

— Qu'est-ce que ça peut te faire ? demanda-t-il pardessus son épaule en rabattant les couvertures. On n'est pas obligés de se raconter nos vies. On n'est pas obligés de se dire des vérités. Ce qu'on fait tous les deux n'a pas besoin d'être compliqué.

Je clignai les yeux. Il avait raison, bien sûr. Je n'avais pas besoin de savoir qui il était.

— Tu veux bien éteindre la lumière ? demanda-t-il en soupirant.

— Tu vas dormir.

— Je suis vanné. Alors, oui. (Il souleva sa tête.) Tu restes ?

Je tournai les yeux vers mes affaires étalées sur la table.

— Je pense que je vais y aller.

Il soutint mon regard un long moment avant de hocher la tête et de la laisser retomber sur son oreiller. Je commençai à rassembler mes affaires quand sa voix m'interrompit.

— Sinon, tu peux rester. Comme tu veux.

Voulait-il que je reste ? C'était l'impression qu'il me donnait. J'hésitai, incertaine. Puis je reposai progressivement mes manuels sur la table et m'approchai du lit. Je retirai mes chaussures et m'installai à côté de lui.

Son corps dégageait une chaleur intense. Je m'approchai encore un peu et j'enfouis mon nez contre sa colonne pour savourer son odeur de propre.

Sa voix résonna dans son dos.

— Hé, tu as le nez froid.

Je souris contre sa peau.

— Et mes pieds ?

Je les collai contre ses mollets.

Il siffla entre ses dents.

— Enfile des chaussettes, chérie.

Je lâchai un rire léger.

— Tu es fiévreux. Peut-être que ça te soulagera.

Il roula sur lui-même pour me faire face. Son regard brillant et pénétrant sembla faire monter ma température à moi aussi. Il posa la main sur mon bras et le caressa avec indolence. Même dans cet état, il arrivait à me séduire. Et il ne s'en rendait probablement même pas compte. C'était sa nature, sa façon d'être. L'effet qu'il me faisait.

Ses paupières se fermèrent. Puis, sans les rouvrir, il murmura :

— J'adore entendre ton rire. Il est réel, sincère. Beaucoup de filles ont un rire faux. Pas toi.

— J'aime ton rire aussi, murmurai-je, à l'aise dans le cocon douillet de son lit.

— Ah oui ?

Je posai la main à plat sur son torse ferme malgré la chaleur qui en irradiait. Il poussa un soupir comme si la fraîcheur de ma main lui procurait un soulagement.

— Je ris plus souvent depuis que je te connais, dit-il d'une voix égale en remuant à peine les lèvres.

Vraiment ? Je fronçai les sourcils. Il ne devait pas rire du tout avant, parce que je ne le trouvais pas particulièrement jovial.

Je le serrai contre moi toute la nuit. Et il me serra aussi en calant ma tête sous son menton, un peu comme si j'étais une bouée de sauvetage. Je sentis sa fièvre baisser vers 1 heure du matin. Persuadée qu'il était en voie de guérison, je finis par me détendre et par sombrer dans un profond sommeil.

17

Le couloir qui menait à ma chambre était jonché de décorations d'Halloween en tout genre. Je le remontai prudemment en prenant soin d'éviter les serpentins oranges et noirs. J'imaginais déjà la tête de Heather quand elle se réveillerait. Notre responsable de résidence organiserait sûrement une réunion de crise. Je soupirai, redoutant déjà ce moment.

Quand on parle du loup... J'étais à quatre portes de la mienne quand je vis un type se glisser hors de sa chambre. Ses chaussures à la main, il referma la porte avec précaution comme s'il ne voulait pas faire de bruit. Puis il pivota et nous nous retrouvâmes face à face. Je clignai les yeux.

— Oh... Logan ?

— Salut, Pepper, murmura-t-il en passant une main dans ses cheveux soigneusement ébouriffés.

Le geste ne fit que les décoiffer un peu plus. Comme son frère, même dans les mauvais jours, il était canon.

— Marrant de se croiser ici.

— Oui. J'habite ici.

Mon regard dériva vers la porte de Heather – responsable de résidence, étudiante de troisième cycle, vingt-quatre ans.

— Est-ce qu'elle sait que tu es encore au lycée ?

Il afficha un sourire en coin et se pencha pour mettre ses chaussures.

— Je crois qu'elle s'en fiche.

Je ricanai.

— Tu m'étonnes.

— Hé, tu as une voiture ?

— Oui, pourquoi ?

— Eh bien, c'est Heather qui m'a emmené hier soir. J'allais appeler quelqu'un pour me ramener au *Mulvaney*...

— Pourquoi tu ne demandes pas à Heather ? demandai-je avec un petit sourire narquois.

— Oh, je ne veux pas la réveiller.

— D'accord.

Je rajustai mon panier à linge sur ma hanche et je repris la direction de ma chambre.

— Laisse-moi poser ça et prendre mes clés.

— Merci.

Il m'emboîta le pas. Quand je jetai un coup d'œil derrière moi, je le surpris en train de regarder nerveusement par-dessus son épaule, comme s'il craignait que Heather puisse se lancer à ses trousses.

Je posai mon panier et j'attrapai mes clés, un sourire toujours aux lèvres.

— Allez, viens, Roméo.

Il sourit d'un air impénitent et me suivit jusqu'à l'ascenseur.

— Je ne suis pas un Roméo. Je ne me languis pas d'amour pour une fille en particulier.

J'acquiesçai.

— C'est vrai.

— Mais mon frère, de son côté...

Sa voix s'estompa tandis qu'il me jetait un regard entendu.

Je me sentis rougir jusqu'aux oreilles. Je secouai la tête.

— Je ne vois pas de quoi tu parles.

— Vous vous voyez beaucoup, tous les deux.

Je haussai une épaule, mal à l'aise.

— Je n'irais pas jusqu'à dire « beaucoup ».

D'accord, je l'avais vu plus qu'aucun autre gars dans ma vie, mais ça, Logan ne le savait pas.

Nous pénétrâmes dans l'ascenseur, déjà occupé par deux filles en train de discuter. Elles coulèrent un regard appréciateur à Logan avant de reprendre leur conversation. Une conversation que je ne pus m'empêcher d'écouter – surtout quand je les entendis prononcer les mots « club coquin ». Em voudrait que je lui rapporte le moindre détail de ce que j'aurais saisi. Depuis qu'on avait appris son existence, elle s'était donné pour mission d'en apprendre plus sur le sujet. Elle trouvait carrément insultant de ne pas encore avoir reçu d'invitation.

— Oui… Hannah a reçu une invitation, disait l'une. Apparemment, elle connaît un membre. Et puis tu sais comment elle est, elle a toujours aimé les trucs bizarres…

Je ne pus m'empêcher de glisser un regard vers Logan. À en juger par l'expression intéressée qu'il affichait, j'en déduisis qu'il n'en manquait pas une miette, lui non plus. Il devait sûrement mourir d'envie de rencontrer cette fameuse Hannah.

Une fois sortis de l'ascenseur, je le taquinai :

— Tu veux leur demander le numéro d'Hannah ?

Il pouffa de rire au moment où nous sortions dans l'air frais et matinal. Je regrettai de ne pas avoir enfilé une veste et une écharpe.

— Elle n'a pas l'air inintéressante, mais non merci. Je suis plutôt du genre traditionnel.

Je ne pris pas la peine de lui faire remarquer qu'on ne pouvait pas vraiment qualifier de « traditionnel » sa manie de coucher avec une fille différente, ou plus, toutes les semaines. Nous nous installâmes dans ma voiture et j'allumai le chauffage aussitôt que j'eus mis le contact.

— Alors, repris-je en quittant le parking, ton frère sait où tu es ?

Son sourire se transforma en moue suffisante et féline. Je dus masquer ma soudaine nervosité devant son air malicieux.

— Pourquoi tu ne me demandes pas directement ce qui t'intéresse vraiment ?

— Q... qu'est-ce que tu veux dire ? bredouillai-je.

— Tu veux absolument tout savoir sur mon frère. Avoue.

— Je ne veux rien savoir du tout.

Seulement les éléments clés.

— En tout cas, je peux te dire qu'il en pince sérieusement pour toi.

— Comment tu le sais ? demandai-je avant de songer que j'aurais peut-être dû faire mine de ne pas m'en soucier.

— Il n'a pas eu beaucoup de copines. Je veux dire : clairement, il n'est pas comme moi.

Je ricanai et levai les yeux au ciel. Il posa une main à plat sur sa poitrine et me fit un clin d'œil.

— Il y en a bien eu quelques-unes. Mais rien de comparable à toi.

— Et qu'est-ce que j'ai de spécial ?

— Toi, Pepper, tu es le genre de fille qu'un mec présente à ses parents. Et c'est justement pour cette raison, à mon avis, que Reece n'a jamais voulu s'impliquer avec une fille comme toi jusque-là. Notre paternel est un sacré morceau. Même avant son accident, il était amer et grossier. Pour te dire, je ne sais pas ce qui volait le plus vite avec lui – ses poings ou les bouteilles de bière vides qu'il nous jetait dessus.

Mes mains se crispèrent sur le volant. Une sensation acide et familière s'insinua en moi. Il semblait bien que leur enfance n'avait pas été meilleure que la mienne. Le poison était différent, certes, mais le poison restait du poison.

— Il a l'air génial.

— Ouais. Un sacré chic type.

— Tu as mentionné un accident ?

Reece n'avait pas qualifié ce qui était arrivé à son père d'« accident ». Il s'en attribuait la responsabilité.

— Qu'est-ce qui lui est arrivé ?

— Il a embouti un arbre et il s'est brisé la colonne vertébrale.

Un accident de voiture ? En quoi cela pouvait-il être la faute de Reece ? Je m'humectai les lèvres.

— Reece m'en a vaguement parlé. J'ai eu l'impression qu'il se tenait pour responsable.

Logan me jeta un regard vif.

— Il t'a dit ça ?

Je confirmai.

Logan se mit à jurer.

— Ce n'était pas sa faute. Le vieux rejette la responsabilité sur lui, mais c'est des conneries. Reece n'est pas revenu travailler pour le *spring break* et mon père a eu son accident en rentrant à la maison après avoir fait la fermeture. Et dans sa tête, il n'aurait pas conduit ce soir-là si Reece avait été là.

Mes pensées se bousculaient dans ma tête. Je me garai sur le parking du *Mulvaney*. J'imagine que nous portions tous notre croix. Excepté Hunter. Il n'avait connu qu'une famille aimante. Des parents qui protégeaient et soutenaient leurs enfants.

— C'est injuste.

— Tu l'as dit, approuva Logan d'une voix tendue.

Je devinai qu'il avait un avis plus poussé sur le fait que son frère ait abandonné les études et sacrifié son avenir.

— Moi, je ne l'aurais pas fait. Je dois être plus égoïste. Une fois que j'aurai mon diplôme, je me tire d'ici. Je vais vivre ma vie. Et avec un peu d'espoir, Reece fera la même chose. Il n'aura plus à se préoccuper de moi.

— Tu crois qu'il reprendra ses études ?

Il secoua la tête.

— Non, il aime diriger le bar. Il n'aimait pas au début, mais il a ça dans le sang. C'est notre grand-père qui l'a ouvert et qui en a fait ce qu'il est devenu. Avec mon père, les affaires étaient en déclin. Et depuis l'arrivée de Reece, elles reprennent fort. Il est en discussion avec plusieurs banques pour en ouvrir un deuxième. Mon père va flipper. Il n'aime pas le changement. Mais je doute que ça arrête Reece. Il est décidé.

Je me garai près de la porte de derrière en songeant que j'aurais dû conduire plus lentement. Tout ce que me disait Logan me révélait une nouvelle facette de Reece et me confirmait qu'il y avait quelque chose à creuser.

Logan ouvrit la portière d'un air hésitant.

— Merci de m'avoir ramené.

— Je t'en prie.

Il planta sur moi ses yeux si semblables à ceux de son frère.

— Mon frère est un mec bien, tu sais.

Je hochai la tête, ne sachant trop quoi répondre.

— J'ai entendu dire que tu étais venue t'occuper de lui quand il était malade. (Je confirmai d'un signe de tête, les joues rouges.) Il mérite quelqu'un comme toi.

Je calai une mèche de cheveux derrière mon oreille, embarrassée, et tournai la tête vers le pare-brise.

— C'est gentil de dire ça, mais tu ne me connais pas du tout, Logan.

Je n'étais pas le genre de fille qui allait sauver son frère. Même si j'en avais envie, je n'en avais pas la capacité. J'arrivais tout juste à me sauver moi-même.

— Je te cerne mieux que tu ne le crois.

— Je ne pense pas.

— Très bien, alors. D'accord. Peut-être pas. (Quelque chose dans sa voix m'incita à reporter mon attention sur son visage. Il avait un regard tranchant.) Mais Reece, si. Il sait qui tu es. Il ne perdrait pas son temps avec toi sinon.

Mes mains se raidirent de nouveau sur le volant.

— Tu fais beaucoup de suppositions. Ça n'est pas ce que tu crois entre nous. Reece et moi, on est à peine amis.

Il laissa échapper un petit rire en secouant la tête, comme si j'avais dit une absurdité.

— Si tu veux continuer à croire ça… (Il descendit de la voiture et plongea de nouveau la tête à l'intérieur.) À plus, Pepper.

Il claqua la portière et le son résonna dans l'air un moment tandis que je le regardais disparaître à l'intérieur du bar. Je marmonnai quelque chose pour moi-même et j'enclenchai la première. Il allait peut-être falloir que j'arrête pendant un temps de fréquenter le *Mulvaney*.

18

Le jour suivant, je trouvai Reece devant ma porte. Les vestiges d'Halloween traînaient encore dans le couloir derrière lui. Heather insistait pour que les coupables se dénoncent et viennent nettoyer eux-mêmes, mais jusque-là, personne ne s'était signalé. L'espace d'un instant, je me sentis mal à l'aise en songeant à la conversation que j'avais eue avec son frère. J'étais presque sûre que Reece n'apprécierait pas que son cadet ait partagé tous ces détails avec moi, mais je doutais aussi que Logan lui ait révélé notre discussion – et surtout ses tentatives d'entremise. La quasi-certitude que Reece n'était au courant de rien apaisa quelque peu ma nervosité.

Il portait l'une de ces petites boîtes blanches qui provenaient de la pâtisserie préférée d'Em.

Je la pointai du doigt.

— Qu'est-ce que c'est ?

— Un cupcake.

Je haussai un sourcil.

— À quoi ?

— Framboise.

Oh, mon Dieu. Il m'apportait un cupcake ?

Il me tendit la boîte.

— Merci d'être venue t'occuper de moi l'autre jour.

Je m'emparai de la boîte et l'invitai à entrer. Il s'assit à mon bureau.

Je m'installai sur mon lit et je soulevai le couvercle. Je salivai immédiatement à la vue du glaçage au *cream cheese*.

— Ça a l'air délicieux.

Je le sortis de sa boîte, écartai le papier et mordis dedans avec un grognement de plaisir.

— C'est bon ?

— Tu veux goûter ?

— Non, merci.

Je penchai la tête vers lui.

— Allez, il est gros comme un melon, prends-en un morceau.

Il me rejoignit sur le lit avec un petit sourire. Avec le recul, je me demandai si ça n'avait pas été mon intention depuis le début. L'attirer à côté de moi sur le lit.

Je levai le cupcake dans sa direction en pensant qu'il allait le prendre dans sa main. Mais à la place, il mordit directement dedans avec ses dents blanches. J'écarquillai les yeux.

— Tu as pris la moitié en une seule bouchée !

Il mâcha et essuya un peu de glaçage sur sa lèvre avant de le lécher.

— Tu m'as dit d'en prendre un morceau. Je suis un mec. J'y peux rien si je prends des gros morceaux. Je te laisse le reste.

— Hmm.

Je feignis de le réprimander d'un regard dur et mordis une bouchée ridiculement petite comparée à la sienne.

— Je pensais ce que j'ai dit.

J'avalai avant de lui demander :

— Quoi ?

— Merci d'avoir pris soin de moi.

— Oh.

Je pris une nouvelle bouchée et haussai une épaule tout en mâchant, gênée par l'intensité de son regard.

— N'importe qui aurait...

— Ne fais pas ça, coupa-t-il.

— Faire quoi ?

— Comme si tu n'avais rien fait de spécial. Comme si toi, tu n'avais rien de spécial. La vérité, c'est que je ne vois personne d'autre capable d'être aux petits soins pour moi comme tu l'as été. Personne depuis ma mère. (Il hocha lentement la tête.) Tu es une fille adorable, Pepper.

Mon visage s'empourpra face à cet éloge et je devins nerveuse. J'avalai les dernières miettes de cupcake et je tressaillis en le voyant essuyer le coin de mes lèvres avec son pouce. Il en retira un petit bout de glaçage qu'il porta à sa bouche. Je le regardai faire sans bouger.

— Quand un garçon commence à dire à une fille qu'elle est adorable, ça signifie qu'elle ne l'intéresse pas, non ?

Il me regarda longuement avant de répondre.

— Pas si elle est tellement adorable que je ne pense qu'à une chose, c'est à la déshabiller de nouveau et à goûter au moindre centimètre carré de sa peau.

J'entrouvris les lèvres, le souffle coupé. Puis je parvins à inspirer et je me hissai sur mes genoux avant de m'asseoir sur lui à califourchon. Je posai les mains sur ses épaules fermes et chaudes par-dessus son tee-shirt. Il mit les siennes sur mes hanches et serra légèrement. Nous nous observâmes un long moment. Puis il plaça une main dans ma nuque et m'attira à lui jusqu'à ce que nos bouches se touchent.

Il m'embrassa avec une profondeur et une lenteur délibérées, à un rythme langoureux. Exquis. Puis il s'écarta pour retirer son tee-shirt, avant de s'attaquer au mien. Je levai les bras pour lui faciliter la tâche. Mon soutien-gorge suivit aussitôt. Ce dépouillement intégral commençait à devenir une habitude en sa présence. Puis il me poussa pour m'asseoir sur le lit. Sans me toucher, il me contempla dans la faible lueur de ma chambre, comme s'il essayait de me mémoriser. Je sentis une vague de chaleur envahir mon corps en m'imaginant tous les défauts qu'il devait voir. Je poussai un petit gémissement, submergée par les émotions, et j'essayai de me détourner pour échapper à son regard intense.

— Attends.

Il posa la main à plat sur mon ventre et m'incita à rester immobile.

Il se coula le long de mon corps et je ne pus m'empêcher de me tortiller, tremblotante, le cœur battant, dans l'attente de son prochain geste. Je lui volai un regard et il releva les yeux vers moi. Son menton effleura mon nombril et ses grandes mains laissèrent une empreinte brûlante sur ma peau tandis qu'il m'hypnotisait de son regard ardent.

— Tu me fais confiance ?

— Oui.

Je m'immobilisai en m'apercevant que c'était la vérité.

— Oui, je te fais confiance.

Un sourire s'afficha lentement sur son visage. Il me prit les mains, entrelaça brièvement nos doigts puis pressa mes paumes à plat sur le matelas de chaque côté de mon corps.

— Bien.

Il entreprit alors de m'embrasser, d'embrasser mon corps tout entier. Des baisers humides et avides sur mon ventre, sur mes côtes. Au creux de mes seins. Partout. Je soupirai de plaisir et frissonnai. *Oh, bon sang*. Il n'était plus question de gêne. Il n'y avait plus que lui. Et ses lèvres sur moi.

Il déboutonna ma braguette, ouvrit mon jean et exposa l'avant de ma petite culotte. Je ne pus m'empêcher de tressaillir quand il déposa un baiser *juste là*. La chaleur humide de sa bouche imprégna ma peau à travers le coton fin. Je laissai échapper son prénom dans un souffle.

Il se redressa et m'embrassa fougueusement. Seules nos lèvres étaient en contact, nos langues emmêlées. Il me rendait folle. Je répondis à l'ardeur de son baiser. J'essayai de bouger mes bras, toujours plaqués sur le matelas. Je poussai un gémissement contre ses lèvres en essayant de libérer mes doigts des siens qui me serraient dans une poigne de fer, désespérée de toucher son corps.

C'est alors que je la sentis. La bosse immanquable qui appuyait contre l'intérieur de ma cuisse. Je les écartai plus grand et rapprochai nos entrejambes pour le plaquer directement contre moi. Je soulevai les hanches pour m'y presser un peu plus.

Ses lèvres quittèrent les miennes avec un petit sifflement.

— Mince alors, tu es sûre de n'avoir jamais fait ça avant ?

— S'il te plaît... Mes mains... j'ai envie de te toucher.

La pression de ses doigts augmenta encore d'un cran et je pouvais éprouver toute la force de son corps dans nos paumes brûlantes scellées ensemble.

— Pas sûr que ce soit une bonne idée.

Sa respiration rauque se mêlait à la mienne. Je sentais mon corps entier palpiter, douloureux.

— Je t'en prie... tu me caresses tout le temps, laisse-moi faire.

Il secoua fermement la tête une fois.

Ma voix se brisa légèrement.

— Pourquoi ?

À cette distance, je pouvais distinguer le cercle bleu foncé, presque noir, qui entourait ses iris.

— Parce que tu me fais l'effet d'un bonbon dans ma bouche. Je suis déjà dans tous mes états.

— Mais tu as dit que je pouvais te faire confiance.

— Tu le peux. (Il me jeta un regard intense et perçant, comme s'il était déterminé à ce que je le croie.) Je ne te ferai jamais de mal.

— Alors lâche mes mains.

Il desserra les doigts au bout d'un moment. J'étais libre. Je m'empressai de poser les mains sur son torse et de caresser ses muscles et ses abdos sculptés. Il baissa la tête et la posa dans le creux de mon cou, comme s'il puisait des forces à une source secrète qui ne se trouvait que là.

Je baissai encore les mains et n'hésitai qu'un instant à la ceinture de son jean. Je glissai les doigts à l'intérieur. Puis, avant de perdre mes moyens, j'ouvris sa braguette comme il l'avait fait avec moi.

Il releva la tête, les yeux brillant d'une lueur d'avertissement.

— Pepper... dit-il d'une voix étranglée.

Je lui jetai un bref regard avant de me concentrer de nouveau sur mon objectif.

— Je n'en ai jamais touché.

J'ouvris complètement son jean et le baissai avec un manque de grâce criant. La tâche était d'autant plus ardue qu'il était allongé sur moi.

— Putain.

Il roula sur le côté, s'allongea sur le dos, leva les hanches et finit de le retirer lui-même. Il était tout à moi.

Un sourire aux lèvres, je me hissai au-dessus de lui et détournai mon attention de son visage vers... le bas.

La bosse à l'intérieur de son boxer était impressionnante. Je posai la main dessus pour en sentir et évaluer le contour.

Il répéta mon nom, d'un ton à mi-chemin entre le gémissement et le râle. Je n'y prêtai pas attention. La curiosité et l'afflux sanguin dans mes oreilles étouffaient les sons.

Je repliai les doigts et la bosse grossit dans ma main. C'était grisant. Je plongeai dans son caleçon et m'emparai de lui avant de changer d'avis. Il laissa retomber sa tête sur le lit.

— Pepper.

— C'est plus doux que je ne l'aurais cru.

Je me mordis la lèvre en savourant la sensation de son sexe entier entre mes doigts.

Il lâcha un rire éraillé.

— Chérie, je suis dur comme un roc.

— Je parlais de ta peau.

C'était comme de la soie sur de l'acier. Je remuai maladroitement la main pendant un moment avant de trouver un rythme de frictions régulier.

Il posa la main sur la mienne pour l'écarter.

— Pepper, arrête ça.

— Ça ne fait pas partie de mon apprentissage ?

Les muscles dans son cou saillirent comme s'il luttait pour garder le contrôle. J'aurais peut-être dû m'en inquiéter, mais sa réaction ne fit que me flatter davantage, me donner une sensation de pouvoir. Je ne craignais pas un instant qu'il puisse perdre le contrôle et franchir la limite. Il avait toute ma confiance.

— Tu n'es pas obligée de...

— J'en ai envie.

Il relâcha ma main. Je pus le caresser de nouveau, faire glisser mes doigts sur lui.

— D'accord, dit-il d'une voix grave. Alors autant appeler un chat un chat.

Je lui jetai un regard interrogateur.

— Dis-le. Bite. Queue. N'aie pas peur du mot, Pepper.

Ma main s'immobilisa. Je secouai la tête, les joues brûlantes.

— Je ne peux pas dire ça.

— Mais tu peux la toucher ? Dis-le. Bite.

Le mot se forma péniblement sur ma langue. Je repris mes mouvements et prononçai le terme lentement, en savourant cette sensation d'audace et d'immoralité.

— Bite.

Ses yeux bleu clair prirent la teinte de l'étain. Sa poitrine monta subitement avant de redescendre. On aurait dit que ce simple mot dans ma bouche avait le pouvoir de l'exciter.

Je détournai les yeux de lui – de sa bite – vers son visage. Je ne savais pas ce qui me fascinait le plus. La vision de ma main sur son membre ou son expression. Il avait fermé les yeux. Il semblait presque souffrir.

— Pepper… Pepper, arrête.

Il se crispa sous moi.

— Mon Dieu, dit-il, haletant, frissonnant.

Les muscles et les tendons de son torse se crispèrent tandis que son corps atteignait l'extase.

Puis sa respiration se calma progressivement. Il jeta un bras sur son visage. Il prit quelques inspirations supplémentaires et murmura :

— Ça n'était pas censé arriver.

Je me hissai au-dessus de lui avec un sourire.

— Tu avais un plan particulier ?

Il retira son bras de son visage et me regarda. Il saisit une mèche de mes cheveux qu'il cala derrière mon oreille.

— Avec toi, on dirait que les choses ne se passent jamais comme je l'avais prévu.

Je me levai, le sourire toujours aux lèvres. Je m'emparai d'une serviette de toilette que je lui jetai, puis en sortis une autre pour moi.

Il s'essuya et, debout avec mon jean déboutonné, je sentis mon embarras refaire surface. J'ouvris la porte de mon placard et j'attrapai un tee-shirt que j'enfilai. Puis je restai plantée là, sans trop savoir quoi faire ensuite, et je tripotai le bord de mon haut.

Il se redressa sur mon lit. Il ne prit pas la peine de remettre son jean. Vêtu seulement de son caleçon, il était l'incarnation du sexe. Une peau dorée. Mince, musclé. Ses abdos semblaient presque irréels. Et le tatouage qui recouvrait son bras et ses côtes était la cerise sur le gâteau.

Je déglutis, la gorge soudain sèche.

— Et maintenant ?

— Eh bien, si ce n'était qu'une aventure, on se dirait au revoir, maintenant.

— Oh.

Je hochai la tête. Mais ce n'était pas une aventure. C'était encore moins que ça. Ce n'était qu'une feinte. On jouait au couple.

Il posa une main sur son genou et me contempla, à sa manière qui me troublait toujours autant.

— Tu veux que je reste ?

— Tu veux rester ?

Son petit sourire en coin refit son apparition.

— Si tu veux que je reste, dis-le. C'est ce qui se passerait si c'était plus qu'une simple aventure. Si on s'appréciait vraiment l'un l'autre.

« Si on s'appréciait vraiment l'un l'autre. » Ébranlée, je trouvai son choix de mots légèrement blessant, surtout quand on avait encore le goût de l'autre sur les lèvres. Mais ce rappel était nécessaire : tout ça n'était qu'un simulacre.

Je pris une inspiration pour rester maîtresse de moi-même.

— Alors, oui, tu devrais rester.

J'essayais de faire preuve d'assurance. Après ce qu'on venait de faire – ce que *je* venais de faire –, je n'aurais pas dû avoir besoin du moindre effort.

— Ça n'a pas l'air de t'enchanter. Souviens-toi, c'est pas ce qu'il y a de plus excitant.

Je devais aborder la situation de manière clinique. Tout ça n'était pas personnel. C'était une expérience. Un mec sexy et expérimenté se proposait de m'initier à l'art des préliminaires. Je me sentais déjà plus compétente. Je savais embrasser correctement. Et je connaissais aussi *d'autres* choses désormais. Je n'étais peut-être pas encore passée maîtresse en la matière, mais je connaissais mes capacités. Grâce à Reece, j'étais prête pour Hunter. Une question me noua l'estomac cependant ; est-ce que flirter avec Hunter me plairait autant que flirter avec Reece ?

Je récupérai ma trousse de toilette sur l'étagère de mon placard d'une main tremblante, troublée, en comprenant que je prenais beaucoup trop de plaisir avec Reece. Que je l'appréciais beaucoup trop. Et ça n'était pas du tout prévu au programme.

— Je reviens tout de suite.

Je me hâtai d'aller me laver le visage, et je me brossai les dents vigoureusement jusqu'à sentir le goût cuivré du sang dans ma bouche. Alors je m'arrêtai et je me rinçai la bouche. Je relevai la tête et dévisageai mon reflet dans le miroir. Je m'émerveillai de voir ce que cette fille était devenue. Une fille qui s'apprêtait à partager son lit avec un autre garçon que Hunter. Difficile à concevoir.

À mon retour dans la chambre, il était sous la couette, un bras passé sous sa tête, l'air décontracté. J'éteignis la lampe, ce qui plongea la pièce dans une lueur grisâtre. Seule la lumière qui filtrait à travers les rideaux nous épargnait d'une obscurité totale.

Je retirai mon jean. Il souleva la couverture pour moi et l'ombre de sa silhouette mince sembla m'attirer entre les draps.

Je me glissai à ses côtés. Il m'attira contre lui par-derrière et je laissai échapper un soupir. Sa peau douce et chaude ne fit que réveiller mon désir une nouvelle fois. Sa virilité, sa carrure, sa force me coupaient le souffle.

Un courant électrique traversa mon corps, et les parties qui palpitaient si intensément quelques instants plus tôt se réchauffèrent inéluctablement.

Il passa un bras autour de ma taille et posa la main sur mon ventre. Il s'écarta quelques secondes, regroupa mes cheveux et les passa par-dessus mon épaule pour ne pas les avoir dans la bouche. Alors je sentis son souffle sur ma nuque. *Seigneur.* Retour des palpitations. Je serrai les cuisses comme pour les apaiser. Comment voulait-il que je m'endorme ?

— Ce Hunter… commença-t-il.

— Oui ? demandai-je d'une petite voix.

— S'il se tire une fois que vous serez passés à l'acte, alors c'est que ça ne signifie rien pour lui. Que *tu* ne signifies rien. Compris ?

Je fis la grimace en songeant que c'était précisément ce que je lui avais fait l'autre nuit.

— Je suis désolée de...

— Je ne dis pas ça pour te faire culpabiliser d'avoir mis les voiles après cette première nuit, Pepper. Je te le dis seulement parce que je ne veux pas qu'un type, Hunter ou un autre, se serve de toi, jamais.

Son souffle effleura de nouveau ma nuque. Je savais que ses lèvres étaient toutes proches. Incapable de me retenir plus longtemps, je me tournai sur le côté et l'observai dans l'obscurité. Nos nez se touchaient presque.

— Merci pour ce que tu fais.

Je faillis ajouter « merci de te préoccuper de moi », mais ce serait peut-être trop s'avancer. Je scellai mes lèvres.

Il lâcha un rire léger.

— Je ne suis pas totalement désintéressé dans l'histoire, Pepper. J'apprécie beaucoup ta compagnie. Comme tu as pu le voir.

Il caressa ma joue du bout des doigts. Je sentis mon ventre se serrer de nouveau. Je revis ma main enroulée autour de lui et mes joues brûlèrent encore davantage.

— Moi aussi, j'apprécie ta compagnie.

Puis je l'embrassai, et cette fois ce fut différent, plus lent, plus doux, plus tendre. Évidemment, ça ne dura pas. Comme chaque fois. Notre baiser se fit rapidement plus exalté. Le sang afflua dans mes oreilles. Je saisis son visage entre mes mains avant de passer un bras autour de son cou pour aligner mon corps au sien. Au bout d'un moment, on dut reprendre notre souffle.

Haletant, il posa son front contre le mien.

— On devrait essayer de dormir.

Je lâchai un petit rire. Oh non, ça ne risquait pas d'arriver. Du moins, je ne voyais pas comment.

— Viens là.

Il me colla contre lui et attira ma tête sur son torse. J'écoutai le battement étouffé de son cœur. Il enfouit ses doigts dans mes cheveux et démêla doucement quelques nœuds.

— Tu as des cheveux magnifiques.

Je souris contre lui, avant de tourner légèrement la tête, consciente qu'il pouvait sentir mon sourire idiot sur sa peau. Qu'il comprendrait que son compliment me touchait.

— Je peux te repérer de loin avec cette chevelure. C'est comme une lueur de chandelle. De milliers de couleurs différentes.

— Un barman poète, murmurai-je en posant la main sur sa poitrine.

— Chérie, tous les barmans sont des poètes.

— Tu dois voir passer tellement de monde, depuis ton bar.

— Je vois juste ce qu'il faut. Je t'ai vue, toi.

Je commençai à me détendre contre lui, sans me départir de mon sourire, et je me laissai bercer par ses caresses dans mes cheveux.

— Continue, l'encourageai-je d'une voix douce et ensommeillée.

Sa voix gronda à travers sa poitrine.

— Tu veux juste m'entendre te dire que tu es belle, c'est ça ?

Je lui donnai un petit coup dans le bras.

— Nooоon.

— Tu sais bien que si. Tu n'as pas besoin de me l'entendre dire.

Mon sourire s'estompa.

— Comment je le saurais ?

— Euh. Regarde-toi dans le miroir ! Regarde les yeux qui te suivent quand tu entres dans une pièce.

Je ne savais pas quoi lui répondre. Curieusement, cette idée me mettait mal à l'aise. Je me mis à dessiner de petits cercles sur son torse.

— Hunter sera incapable de te résister. Et je ne sais d'ailleurs pas comment il a pu y arriver jusque-là.

Je me figeai contre lui et mes doigts s'immobilisèrent. Une vague de colère monta en moi. Pourquoi fallait-il qu'il évoque Hunter maintenant ? Alors qu'on était dans cette position ? Ça me semblait simplement… je ne sais pas. *Inapproprié.*

— Merci, murmurai-je.

Je fermai les yeux et essayai de trouver le sommeil pour échapper à mon agacement, lui échapper, à lui. Mais j'étais trop tendue et irritée pour avoir l'espoir de m'endormir, sans parler de sa présence dans mon dos. J'étais coincée, probablement jusqu'au lever.

Ce fut ma dernière pensée avant que mes paupières se ferment comme des rideaux de plomb.

19

J'attends dans la baignoire que les bruits de l'autre côté du mur cessent. Les voix finissent par s'estomper, et je compte jusqu'à dix en attendant que Maman vienne me chercher. Elle ne vient pas. Alors je continue d'attendre et je me remets à compter. Jusqu'à vingt, cette fois.

Je serre mes genoux contre ma poitrine et je me réinstalle contre la couverture posée dans la baignoire, en espérant ne pas passer la nuit dans la salle de bains une fois de plus.

J'étreins mon ours en peluche et je caresse ses petits bras usés. Ils étaient dodus au début, remplis de rembourrage. Mais ils se sont vidés au fil du temps et les bras ne sont plus que deux appendices de tissu violet, vides et ballants.

La porte s'ouvre et je jette un œil derrière le rideau, pressée de retrouver Maman, avec l'espoir qu'elle m'invite à venir dans son lit avec elle.

Sauf que ce n'est pas Maman.

C'est un homme aux cheveux longs et humides. Il porte une chemise à carreaux déboutonnée sur ses épaules étroites. Son ventre lisse est aussi blanc que le savon posé sur ma droite.

Il s'approche des toilettes en baissant sa braguette. Je recule vivement dans la baignoire en priant pour qu'il se dépêche de faire sa petite affaire. Les invités de Maman ne restent jamais longtemps. Mais j'ai dû émettre un son. Le rideau de douche s'écarte d'un coup sec sur la tringle.

Il apparaît au-dessus de moi.

— Tiens, tiens, qu'est-ce qu'on a là ?

Je me recroqueville en serrant mon ours contre moi.

Il s'agenouille à côté de la baignoire et j'entends ses articulations craquer.

— Tu es la petite fille de Shannon ?

Je hoche la tête une fois. Il me parcourt de ses yeux sombres et observe mes jambes nues qui apparaissent sous le tee-shirt de Maman. Il se penche par-dessus la baignoire comme s'il ne voulait pas manquer la moindre parcelle de mon corps.

— Pas si petite que ça, hein. Pour moi, tu es une grande fille.

Il pose ses doigts sur le bord de la baignoire et ils me font penser à ceux d'un cadavre, longs, fins, blancs comme un squelette. Ils arborent plusieurs bagues étincelantes. Mon regard se fixe sur l'une d'elles, en forme de crâne.

Je serre mon ours encore plus fort, si c'est possible. Maman a dit qu'il me protégerait toujours. Que mon ours me garderait à l'abri chaque fois qu'elle ne serait pas à mes côtés.

— Comment tu t'appelles ?

— Où est Maman ?

— Elle dort.

Il tend deux doigts décharnés et effleure mon genou. Je pousse un gémissement et je retire vivement ma jambe.

Il me sourit de ses dents marron et pointues.

J'ouvre la bouche pour appeler Maman, mais il plaque sa main dessus pour m'empêcher de crier. M'empêcher de respirer.

Il n'y a plus que l'odeur infecte de sa main. Et de la peur...

Je me réveillai avec un sanglot étouffé et me redressai en sursaut. Aussitôt, des mains fermes me saisirent les bras et je poussai un cri. Je pivotai et je frappai le corps étendu à côté de moi.

— Pepper ! Qu'est-ce qui se passe ?

Mais la voix ne pénétra pas mon cerveau. J'étais encore prise au piège de cette salle de bains, étouffée par une paume à l'odeur fétide. *Maman ! Maman !*

— Pepper ! (Les mains secouèrent mes épaules.) Pepper. C'est un cauchemar. Tout va bien.

Je clignai les yeux dans la lueur de l'aube.

— Reece ?

— Oui.

Il écarta mes cheveux de mon visage.

— Tu as fait un mauvais rêve.

Je confirmai d'un signe de tête. Il effleura ma joue avec son pouce.

— Tu pleures.

Avec un petit rire tremblant, je me tamponnai les joues du dos de la main.

— J'ai dû manger quelque chose qui n'est pas passé.

Comment avais-je pu être aussi bête ? Les cauchemars surgissaient toujours sans prévenir. Je le savais. J'aurais dû me douter que ça risquait d'arriver.

— Tu as mangé quelque chose qui t'aurait fait faire un cauchemar ? demanda-t-il d'une voix sceptique. Tu as rêvé de quoi ?

— Je ne me souviens pas.

— Tu appelais ta mère.

Ma poitrine se comprima, douloureuse.

— Vraiment ?

— Oui.

C'est ça. Je l'avais appelée. Cette nuit-là, et plus tard. La nuit où elle m'avait déposée chez ma grand-mère, j'avais pleuré. J'avais hurlé.

— Qu'est-ce que tu as entendu d'autre ?

Il m'observa, les yeux brillant dans la pénombre.

— Tu veux en parler ?

— Non, répondis-je sèchement sans réfléchir. Je ne veux pas parler du jour où ma mère m'a abandonnée. Du jour où elle m'a déposée sur le perron de ma grand-mère comme un journal roulé dans son emballage.

Il ne bougea pas. Il resta immobile, ses mains brûlantes toujours sur mes épaules.

— C'est ce qui t'est arrivé ?

Oh oui, songeai-je. *C'est ce qui m'est arrivé.* Ainsi que d'autres choses dont je ne parlerais jamais à quiconque. L'abandon de ma mère, en revanche, ce n'était pas un secret. Je pouvais lui donner un petit aperçu de mon passé mouvementé. Mais pas du reste.

Je hochai la tête, la gorge nouée, sans voix.

Il m'attira contre lui et passa son bras autour de moi. Je gardai les yeux rivés dans le vide de ma chambre baignée de la faible lueur matinale. J'aurais voulu ne pas me sentir aussi bien dans ses bras. Ce n'était pas ce que j'étais censée ressentir. Ça ne faisait pas partie du plan.

— Maintenant, tu es au courant pour ma vie de famille complètement détraquée.

Il garda le silence quelques instants tout en dessinant de petits cercles sur mon bras.

— Je m'y connais un peu en la matière.

Je tournai un regard étonné vers lui.

— C'est ton tour.

Il poussa un petit grognement.

— Il le faut vraiment ?

— Allez. Je t'ai parlé de la mienne. Parle-moi de la tienne.

C'était important pour moi, pour une raison qui m'échappait. Logan m'en avait déjà beaucoup dit, mais je voulais l'entendre de la bouche de Reece. Je voulais qu'il se confie à moi.

— Voyons. Tu sais que ma mère est morte quand j'avais huit ans.

— Oui.

— Eh bien, elle est morte d'une overdose de Tylenol. Pas intentionnellement. Elle avait des migraines… Ce jour-là, je l'avais vue en avaler quelques-uns. Il s'est avéré qu'elle en avait pris quelques-uns de *trop*. Beaucoup trop, en fait. Son foie l'a lâchée dans son sommeil. Et elle ne s'est jamais réveillée.

Il s'exprimait d'un ton neutre, mais je décelai dans ses yeux le tourment qu'il essayait de contenir. Comment avait-il pu surmonter une telle épreuve ? Se réveiller et trouver sa mère encore au lit, immobile. Morte.

— Oh, mon Dieu.

— Mon paternel n'était déjà pas du genre chaleureux et démonstratif avant ça, mais après…

Je lui signifiai ma compréhension d'un hochement de tête.

— On dirait qu'on n'est pas si différents, tous les deux, après tout… ajouta-t-il.

Je posai la tête sur son torse. Je savais qu'on allait devoir se lever et s'habiller quelques minutes plus tard, mais pour l'instant, je profitais de ce câlin pour assimiler ses paroles, l'estomac noué. « On n'est pas si différents, tous les deux. » Deux personnes qui n'avaient pas la moindre idée de ce que c'était que d'appartenir à une famille normale et aimante.

— Oui, il faut croire.

Je traversai le campus à la hâte et m'arrêtai au passage piéton en attendant que le feu passe au vert. Je trépignai d'impatience et enfonçai mes mains dans les poches de ma veste. J'étais déjà en retard pour mon cours de statistiques.

— Hé, Pepper ! Attends !

Je tournai la tête et vis Hunter qui trottinait vers moi. Il me serra brièvement dans ses bras. Je fermai les yeux pour savourer l'instant.

— Salut ! Comment ça va ?

— Bien. (Il désigna la rue.) Tu vas par là ?

— Oui. À Kensington.

— Je t'accompagne. Je viens de sortir de cours.

Nous traversâmes la rue ensemble. Je sortis la main de ma poche pour serrer nerveusement la sangle de mon sac.

— Je suis pressé d'être à Thanksgiving. J'ai besoin de vacances.

— Oui, moi aussi, répondis-je. Je suis impatiente de voir Lila.

Il leva les yeux au ciel.

— Tu vas entendre parler de son nouveau petit copain.

Je fis claquer ma langue.

— Vas-y mollo. Celui-là a l'air sympa.

— Vraiment ? Elle change de copain comme de chaussettes.

— On ne peut pas tous se consacrer à la même personne pendant plusieurs années d'affilée, répliquai-je pour le taquiner.

Il ouvrit de grands yeux.

— Pour commencer, ça a duré quoi… deux ans, dit-il en agitant deux doigts près de mon visage. Ensuite, on ne sort plus ensemble, tu te souviens ?

Je lui souris en gardant les yeux rivés droit devant moi. Mais je sentais les siens sur moi et je lui coulai un regard. Mon pouls s'accéléra aussitôt que j'aperçus son expression. On aurait dit qu'il me voyait pour la première fois.

— Et toi ? Tu sors avec quelqu'un ?

Il se passa deux choses à cet instant précis. D'abord, l'image de Reece surgit dans mon esprit. Elle n'aurait pas dû. Je n'avais aucune nouvelle de lui depuis une semaine. Depuis qu'il avait passé la nuit avec moi dans ma chambre. Ensuite, je pris conscience qu'il me demandait si j'étais célibataire. Il ne m'avait jamais posé cette question auparavant. Ça ne l'avait manifestement jamais intéressé. Jusqu'à aujourd'hui.

— Non. Pas vraiment.

— Hmm, murmura-t-il. Tu n'as pas l'air sûre. Il y a quelqu'un. Et maintenant tu rougis, alors c'est que j'ai raison.

Je posai une main sur ma joue, comme si je pouvais sentir ladite rougeur sur ma peau.

— Mais non, c'est juste le froid.

— Oh si, tu as un petit ami.

Il gloussa.

— Tais-toi ! Ce n'est pas vrai.

Nous nous arrêtâmes devant les marches qui menaient à Kensington. Je m'écartai du flot d'étudiants qui entraient et sortaient de la porte à double battant. Je gravis la première marche et me retrouvai au même niveau que Hunter.

Il sourit, et cette petite fossette qui me rendait folle creusa sa joue gauche.

— Peut-être pas encore, mais il y a quelqu'un. Je le vois dans tes yeux.

Oui, toi, avais-je envie de crier. *Il n'y a toujours eu que toi.*

Il me parcourut brièvement du regard.

— Tu as bonne mine, Pepper. Tu as fait quelque chose à tes cheveux ?

— Oh, merci. (Je passai une main dessus, ravie de ne pas les avoir attachés en queue-de-cheval.) Oui, j'ai fait des mèches.

Je parvins à garder une voix naturelle. Comme si j'entendais des compliments tous les jours. La voix de Reece flotta dans mon esprit. « Tu es magnifique. »

Je jetai un coup d'œil par-dessus mon épaule.

— Je crois que je suis en retard.

Hunter hocha la tête.

— Oh, oui. Désolé. Je t'enverrai un message. Tu es d'accord pour partir mercredi ?

— Oui, parfait.

— Super.

Il recula de quelques pas avant de pivoter et de se fondre dans la foule d'étudiants.

Je le regardai s'éloigner malgré mon retard. Les yeux rivés sur son dos, j'essayai de me souvenir si Hunter m'avait déjà fait un seul compliment auparavant. Certes, il avait toujours été gentil avec moi, mais il ne m'avait jamais regardée comme il venait de le faire. Comme s'il voyait autre chose que la meilleure amie de sa petite sœur.

Comme s'il me voyait, moi.

20

J'étais en train de travailler sur mon ordinateur quand Emerson entra en pelant une banane.

— Pas de Reece ce soir ?

Sa question toucha une corde sensible. Ce n'était pas parce qu'on avait passé quelques nuits ensemble que ce genre de supposition était légitime, *si* ?

Je me retins de répliquer que je n'avais aucune nouvelle de lui depuis une semaine, et qu'il n'y avait donc aucune raison de penser que j'allais le revoir. Je risquais au contraire de révéler qu'en réalité j'en mourais d'envie. Aussi me contentai-je de répondre :

— Non. J'essaie de finir quelque chose. C'est pour jeudi, mais comme je travaille demain, je m'efforce de m'en débarrasser aujourd'hui.

— Hmm, murmura-t-elle en mordant dans sa banane.

Je m'adossai à mon fauteuil et lui jetai un regard placide.

— Quoi ?

— Tu ne l'as pas revu depuis que tu t'es occupée de lui, c'est ça ?

J'avais raconté à Georgia et Emerson que j'avais pris soin de Reece quand il était malade. Seulement, je n'avais jamais mentionné la nuit qui avait suivi, quand il m'avait apporté un cupcake et qu'il avait passé la nuit au dortoir.

Cette nuit-là, Georgia se trouvait chez Harris et Emerson était rentrée si tard que Reece et moi étions déjà endormis. Elle n'avait jamais entendu le moindre bruit. Pas même quand il était parti le lendemain matin.

Je fronçai les sourcils.

— Je ne me suis pas occupée de lui.

Emerson avait semblé désorientée quand je lui avais expliqué que je l'avais aidé à soigner sa gastro. Manifestement, s'il n'était pas question de flirt ou de sexe, elle ne comprenait pas ce que je faisais avec lui. Une confusion compréhensible. Pour être honnête, je ressentais un peu la même. Seule Georgia avait affiché un air vaguement entendu. Comme si elle comprenait parfaitement bien ce que je faisais avec lui. J'avais résisté à l'envie de lui demander ce que cachait son petit signe de tête significatif.

Emerson haussa un sourcil.

— Je n'ai fait que lui apporter quelques médicaments, répliquai-je sans conviction.

Et je me suis blottie contre lui en le serrant le temps que sa fièvre retombe.

— Oh, vraiment ? (Elle semblait amusée.) La dernière fois que Georgia est tombée malade, j'ai gardé le plus de distance possible entre elle et moi pour ne pas attraper son truc. Et c'est ma meilleure amie. (Elle pencha la tête.) Et *toi*, qu'est-ce que tu fais pour un mec que tu viens de rencontrer ? (Elle pointa sur moi un doigt quelque peu accusateur.) Tu loupes le travail et tu t'occupes de lui comme une vraie Mère Teresa.

Je haussai les épaules.

— Je suis bien immunisée.

L'excuse était pitoyable, mais c'était tout ce que j'avais trouvé.

Mon téléphone se mit soudain à vibrer. Je m'en emparai et je sentis mon cœur faire un bond. *Quand on parle du loup.*

REECE : *Salut. Comment ça va ?*

Est-ce que je l'avais invoqué par la pensée ?

— C'est qui ?

— Seulement mon partenaire de science, mentis-je.

Je ne savais pas vraiment pourquoi j'avais éprouvé le besoin de mentir, mais c'était instinctif. Je reposai mon téléphone l'écran face au bureau.

Elle goba mon mensonge et reprit :

— Alors tu n'as pas l'intention de le revoir ? Tu ne veux pas retourner au *Mulvaney* ce week-end ?

— Non.

— Hmm. Je me disais qu'il te manquait peut-être.

— Hé non.

J'évitai son regard et reportai mon attention sur l'écran de mon ordinateur, avant de taper un mot.

— Il n'y a rien entre nous, Em. Je le sais et lui aussi.

Mes yeux dérivèrent de nouveau vers mon téléphone. *Alors pourquoi m'écrit-il ?*

— Mouais. (Elle ne semblait pas convaincue.) Mais les relations « amis et plus si affinités », ça peut vite devenir délicat.

— On n'en est même pas là.

— Bon, où que vous en soyez, fit-elle en agitant une main. Tu en as fini avec lui, alors ?

Je tapai un autre mot.

— Oui. J'imagine. Je n'y ai pas vraiment pensé… ni à ça ni à lui. (*Si, en permanence, rien que ça.*) J'ai été très occupée. Et en plus, il a mon numéro.

Un nouveau coup d'œil furtif vers mon téléphone.

— Ah. Donc tu attends que ce soit *lui* qui t'appelle.

Je regrettai, un peu tard, d'avoir dit ça.

— Je *n'attends* absolument *rien* de lui.

— D'accord, d'accord. (Elle jeta sa peau de banane dans ma poubelle.) Je voulais seulement savoir où tu en étais, c'est tout.

— Merci, mais tout va bien, Maman. Je rentre avec Hunter pour Thanksgiving. C'était le but de toute cette histoire, tu te souviens ?

— Oh oui, je m'en souviens. Je vérifiais seulement que toi aussi, tu t'en souvenais.

Sur cette remarque, Em se glissa de l'autre côté de notre porte communicante.

Je repris péniblement mon travail en tâchant de me concentrer sur mon paragraphe de conclusion. Je finis par abandonner et je quittai mon bureau. Je me frottai le visage et je me mis à arpenter le petit espace entre mon lit et mon bureau.

Cette conversation avec Em ne m'avait été d'aucune aide. Je pensais énormément à lui. Surtout après ce qu'il m'avait confié au sujet de sa mère. La mienne était partie de son plein gré, en me préférant son addiction, mais nous avions tous les deux grandi sans maman. Il avait raison : nous n'étions pas si différents. Convaincue qu'il n'y avait rien de mal à répondre à son message, je récupérai mon téléphone sur le bureau, puis je le fixai longuement des yeux avant de commencer à répondre.

MOI : *Coucou. Ça va et toi ?*

Je relus cette simple phrase, hésitante, pour m'assurer que je n'en disais ni trop ni pas assez. Satisfaite, j'appuyai sur « Envoyer ».

Je reposai mon téléphone, me réinstallai à mon bureau et je relus mon dernier paragraphe. Maintenant que je lui avais répondu, j'étais bien décidée à finir ce devoir.

Mon téléphone vibra, je m'en emparai aussitôt.

REECE : *Ça va. Depuis qu'une excellente infirmière a bien pris soin de moi il y a quelques jours, je me sens mieux que jamais.*

Je souris et mes doigts s'envolèrent sur le clavier.

MOI : *Quelle chance tu as.*

REECE : *Elle a un super goût aussi. Comme celui d'un cupcake.*

Mon visage s'enflamma.

MOI : *C'est ce qui arrive quand on lui offre un cupcake.*

REECE : *Il ne manquait que la tenue d'infirmière sexy pour réaliser totalement mon fantasme.*

Je gloussai.

MOI : *Ton fantasme inclut vomi et gastro ??*

REECE : *Il t'inclut, toi.*

Mon sourire s'estompa et mon souffle se bloqua dans ma gorge. *Merde.* Il n'était même pas là, mais il parvenait malgré tout à me faire rougir et à me donner des palpitations. Mes doigts se mirent à trembler sur le clavier. Je ne savais quoi répondre. Je remarquai alors qu'il avait commencé à rédiger un nouveau message. J'attendis que les mots apparaissent.

REECE : *Quand est-ce que je pourrai te revoir ?*

Mon pouls s'accéléra à cette idée. Chez moi ? Ou chez lui ? Je réfléchis en me mordant la lèvre.

REECE : *Tu es dispo pour déjeuner mercredi ?*

Je clignai les yeux. Un déjeuner ? Ni son loft ni ma chambre. Qu'est-ce que ça signifiait ? C'étaient les amis qui allaient déjeuner ensemble. Et les couples. Nous n'étions pas un couple, mais j'imagine que nous pouvions être des amis. Est-ce que ce ne serait pas trop bizarre ?

REECE : *Tu es là ?*

MOI *: Oui. OK pour mercredi.*

REECE : *Chez* Gino, *ça te dit ?*

Gino servait les meilleures pizzas de la ville. Et le restaurant n'était pas très loin du *Mulvaney*.

MOI : *C'est parfait. Je te retrouve à quelle heure ?*

REECE : *Je passe te prendre à midi, OK ?*

Je fronçai les sourcils. Passer me prendre, ça ressemblait beaucoup à un rendez-vous.

MOI : *Ce n'est qu'un déjeuner. Je peux te retrouver là-bas.*

REECE : *Je passe te prendre.*

Je gardai les yeux rivés sur l'écran, prête à argumenter. Au lieu de quoi, je lui répondis que c'était d'accord.

REECE : *Alors à mercredi.*

Je reposai mon téléphone et je regardai la porte communicante. Le son de la télévision parvenait jusqu'à moi. Emerson révisait toujours avec la télé allumée. Je fis un pas en direction de sa chambre avant de me raviser. Je n'allais pas lui parler de mon rendez-vous. Après ce qu'elle venait de me dire quelques instants plus tôt, elle y verrait la confirmation que Reece me manquait et que je voulais le revoir, ou une absurdité du même genre.

Or, ce n'était pas ça du tout. Je ne faisais qu'approfondir mon apprentissage. Notre pseudo-rendez-vous ne représenterait qu'un essai pour Hunter quand il me demanderait de sortir avec lui. *Si* ça finissait par arriver comme je l'espérais.

Ce n'était qu'une simulation de rendez-vous. Ma poitrine se comprima désagréablement. Je frottai ma peau pour essayer d'apaiser ma tension. Ouais. Une *simulation.* Comme tout ce qu'on avait fait jusque-là. Rien de plus. Rien de réel.

21

Il frappa à la porte quelques minutes avant midi. Je jetai un dernier coup d'œil à mon reflet dans le miroir. J'avais eu bien du mal à choisir ma tenue. Nous allions manger une pizza au beau milieu de la journée. Il ne s'agissait pas de s'habiller comme pour une soirée.

J'avais jeté mon dévolu sur un jean et un chemisier à manches longues, et opté pour mes bottines plutôt que les baskets que je portais pour aller en cours. J'avais choisi de garder mes cheveux détachés. J'avais même dompté ma masse de boucles avec du produit et un diffuseur. Un sacré effort de ma part. Je n'étais pas dans le déni complet. Il trouvait mes cheveux magnifiques et je voulais être à la hauteur. C'était un tantinet humiliant de savoir que mon ego avait besoin de ce genre de déclaration. Je n'étais pas si différente des autres filles qui cherchaient constamment l'approbation, ce qui faisait de moi quelqu'un de normal, je suppose. Je laissai échapper un rire. Enfin. C'était ce que j'avais toujours voulu, être normale. M'asseoir à la table des jeunes dans le coup pour celle que j'étais, et non parce que j'étais la meilleure amie de Lila Montgomery.

J'ouvris la porte et la vue de Reece me fit l'effet d'un coup de poing. *Seigneur.* Quand est-ce que ce genre de réactions allait cesser ? Combien de baisers faudrait-il pour qu'il arrête d'avoir cet effet sur moi ?

— Salut.

Bon, et ma voix devait-elle forcément donner l'impression que je venais d'aspirer de l'hélium ?

— Salut. (Il me parcourut des pieds à la tête.) Tu es très jolie.

— Merci.

Je l'observai à mon tour. Il portait un jean et un tee-shirt gris à manches longues. Le maillot n'était pas moulant à proprement parler, mais il mettait son torse mince et musclé en valeur.

— Toi aussi.

Il sourit.

— Enfin, pas « joli », rectifiai-je. Beau. Tu es beau.

Bon sang. Première bévue de ce rendez-vous.

— Merci. Prête ?

Je hochai la tête avant de récupérer mon sac. Je passai la bandoulière en travers de mes épaules et verrouillai la porte derrière moi. À cette heure de la journée, le couloir était rempli de filles qui se prélassaient dans le petit espace de détente situé en face de l'ascenseur. Leurs longs regards n'étaient pas très subtils. À notre arrivée devant l'ascenseur, l'une d'elles se pencha tellement en arrière pour mater Reece de plus près qu'elle faillit tomber de son fauteuil.

J'étais certaine que cette attention ne lui avait pas échappé, mais il n'en montra rien. Il était possible aussi qu'il n'ait pas remarqué, après tout. Il avait peut-être l'habitude qu'on le reluque, alors il n'y prêtait plus attention. Nous pénétrâmes dans l'ascenseur et aucun de nous n'ouvrit la bouche pendant le court trajet jusqu'à sa Jeep. Je fus déconcertée de le voir m'ouvrir la portière côté passager. Ce geste me semblait un peu excessif pour de simples amis. Alors que faisait-il avec moi ? Qu'est-ce que ça signifiait ? Il ne pouvait vraisemblablement pas s'agir d'un vrai rencard.

— Je meurs de faim, déclara-t-il en quittant le parking.

— Moi aussi.

Cinq minutes plus tard, il se garait devant chez *Gino* dont la clientèle était principalement composée d'étudiants.

— J'aurais peut-être dû choisir un endroit moins peuplé, murmura Reece après que l'hôtesse nous eut demandé de patienter quelques minutes.

— Ça tourne vite ici. Tout le monde doit retourner en cours ou au travail.

Il hocha la tête et observa la salle avec ses nappes rouges à carreaux. Il semblait même un peu nerveux.

— Tu travailles, ce soir ? lui demandai-je.

— Oui.

— C'est sympa d'avoir tes journées libres.

— Je gère mon planning un peu comme je veux, mais je préfère être là les soirs de grosse affluence. Surtout les week-ends. La semaine, c'est rarement bondé. Je crois que tu as rencontré Gary, le mec avec la moustache ?

— Oui.

— Il travaillait déjà au bar quand je portais encore des couches. Il sait faire tourner la boîte tout seul.

— Ça doit être une sacrée responsabilité de gérer une entreprise pareille.

— Ça me plaît. J'ai quelques idées, j'envisage de me développer et d'ouvrir un deuxième lieu. C'est fou quand on y pense, sachant qu'au début je ne voulais rien avoir à faire avec ce bar. Je détestais devoir rentrer pendant les vacances pour travailler. C'était les affaires de mon père, pas les miennes. Je crois que je n'aimais pas être sous sa coupe. Je faisais des études de commerce et j'ai dû tout laisser tomber et rentrer pour l'aider. Et voilà où j'en suis aujourd'hui.

Je l'étudiai quelques instants avant de lui demander :

— Tu ne veux pas reprendre tes études ? Passer ton diplôme ?

Il haussa une épaule.

— Je gère une entreprise maintenant. Je me fais ma propre expérience sur le terrain. Et si je retournais à la fac, mon paternel revendrait le *Mulvaney*. Le bar est dans ma famille depuis trop longtemps, je ne peux pas le laisser faire ça. Il faut croire que j'ai ça dans le sang.

L'hôtesse nous appela et nous guida à une table pour deux près de la fenêtre qui donnait sur la rue. Une fois installés, nous consultâmes les cartes.

— Tu aimes quel genre de pizza ? demanda-t-il.

— En général, ma préférée, c'est la grecque. J'adore les olives et la feta, et les bouts d'agneaux coupés en petites lamelles.

— C'est une de mes préférées aussi. On va en prendre une géante. (Il referma la carte et ajouta avec un sourire :) J'ai un appétit d'ogre.

— Oui, je me souviens. La pile de pancakes.

Je levai une main au-dessus de la table pour suggérer la taille de la pile.

— Exactement.

— Et les quatorze boulettes de viande.

— Tu m'as bien eu sur ce coup-là. Je crois que tu ne m'en as donné que cinq.

Je secouai la tête.

— Quelle injustice... Les mecs ont une sorte de métabolisme de superhéros.

— Tu devrais voir Logan à table. Lui, il prendrait une grande pizza pour lui tout seul, plus une barquette d'ailes de poulet et une calzone aux boulettes de viande.

— Ah, les ados, marmonnai-je.

— Et vu qu'il fait beaucoup de sport, il n'a pas un gramme de graisse.

Je parcourus le torse et les bras de Reece d'un œil appréciateur. Il n'était que lignes dures et muscles fermes. Lui non plus ne semblait pas avoir un gramme de graisse. Et je fus soudain stupéfiée en me revoyant ôter ma culotte devant lui.

Je chassai ce souvenir et j'ajoutai :

— Et ton frère a beaucoup d'activités nocturnes aussi.

Mon visage s'enflamma à l'instant même où ces mots franchirent mes lèvres. Je venais juste de traiter son frère de chaud lapin devant lui. Et de rappeler au passage la méprise qui nous avait réunis au commencement.

Heureusement, il ne sembla pas se vexer. Il éclata même de rire. La serveuse apparut pour prendre notre commande. Elle se figea et regarda Reece, un sourire intimidé aux lèvres.

— Euh, qu'est-ce que je vous sers ? demanda-t-elle à Reece sans un regard pour moi.

Je ne pouvais pas vraiment lui en vouloir. Moi aussi, en sa présence, je ne voyais que lui.

Il lui adressa son sourire le plus éblouissant et le regard de la serveuse se voila. Il commanda notre pizza et il lui fallut un moment pour baisser les yeux sur son carnet. Le stylo faillit lui échapper des doigts avant qu'elle parvienne enfin à noter la commande.

— Excellent choix. C'est ma préférée.

Le regard de Reece glissa vers moi et me réchauffa de l'intérieur.

— La nôtre aussi.

La serveuse tourna les yeux vers moi comme si elle se rappelait soudain ma présence. Un sourire idiot flotta sur mes lèvres et je baissai les yeux sur mes mains jointes devant moi. « La nôtre. » Ces simples mots résonnèrent dans ma tête. Dans sa bouche, ces paroles banales me mettaient dans tous mes états. Ridicule, je sais. Mais c'était comme ça.

Elle prit ensuite la commande de nos boissons.

— Je vous apporte ça tout de suite.

Elle adressa un sourire rayonnant à Reece et j'eus droit à un bref sourire gêné – comme si elle savait que *je* savais qu'elle était en train de se le représenter à poil.

Puis nous nous retrouvâmes de nouveau seuls.

Reece se pencha en avant, l'air tellement à l'aise que je commençais, moi aussi, à me détendre.

— Alors comme ça, on ne prend plus de gants pour parler de mon frère, hein ?

— Désolée.

Je tortillai le bord de ma serviette, et toute ma fragile aisance s'envola.

— Ne t'inquiète pas. Il a bien mérité sa réputation. J'ai essayé de le calmer, au début, mais il a dix-huit ans, maintenant. Il entre à la fac à l'automne. Je ne peux plus lui dire quoi faire. Il va devoir apprendre par lui-même.

Il afficha ce petit sourire si sexy qui me comprimait la poitrine à chaque fois.

— J'espère seulement qu'il ne va pas se retrouver avec un gamin avant ses vingt ans.

Il rit et fit la grimace en même temps. Le son grave résonna sur ma peau et s'imprima profondément en moi. Il passa une main sur ses cheveux ras.

— Mince alors, on croirait entendre un père.

En effet, et j'en fus totalement déroutée. Ça ne correspondait pas à l'opinion initiale que j'avais de lui. C'était vraiment un chic type.

— Je comprends. Tu as dû représenter plus qu'un frère pour lui.

Son expression perdit de sa légèreté. Il garda le silence un moment avant de déclarer :

— Il était tout petit quand notre mère est morte... et je t'ai déjà dit que notre père n'est pas exactement du genre à prendre le temps de résoudre nos problèmes ou à nous rassurer. Par bonheur ou par malheur, disons que j'ai fait office de parent pour lui. (Il haussa de nouveau une épaule.) Mais cette année, j'ai décidé qu'il était temps de prendre du recul.

La serveuse nous apporta nos boissons et disparut. Je dévisageai Reece ; combien de petits garçons de huit ans se seraient ainsi mis en avant et auraient adopté le rôle d'une mère et d'un père pour leur cadet ?

— Je suis sûre que tu lui as beaucoup apporté.

Il eut un geste désinvolte.

— C'était déjà ça. Au moins, il sait que je me soucie de lui et qu'il n'est pas seul.

N'était-ce pas tout ce qui comptait ? Je repensai à ma propre mère. Je ne savais même pas si elle se souciait seulement de moi. Peut-être, à une époque. Avant qu'elle préfère se soucier de son addiction.

Comme s'il avait deviné les pensées plus que déplaisantes qui me passaient par la tête, il proposa de changer de sujet.

J'acquiesçai, soulagée. Évoquer son enfance ne faisait que me rapporter à la mienne. C'était peut-être l'inconvénient des similitudes qu'on partageait.

— Pepper ?

Je relevai les yeux en entendant mon prénom et je me retrouvai face à Hunter. Mon cerveau n'enregistra pas tout de suite l'information. C'était une expérience étrange et déconcertante de regarder Hunter avec Reece en face de moi. Comme deux mondes qui n'auraient jamais dû se croiser et qui entraient en collision.

— Hunter.

Ce fut en me redressant que je pris conscience d'avoir été à moitié penchée par-dessus la table pour me rapprocher de Reece, totalement concentrée sur lui.

— Salut, ajoutai-je bêtement.

— Comment ça va ?

Son regard passa de Reece à moi. Il resta planté là, à attendre. Aucun mot ne me venait, pourtant il était évident qu'il souhaitait être présenté.

— Salut, je m'appelle Reece.

Apparemment, lui savait quoi dire, quoi faire. Reece tendit la main et serra fermement celle de Hunter.

— Hunter Montgomery. J'étais au lycée avec Pepper.

— Oh, d'accord. (Reece lui sourit aimablement.) C'est toujours sympa d'avoir de vieux amis dans le coin.

Son expression était des plus innocentes. À le voir, impossible de deviner qu'il savait parfaitement qui était

Hunter parce que je lui avais parlé de lui une bonne dizaine de fois. *Merci, mon Dieu.*

— Oui, c'est vrai, répondit Hunter en me regardant moi plutôt que Reece.

— On vient de se rencontrer, il y a deux semaines, ajouta Reece en m'observant de ses yeux qui semblaient désormais voilés.

Intimes et pénétrants. Comme s'il se représentait mon corps nu et qu'il était impatient de pouvoir s'en repaître de nouveau.

— Mais c'est comme si on se connaissait depuis longtemps. Tu vois ce que je veux dire ?

J'écarquillai les yeux. Je lui donnai un coup de pied sous la table en me demandant à quoi il jouait en brossant de nous le portrait d'un couple solide et très épanoui. Même si c'était le cas, en quelque sorte. Ou pas. Je ne savais pas ce qu'on représentait exactement, mais pas un couple. C'était bien la seule chose dont j'étais sûre, et je n'avais pas besoin qu'il plante dans la tête de Hunter l'idée que je n'étais pas disponible.

— Ah, je vois, murmura Hunter en fronçant les sourcils.

Je ne retrouvais toujours pas ma voix. Je sentis mon visage s'empourprer davantage. Je devais être aussi rouge que les carreaux de la nappe.

— Bon, eh bien, ravi de t'avoir rencontré, mec.

Reece ne s'était pas départi de son sourire et de son ton amical, mais son regard était dur comme de l'acier. Le message était clair. « Tu peux dégager, merci. »

— À plus tard, Hunter, murmurai-je d'une voix douce que j'accompagnai d'un petit geste de la main.

J'étais pressée qu'il parte, non pas parce que j'étais éprise de mon rencard et que je voulais être seule avec lui, mais parce que je voulais mettre un terme à mon embarras. Je voulais empêcher Hunter de conclure que j'entretenais une relation sérieuse avec le type assis en face de moi.

— D'accord.

Hunter hocha la tête et s'éloigna. Il récupéra sa place au bar aux côtés de deux autres types. Dont un que j'avais déjà vu en sa compagnie sur le campus. Certainement son colocataire.

— Voilà donc le fameux Hunter.

Je reportai mon attention sur lui.

— C'était une mauvaise idée.

— Quoi ?

— Toi. Nous. Ce simulacre de rencard.

Reece garda le silence et je jetai une brève œillade en direction de Hunter au bar.

— Tu étais obligé de faire ça ?

— Faire quoi ? Te donner l'air désirable ? (Il me regarda avec exaspération.) Tu devrais me remercier.

— Quoi ? Comment ça ?

— Je viens de te faire passer de la catégorie… « la fille que je n'ai jamais imaginée à poil » à celle du « je me demande à quoi elle ressemble au pieu ».

Je clignai les yeux, interdite. Notre pizza arriva à cet instant précis et la serveuse déposa des assiettes devant nous.

— Oh, murmurai-je en assimilant l'information.

— Ne regarde pas, mais crois-moi si je te dis qu'il ne peut pas s'empêcher de te jeter des coups d'œil toutes les deux secondes.

Je me penchai vers lui.

— Vraiment ?

— Oui. Et maintenant, ça va être encore mieux.

Je me penchai encore un peu et la vapeur de la pizza chauffa mon visage.

— Mieux comment ?

Il se pencha à son tour et posa ses lèvres sur les miennes. J'oubliai instantanément l'inconvenance de s'embrasser en public et en plein jour. Ses lèvres étaient chaudes et entrouvertes sur les miennes. Son baiser me cloua sur place, trop enivrant pour pouvoir y résister, et je lui répondis sans attendre. Il glissa sa langue dans ma bouche et caressa la mienne. Le monde n'existait plus autour de nous. Il n'y avait plus que sa bouche sur ma bouche. Je tendis les mains et j'effleurai ses joues sans les toucher vraiment, comme s'il risquait de s'évanouir dans un nuage de fumée.

Non loin, un bris de verre retentit et je sursautai. Reece recula imperceptiblement et murmura, tout près de mon visage :

— Parfait. Ça devrait faire l'affaire.

Je laissai échapper le souffle que je retenais et je me laissai retomber sur ma chaise.

— C'est-à-dire ?

— Hunter ne te lâche plus des yeux maintenant. Tu devrais voir sa tronche... mais non, ne regarde pas. Je ne serais pas surpris qu'il t'appelle demain.

En réalité, je n'avais pas envie de regarder. Et c'était bien ça, le plus triste. J'étais trop obnubilée par le mec que j'avais envie d'attraper de nouveau par-dessus la table pour continuer de l'embrasser.

C'était vraiment n'importe quoi. Je devais me reprendre en main. Reece n'était pas le bon. Pas le bon pour *moi*.

Je déglutis et joignis les mains sur mes genoux.

— Oh.

Je ne savais pas trop comment prendre sa petite mise en scène. Quand les lèvres de Reece étaient collées sur les miennes, ce n'était pas à Hunter que je pensais. Pourtant, j'aurais dû. Mais ce n'était définitivement pas le cas. Reece avait-il ressenti quoi que ce soit, lui ?

Il soutint mon regard.

— C'est plutôt une sacrée chance, hein.

— De quoi ?

À cet instant précis, je ne me sentais pas particulièrement chanceuse.

— De le croiser ici.

— Ah, oui.

Je hochai la tête et le regardai nous servir chacun une part de pizza.

— Mange.

Il mordit une grosse bouchée de sa part.

Je l'imitai en espérant que les nœuds dans mon ventre allaient disparaître.

Il grogna de plaisir et le son éveilla en moi toutes sortes de pensées coquines.

— C'est divin.

— C'est bien vrai, acquiesçai-je en résistant à l'envie de l'embrasser de nouveau.

— Hé. (Il tendit le bras et posa la main sur la mienne.) Ça va marcher. Tu verras. Tu l'auras, ton mec.

Mon cœur se serra légèrement. Soudain, je n'étais plus très sûre de l'identité du mec en question.

22

Hunter m'appela le jour suivant. J'avais oublié que c'était précisément ce que Reece m'avait prédit. Ou peut-être que j'avais seulement ignoré sa suggestion. Je faillis tomber de ma chaise en voyant son nom apparaître sur l'écran de mon téléphone. Je me levai, pris une profonde inspiration et décrochai en tentant de paraître parfaitement calme.

« Oui, ça m'a fait plaisir de te voir hier. »

« Oui, je vais bien. »

« Oui, moi aussi, je suis pressée d'être à Thanksgiving. Pas de problème. On peut partir à 8 heures mercredi. Mon prof aussi a annulé le cours de l'après-midi. C'est parfait. »

La conversation était des plus banales, pourtant, il y avait une note différente. Hunter riait trop promptement. À sa façon de me demander plusieurs fois si ça ne me gênait pas de partir si tôt, il semblait… nerveux. Il restait très poli, mais quelque chose était différent dans notre échange.

Je détestais l'admettre, mais peut-être que ce baiser mis en scène avait porté ses fruits, après tout. Il ne fit mention de rien, évidemment, il était trop bien élevé pour ça. Il ne parla pas non plus de Reece, mais le souvenir de ce baiser flottait entre nous et emplissait les silences. Reece avait vu juste. Tout se mettait en place. Si je devais avoir une seule chance avec Hunter, c'était maintenant. Je n'en aurais pas d'autre.

Le lundi précédant Thanksgiving, alors que je rentrais à la maison après le travail, je me retrouvai à dévier de mon itinéraire pour prendre la direction du *Mulvaney*. J'essayai de me convaincre que je voulais seulement confier à Reece qu'il avait raison. Son baiser avait fait l'affaire, finalement. Rien qu'un remerciement. C'était tout. Ce n'était pas parce que j'avais envie de le voir. Ou parce qu'il ne m'avait pas écrit depuis notre rendez-vous.

À 3 heures de l'après-midi, l'endroit était désert. Mes baskets ne firent aucun bruit sur le plancher. Je le trouvai en train de faire l'inventaire derrière le bar. Il ne me vit pas approcher.

— Salut.

Je posai les coudes sur le comptoir.

Il releva la tête et afficha un grand sourire, ce qui me rassura aussitôt.

— Salut. Où tu étais passée ?

Il reposa son presse-papiers et m'accorda toute son attention. Je me sentais soulagée de constater qu'il avait noté mon absence au cours du week-end.

— J'ai travaillé les deux derniers soirs. Pour les Campbell et une autre famille.

J'avais besoin d'argent, surtout avec mes problèmes de voiture.

— Je me posais des questions. J'ai vu Emerson.

— Tu la connais. C'est toujours la première à vouloir prendre du bon temps.

Un silence gênant s'ensuivit et je me raclai la gorge pour le combler.

— Je dois te remercier.

— Ah oui ? Pourquoi ?

— Pour Hunter. Il m'a appelée le lendemain. Et il n'arrête pas de m'envoyer des messages.

— Et voilà.

Il sourit de nouveau, mais il semblait un peu moins chaleureux. Mais peut-être que ce n'était que mon imagination, mon ego, qui voulait que Reece ressente autre chose que de la joie de me voir avancer avec Hunter.

— Je te l'avais dit.

— C'est vrai, acquiesçai-je. Alors merci encore.

Il regarda à gauche et à droite, comme s'il cherchait un sujet de conversation.

— Tu as faim ? Tu veux un hamburger ou quelque chose ?

— Pourquoi pas.

— Viens.

Il me guida dans l'arrière-salle et cria par-dessus le comptoir :

— Prépare-moi un Cyclone Monster et un panier de frites Tijuana.

Quelqu'un lui confirma la commande depuis la cuisine.

J'écarquillai les yeux. Quand il se retourna, je lui dis :

— Pitié, dis-moi que tout n'est pas pour moi.

Il sourit et mon cœur fit des petits bonds.

— On partagera.

Nous nous installâmes à l'une des tables du fond, sur le même banc. Nos épaules se touchaient presque. C'était gênant d'être aussi proche de lui sans savoir ce qui était autorisé. Les caresses et les baisers que nous échangions si souvent auparavant semblaient désormais déplacés. En partie parce que nous étions en public, et en partie parce que rien de tout ça n'était réel. Mes progrès apparents avec Hunter ne faisaient qu'enfoncer le clou.

— Alors tu pars mercredi avec Hunter ?

Je confirmai d'un signe de tête.

— Oui. On a quatre heures de route.

— Ça te donnera une bonne occasion de passer du temps seule avec lui.

Il regardait droit devant lui, en direction de la cuisine. J'observai son profil. Un muscle tiquait dans sa mâchoire.

— Oui, et je passerai un moment chez lui pour voir Lila. D'habitude, j'y vais après le dîner de Thanksgiving. Souvent pour regarder des films et, en général, Hunter est avec nous sauf s'il a des projets avec ses vieux amis…

— Il sera là, coupa-t-il.

— Ah oui ? Pourquoi…

— Il sera là parce que tu y seras.

Il se tourna enfin pour me faire face et posa son bras gauche sur la table. Avec le mur sur ma droite et son bras musclé de l'autre côté, je me sentais prise au piège, comme s'il se refermait sur moi.

— Et si sa sœur veut que vous soyez ensemble…

Je hochai la tête.

— Oui, c'est ce qu'elle veut.

— Alors elle sera une gentille sœur et une bonne amie, et elle trouvera un prétexte pour disparaître.

Je secouai la tête.

— Je ne pense pas que ça va se passer comme ça.

— Tu verras.

Je penchai la tête sur le côté pour l'examiner. Le contour bleu foncé de ses yeux créait un vif contraste avec ses iris pâles.

— Il ne voit pas ses potes d'enfance très souvent. Ils vont sûrement vouloir sortir…

— Crois-moi. Il les plantera pour être avec toi.

L'intensité de son regard me comprima la poitrine et je m'entendis lui demander :

— C'est ce que tu ferais, toi ?

Il me regarda et j'attendis en me demandant pourquoi sa réponse m'importait autant.

— Moi, je n'aurais pas attendu aussi longtemps pour m'intéresser à toi. Je me serais pointé au dortoir à la minute où j'aurais décidé que j'avais envie de toi. Et je ne serais pas parti avant d'être sûr que tu étais à moi.

— Oh.

Ce scénario me fit rougir. Reece devant ma porte. Décidé. Sexy. Cherchant à me convaincre que j'étais sienne. Par ses paroles. Par ses actes...

— Alors peut-être qu'il n'a pas décidé qu'il avait envie de moi.

— Si. J'ai vu sa tête chez *Gino*. Il en pince déjà pour toi.

Je m'aperçus soudain que nous nous étions rapprochés sans en avoir conscience, et que, sans pour autant nous toucher, nos souffles se mêlaient l'un à l'autre.

— Et merde, fit-il d'une voix rauque.

Il se rapprocha tout à fait et m'embrassa comme si nous ne nous étions pas vus depuis une éternité, au lieu d'une semaine à peine. Mais cette semaine m'avait à moi aussi fait l'effet d'une éternité. Ça m'avait manqué. Il m'avait manqué. Il enfouit une main dans mes cheveux et m'attira plus près. Nos poitrines se touchèrent. Il me dévorait et je répondis à son baiser avec la même ardeur.

— Voilà pour vous.

Je sursautai et m'écartai. Deux paniers atterrirent sur la table devant nous. Le cuisinier était déjà en train de s'éloigner, manifestement indifférent à l'étalage de notre relation.

J'étais essoufflée comme si j'avais couru le marathon. Les yeux de Reece avaient pris une teinte brillante que je commençais à reconnaître comme le signe de son excitation. Mes yeux passèrent de la nourriture à lui, espérant secrètement qu'il allait dire de laisser tomber nos plats et qu'il m'entraînerait à l'étage avec lui.

Mon corps ne semblait même plus m'appartenir, désormais. Je n'étais plus qu'un paquet de nerfs palpitants et douloureux, désespérée d'emmener tous ces préliminaires jusqu'à leur conclusion la plus naturelle.

Mon corps semblait animé d'une vie propre. Je voulais apaiser ces tourments. Mais ce ne serait pas moi qui ferais le premier pas et qui prononcerais les mots décisifs. J'en étais incapable. Je ne pouvais pas aller aussi loin. J'éprouvais toujours cette peur, ce besoin insensé de choisir le chemin de la sécurité.

Tout ça signifiait qu'il ne se passerait rien. Rien de plus que des baisers et des caresses qui me donnaient envie de m'arracher les cheveux de frustration.

Reece fit claquer ses mains et les frotta entre elles.

— Allons-y.

Ah oui. Les plats.

Je piochai une frite recouverte de fromage fondu.

Lui en attrapa trois à la fois. Il pencha la tête en arrière et les enfourna dans sa bouche.

— Mmm.

— Comment peux-tu garder cette silhouette en t'empiffrant comme ça ?

Il m'adressa un sourire en coin et se pencha vers moi. La chaleur qui irradiait de son corps enveloppa le mien.

— Quelle silhouette ?

Je froissai une serviette en papier dans ma main et la lui jetai au visage.

— Oh, tais-toi. Tu sais très bien que tu es hyper sexy. Tu as un corps incroyable.

Avec un sourire suffisant, il piocha une nouvelle poignée de frites.

— Ce qui me plaît surtout, c'est de t'entendre me dire ça. Tu n'es pas facile à impressionner.

Je fronçai les sourcils.

— Qu'est-ce que ça veut dire ? Que je suis difficile ?

— Non. Seulement, tu as jeté ton dévolu sur un type que tu as rencontré il y a des années quand tu étais encore gamine. Tu ne remarques même pas les mecs qui te reluquent. C'est comme si tu te fichais de ce que les autres peuvent penser de toi.

Il se trompait. Je me souciais de ce que *lui* pensait de moi. Une fois que je l'avais rencontré, je n'avais envisagé personne d'autre que Reece pour m'aider à apprendre l'art de la séduction. On aurait dit que je ne voyais plus que lui.

Mais je décidai de ne pas faire de commentaire et je désignai prudemment le burger.

— Comment veux-tu que j'avale ça ?

— Il faut commencer par un bout, c'est le seul moyen.

Je hochai la tête avec détermination, je m'emparai du hamburger et je l'attaquai franchement.

Je mâchai une grosse bouchée et j'attrapai une serviette pour essuyer la sauce qui se mit à couler sur mes lèvres et mon menton. Le spectacle fit rire Reece.

— Joli, dit-il d'un air approbateur avant de se pencher et de planter un baiser sur mes lèvres avant que j'aie pu le voir venir.

C'était un geste instinctif et insouciant, ce qui accéléra les battements de mon cœur.

Je finis par avaler et je secouai la tête.

— Rassure-moi, tu ne manges pas comme ça tous les jours ? Tu vas mourir d'une crise cardiaque avant tes trente ans.

— Non, pas tous les jours. Et je fais du sport. Je faisais du foot jusqu'à ce que j'abandonne les études.

— À la fac ?

Il hocha la tête et me prit le hamburger des mains en évitant mon regard. Je repensai à ce qu'il m'avait confié au sujet de son père. À sa décision de rentrer chez lui après l'accident. Il avait laissé tomber ses études - et le foot - pour s'occuper de lui. Par loyauté et par culpabilité.

— Je joue toujours. J'entraîne une équipe de petits deux fois par semaine. Et tous les dimanches, je joue dans une équipe amateur. Et je cours tous les matins aussi. (Il jeta un coup d'œil à ma silhouette.) Et toi ? Tu as l'air en forme.

Je ricanai.

— Je me contente d'arpenter le campus et de courir après des petits à la garderie. Rien de plus assidu.

— Tu devrais venir courir avec moi de temps en temps.

Cette suggestion aurait dû me faire rire, mais, plongée dans ses yeux bleus, je me dis que j'allais peut-être le prendre au mot.

Je piochai une autre frite.

— Oui, peut-être que j'essaierai.

— Tu vas finir par adorer ça. Et ton corps sera en manque dès que tu n'iras pas courir.

À cet instant, la porte de derrière s'ouvrit d'un coup. Je tournai la tête, surprise. Il y eut un grand bruit, comme si quelque chose avait heurté le mur. Un homme en chaise roulante apparut. À côté de moi, Reece se raidit.

L'homme portait des cheveux longs et indéniablement sales, ainsi qu'un tee-shirt noir des Pink Floyd. Dans leur jean bleu, ses jambes paraissaient maigres à cause du manque d'exercice. Il fit tourner les roues de son fauteuil avec ses bras musclés et tatoués pour s'approcher.

Reece se leva et traversa la pièce.

— Papa.

L'expression féroce de son père se transforma en rage pure et simple.

— Te voilà, espèce de petite merde.

Je tressaillis malgré moi comme sous le coup d'une gifle, même si les mots étaient adressés à Reece.

Je vis les épaules de ce dernier se contracter, ce qui signifiait que lui aussi accusait le coup.

— Ravi de te voir, moi aussi, Papa. Qu'est-ce que tu fais là ?

— Tu pensais pouvoir me garder cloîtré dans cette maison, hein ? Tu t'attendais pas à ce que je trouve le moyen de débarquer ici. C'est Logan qui m'a amené. Il gare la voiture.

Reece me jeta un regard impénétrable. Je savais que j'aurais dû m'en aller, qu'il devait être gêné de me voir assister à cette scène, mais j'étais comme clouée sur ma chaise.

— Si tu voulais venir, j'aurais pu venir te chercher.

— Ouais. C'est ça. (Son père brandit un prospectus froissé.) Qu'est-ce que c'est que ça, petite ordure ?

Lui arrivait-il de ne pas insulter son fils à la fin de chaque phrase ? Chacun de ses mots me faisait frissonner de l'intérieur. Comme quand j'étais petite. À cette époque, je ne pouvais y échapper. Je ne pouvais que serrer mon ours en peluche contre moi et fermer les yeux en imaginant que je me trouvais ailleurs.

— On dirait un flyer pour notre promo du mardi. Dix centimes les ailes de poulet.

— Tu gaspilles la nourriture. Tu vas couler l'affaire.

Le soupir de Reece parvint à mes oreilles.

— C'est une stratégie marketing, Papa. On triple nos clients du mardi soir. La vente d'alcool compense largement le...

M. Mulvaney froissa le papier et le jeta au visage de son fils.

— Tu viens me parler avant de prendre des décisions pareilles, petit enfoiré !

Reece serra les poings, mais ne fit aucun autre geste. Logan entra dans la pièce et ralentit le pas en apercevant la scène.

— Logan m'a fait comprendre que tu envisageais de te développer.

Logan écarquilla les yeux et jeta un regard d'excuse à son frère.

— Et comment tu vas t'y prendre, hein, petit malin ? Je ne te donnerai rien.

— Je ne te demande pas un centime. (Son teint se colora.) J'ai triplé les bénéfices de ce bar au cours des deux dernières années. Si ça ne suffit pas à te convaincre que je peux...

— Tu te crois meilleur que moi, espèce d'enflure ! Tu penses pouvoir faire mieux que moi ici...

— Non, Papa.

Reece semblait soudain las. J'avais envie de me lever pour m'approcher de lui, le toucher, mais je n'esquissai pas le moindre geste. Je savais que je ne ferais qu'attirer l'attention sur moi, et ce n'était certainement pas un service à rendre à Reece pendant qu'il s'expliquait avec son père. Tout cela était si déplaisant… si affreux ! C'était un rappel de tout ce que je fuyais. Tout ce que j'avais juré de laisser derrière moi.

— Exactement. Tâche de ne pas l'oublier. T'y connais que dalle. Je ne suis pas encore mort. (M. Mulvaney se frappa la poitrine du poing.) Je suis toujours là et cet endroit m'appartient.

Il bomba le torse puis, l'air satisfait d'avoir craché ce qu'il avait sur le cœur, il fit pivoter son fauteuil vers Logan et le dépassa en disant :

— J'en ai fini ici. Viens.

Logan s'approcha de son frère en se frottant la nuque.

— Écoute, je suis désolé…

— C'est pas grave. Vas-y ou il va te hurler dessus.

Logan hocha la tête et suivit son père.

Reece se tourna lentement et s'approcha de moi, mais plutôt que de récupérer sa place, il resta debout et effleura la table du bout des doigts. Il évitait mon regard.

— Je dois retourner travailler, déclara-t-il en prenant soin de garder une voix neutre.

— Reece, je…

Il planta soudain ses yeux dans les miens.

— Quoi ? Tu quoi ? Tu es désolée ?

Oui. J'étais désolée pour lui. Et je comprenais. Je savais ce que ça faisait quand un être proche vous trahissait et vous brisait le cœur.

Je secouai la tête.

— Pourquoi tu te jettes la pierre ? demandai-je en désignant du menton l'endroit où se tenait son père quelques instants plus tôt.

— Parce que si j'avais été à la maison, ça ne serait jamais arrivé.

— C'était un accident. Tu ne devrais pas passer ta vie à payer.

Il ricana.

— Les accidents, ça n'existe pas, si ? On fait tous des choix. Tout ce qui arrive est le résultat de ces choix. (Il me parcourut froidement du regard.) Tout comme toi, tu as fait ton choix. Tu veux être avec ce Hunter. Moi, je ne suis qu'une distraction en attendant que tu puisses atteindre ton objectif.

Ses mots me blessèrent. Dans sa bouche, c'était horrible. Il me donnait l'impression de me servir de lui. C'était peut-être un peu le cas, techniquement, mais j'avais toujours été franche avec lui et il n'avait rien trouvé à y redire. Je pensais qu'on s'appréciait mutuellement. C'est du moins ce dont je m'étais convaincue. En plus, c'était lui qui avait pris les choses en main, la nuit où il m'avait emmenée dans son loft pour la première fois.

— Non, murmurai-je, sans savoir ce que je niais précisément.

Le fait que Hunter soit mon objectif ultime ? C'était toujours le cas. Il le fallait. J'avais passé les sept dernières années à y croire.

Seulement, il paraissait injuste de qualifier Reece de « distraction ». Il représentait plus que ça pour moi. Mais quoi, exactement ? Je ne savais pas. Mais plus, sans aucun doute.

L'air fatigué, il désigna la sortie d'un geste de la main.

— Pourquoi tu ne t'en vas pas ? Tu ne sais rien de cette situation. Tu ne sais rien de moi.

Je pris une inspiration et résistai à l'envie de répliquer que je commençais à le connaître. Depuis notre première rencontre, quand il s'était garé et m'avait annoncé qu'il ne pouvait se permettre de me laisser seule sur le bord de la route, je l'avais assez bien cerné. Mais je me retins de lui en faire la remarque. Manifestement, il ne *voulait* pas que je le connaisse. Je pouvais le discerner à la tension de son corps et à la crispation de sa mâchoire.

— D'accord, murmurai-je. Salut.

Je me levai en laissant la nourriture à moitié achevée. Je contournai Reece et quittai le bar, convaincue, cette fois, que je ne reviendrais pas. Cette fois, c'était lui qui m'avait demandé de partir. Il ne voulait plus me voir. Et ce que, moi, je voulais n'importait plus.

23

Je remontai dans la voiture et m'installai sur le siège en cuir de sa BMW tout en tendant à Hunter son soda et un paquet de chips. C'était un moyen vraiment luxueux de rentrer à la maison, bien plus confortable que ma Corolla. En plus, je ne faisais pas le trajet toute seule.

— Je n'aurais jamais cru que tu étais du genre à manger des Monster Lunch, fis-je en secouant la tête, un sourire aux lèvres, en le voyant déchirer le paquet.

Il fit une grimace.

— Ne critique pas tant que tu n'as pas essayé.

— Oh, j'ai déjà goûté. La dernière fois, je pense que j'avais sept ans.

Quand je vivais avec ma mère et que nous suivions un régime strict composé d'aliments trouvés dans les distributeurs automatiques.

— Alors tu connais le goût de cette merveille, dit-il en levant une chips comme s'il s'agissait du Saint-Graal. Vas-y. Prends-en au moins une.

— Ça va, vraiment.

— Si tu arrives à résister, alors c'est que tu n'en as jamais goûté.

Je gloussai et piochai une petite poignée que je fourrai dans ma bouche.

— Là, voilà. Content ? J'ai goûté et je suis toujours capable de résister.

— Tu n'es tout simplement pas humaine.

Je secouai de nouveau la tête et je dévissai ma bouteille d'eau pour boire une gorgée et faire disparaître le goût des Monster Lunch de ma bouche.

— Je parie que tu ne sais pas non plus que j'adore la viande séchée, aussi.

— Non... toi ? Waouh. Pourtant, ils n'en servent pas au Country Club[1], le raillai-je.

— Je ne suis pas allé au Country Club depuis une éternité. Ce n'est plus vraiment ma place, tu sais ?

Non, je ne savais pas. J'avais beau connaître Hunter depuis toujours, je ne savais pas vraiment ce qu'il faisait de son temps libre. À part étudier pour entrer en école de médecine et avoir consacré les deux dernières années de sa vie à une petite amie exigeante.

Il regarda des deux côtés avant de quitter la station-service et de s'engager de nouveau sur l'autoroute à deux voies. Nous traversâmes bientôt un magnifique paysage aux couleurs de l'automne. Les arbres seraient bientôt enveloppés d'une couverture blanche, mais pour l'instant, c'était encore un stupéfiant mélange de rouge, de jaune et de doré.

Nous roulions depuis deux heures déjà, mais je n'avais pas vu le temps passer. Sa compagnie était des plus plaisantes et naturelles. Nous évoquâmes des souvenirs d'enfance avec Lila, puis nos cours et nos projets d'avenir après la fac. Hunter sembla enthousiaste en apprenant que j'envisageais, moi aussi, d'entrer en école de médecine avec mon diplôme de psychologie.

— Si j'ai l'intention d'aider les gens, un diplôme de médecine pourrait s'avérer très utile.

---

1. Club privé où les membres peuvent s'adonner à des sports tels que l'équitation, le golf, le tennis et participer à des événements mondains. (*N.d.T.*)

Mon téléphone se mit à sonner dans mon sac. Je fouillai à l'intérieur, prête à voir Emerson se plaindre de devoir passer la journée à faire les boutiques avec la nouvelle petite amie de son père, qui n'avait que cinq ans de plus qu'elle.

Sauf que ce n'était pas Em.

REECE : *Je suis désolé.*

Mon pouce se figea au-dessus de l'écran. Je ne m'attendais pas à avoir de ses nouvelles un jour. Ou même de le revoir, à moins de tomber sur lui dans la rue par le plus fou des hasards. Mais voilà qu'il revenait, qu'il tendait la main pour m'attirer de nouveau à lui.

MOI : *Ce n'est pas grave.*

REECE : *J'ai été con. Je n'aurais pas dû te demander de partir. Je voulais que tu restes.*

Un sourire flotta sur mes lèvres.

MOI : *Je peux comprendre. Ton père venait de t'engueuler.*

REECE : *Certes. J'aurais pu au moins te laisser terminer ton plat.*

MOI : *Tu m'as épargné la crise cardiaque qui aurait sûrement suivi ce plat.*

REECE : *Petite joueuse.*

MOI : *Je ne cours pas un semi-marathon comme toi tous les matins.*

REECE : *Mais tu vas m'accompagner.*

Je marquai une nouvelle pause, songeuse. Il me demandait si nous allions nous revoir. Je pris une profonde inspiration et tapai ma réponse.

MOI : *Je croyais qu'on en avait fini l'un avec l'autre ?*

REECE : *Tu veux en finir avec moi ?*

— Tout va bien ?

La question de Hunter me fit sursauter. J'avais presque oublié où j'étais. Oublié sa présence.

— Oh, désolée. Je ne voulais pas être impolie.

Je rédigeai une réponse brève.

MOI : *Je dois y aller. A +*

Je soupirai, m'efforçant d'arborer un sourire et de reporter mon attention sur Hunter. Je devais me concentrer sur lui et ne plus toucher à mon téléphone.

Passer Thanksgiving avec ma grand-mère fit remonter un flot de souvenirs. Je reçus des accolades à tour de bras et je souris tant que j'en avais mal aux joues. Tous les résidents du village de retraités de Chesterfield étaient comme ma famille. Cet endroit, bien que peu orthodoxe, était mon foyer.

À 8 heures, le soir de Thanksgiving, repue de dinde, de sauce, de purée de pommes de terre, d'ignames et de toutes les bonnes choses associées à cette fête, j'empruntai la voiture de Mme Lansky, la voisine, qu'elle n'utilisait plus vraiment, et je pris la direction de la maison de Lila.

Je n'eus même pas le temps d'appuyer sur la sonnette que la porte s'ouvrit en grand et que Lila menaça de m'étouffer en poussant de petits cris aigus.

Quand elle me relâcha, elle m'étudia des pieds à la tête.

— Mince alors, tu es superbe ! Tu as fait des mèches, j'adore !

Elle m'attira ensuite à l'intérieur, dans le hall impressionnant au plafond voûté. Elle passa son bras sous le mien et m'entraîna dans la cuisine en chuchotant à mon oreille, bien qu'il n'y ait personne alentour pour surprendre notre conversation.

— Je ne sais pas ce que tu as fait à Hunter, mais ça marche. Il n'a pas arrêté de demander quand tu allais venir.

— Vraiment ? murmurai-je tandis qu'une rougeur montait dans mon cou.

— Hé oui. Il attend dans la cuisine.

Des voix me parvenaient de la pièce et je savais déjà ce que j'allais y trouver avant d'y entrer : les parents et les grands-parents de Lila plongés dans une partie de Monopoly. Hunter se tenait près du billot central, penché sur une part de tarte à la citrouille.

À mon arrivée, tout le monde se mit à pousser des exclamations. Hunter se redressa et afficha un sourire éclatant tandis que tous les Montgomery de la pièce me serraient dans leurs bras. Après m'avoir assaillie de questions sur mes études et ma grand-mère, et m'avoir forcée à prendre une part de tarte, ils reprirent le cours de leur jeu et Lila, Hunter et moi montâmes à l'étage pour regarder un film.

Je ne pus m'empêcher de rougir en voyant Lila s'asseoir délibérément à l'extrémité du gros canapé pour s'assurer que je m'installe entre son frère et elle. Pas très subtil.

Après avoir parcouru la liste des films à louer, nous tombâmes d'accord sur le nouveau James Bond.

— Vous voulez des cacahouètes ? demanda Hunter une fois que le film eut commencé.

Je poussai un grognement et me frottai l'estomac.

— Je ne peux plus rien avaler pendant un mois.

— Moi, j'en veux bien.

Lila appuya sur « Pause » et Hunter redescendit au rez-de-chaussée. Puis elle me jeta un regard dur.

— Bon... c'est quoi, le plan ?

Je secouai la tête.

— Quel plan ?

— Eh bien, oui... tu veux que je simule une migraine pour que vous puissiez passer du temps tous les deux ?

— Non, non. Ne fais pas ça. Je veux passer du temps avec vous deux.

— Demain, on ira faire les boutiques et déjeuner. On aura la journée entière. Mais c'est le seul moment que vous pourrez avoir tous les deux avant de rentrer, dimanche.

— Ça va, vraiment, sifflai-je tout bas en entendant ses pas dans l'escalier.

— Le voilà, murmura-t-elle en m'adressant un clin d'œil entendu avant de retourner à l'autre bout du canapé.

Elle appuya de nouveau sur « Lecture ». Je secouai la tête en espérant l'avoir convaincue de ne pas trouver un prétexte pour me laisser seule avec son frère.

Une demi-heure plus tard, elle poussa un soupir exagéré.

— Je suis crevée. Ça doit être la dinde.

Elle déplia ses jambes fines de danseuse et se leva avec grâce.

— Je vais me coucher, j'ai besoin d'un bon sommeil réparateur. Surtout si on veut faire les soldes demain matin. Je viens te chercher à 7 heures, Pepper. D'accord ?

Je lui jetai un regard noir tandis qu'elle nous adressait un petit signe de la main.

Hunter se tourna vers moi. Je lui rendis son sourire pour chasser mon malaise soudain. Puis je reportai mon attention sur le film, mais l'intrigue m'échappait totalement. Je ne voyais que des images défiler sur l'écran.

Il étendit son bras sur le dossier du canapé derrière moi et je sentis ses doigts effleurer mon épaule. Je regardai les minutes s'écouler sur l'horloge digitale du lecteur Blu-ray. Dix minutes. Il remua sur le canapé. Sa main était maintenant franchement posée sur mon épaule. Quinze minutes. Il se mit à bouger les doigts et à dessiner de petits cercles.

L'angoisse me noua l'estomac. J'étais déchirée entre le désir de le voir faire le premier pas et l'envie de prendre la fuite. Attendait-il une invitation de ma part ? Je ne pouvais m'empêcher de penser que Reece aurait déjà agi à l'heure qu'il était. Je serais déjà sous lui. Ou sur lui. Nous aurions ôté la moitié de nos vêtements et ses mains glisseraient partout sur mon corps. Le souvenir fit battre sourdement mon pouls dans ma gorge.

Je me retrouvai alors à observer le profil de Hunter. Sa main caressait mon épaule, mais il continuait de suivre le film et les scènes d'action. Il dut sentir mon regard car il se tourna vers moi.

— Pepper ? fit-il doucement, à la fois hésitant et interrogateur.

Je me rapprochai et l'embrassai. Je pressai fermement mes lèvres sur les siennes, déterminée à oublier Reece dans le parfum de sa bouche.

Il resta immobile une seconde avant de réagir. Avant de me rendre mon baiser. Il connaissait son affaire. Je le sus immédiatement. Il savait s'y prendre avec ses lèvres, avec sa langue. Ses mains encadrèrent mon visage comme si j'étais une petite chose fragile et délicate. Mais ça ne passait pas. Je ne ressentais pas d'étincelle. Aucun désir brûlant ne venait s'emparer de moi.

Les émotions n'affluaient pas comme c'était le cas avec Reece. Comme ça *avait été* le cas avec Reece. Car cette page était tournée.

Frustrée, désespérée de ressentir quelque chose – oh, Seigneur, *n'importe quoi* – avec Hunter, je me hissai sur mes genoux et je le chevauchai d'un seul mouvement sans jamais rompre notre baiser.

Il s'immobilisa, visiblement surpris l'espace d'une demi-seconde, avant de continuer de m'embrasser. Il était tout à ce qu'il faisait désormais, et il gémit quand je lui mordis la lèvre et l'aspirai entre mes dents. Il fit glisser ses mains derrière moi et frotta mon dos en rythme.

Je m'écartai et j'embrassai sa mâchoire, son cou, en suçotant sa peau chaude.

Il enfouit une main dans mes cheveux à l'arrière de ma tête.

— Mince, Pepper, qu'est-ce que tu es en train de me faire ?

Ses mots pénétrèrent mon cerveau et se transformèrent en véritable question. *Qu'est-ce que je suis en train de faire ?*

La réponse arriva, nette, atroce, et résonna dans mes oreilles comme un glas. Je me servais de lui. Je cherchais quelque chose, je cherchais à ressentir ce que je ressentais quand j'étais avec Reece.

Sauf que ça ne fonctionnait pas. Ça ne venait pas. Pas avec lui.

Je redressai la tête et le dévisageai, abasourdie, horrifiée. Il cligna ses yeux voilés et assombris par le désir.

— Pepper ? Tout va bien ?

Je secouai la tête. Les mots restaient bloqués dans ma gorge.

— Hunter ! Lila, Pepper ! s'exclama Mme Montgomery depuis le bas des escaliers. On sert le dessert. Vous en voulez ?

Une lueur d'agacement passa sur le visage de Hunter.

— Non merci, Maman ! (Il planta de nouveau ses yeux dans les miens et passa son pouce sur ma joue.) Pepper ?

— Je… je dois rentrer.

— Maintenant ?

Je confirmai d'un signe de tête et descendis de ses genoux.

— Oui, je dois me lever tôt pour retrouver Lila.

Il se leva à son tour, une main tendue vers moi, comme s'il voulait me toucher mais qu'il hésitait.

— Est-ce que tout va bien entre nous ?

Je calai une mèche de cheveux derrière mon oreille en évitant son regard. Il semblait vraiment préoccupé.

— Oui. Tout va bien.

— Est-ce que c'est à cause de ce mec que j'ai vu chez *Gino* ? Reece ?

Je relevai brusquement les yeux vers lui.

— Qu'est-ce que tu veux dire ?

— J'ai vu comment vous vous comportiez, tous les deux.

— On n'est pas ensemble, répliquai-je peut-être un peu trop rapidement.

— Vous êtes plus qu'amis. Je ne suis pas aveugle.

— Non. Il n'y a rien de plus.

Il hocha lentement la tête, comme s'il essayait d'accepter cette idée.

— D'accord. Super. Dans ce cas, je… (Il s'interrompit le temps de passer une main dans ses cheveux.) Dans ce cas, je voudrais nous donner une chance, Pepper. J'ai beaucoup pensé à toi ces deux dernières semaines. Je sais que c'est délicat, étant donné que ma sœur est ta meilleure amie, mais je pense que ça vaut le coup de prendre le risque.

Nous y étions. Enfin. Il me proposait ce que j'avais toujours désiré. Une chance d'être avec lui. Le reste, les feux d'artifice que j'avais éprouvés avec Reece allaient suivre. Il le fallait. Je refusais de croire le contraire.

— J'ai envie d'essayer, moi aussi, répondis-je avec lenteur, mais ces mots restaient secs au fond de moi.

Qu'est-ce qui cloche chez moi ? Où était l'allégresse tant attendue ?

Il tendit le bras et prit doucement ma main dans la sienne.

— Alors d'accord. Faisons comme ça. Je vais te faire la cour, Pepper.

— Me faire la *cour* ?

— Oui. Comme tu le mérites.

Seigneur. C'était comme dans un rêve. Ces mots, dans la bouche de Hunter. Pour moi.

Je savais qu'il fallait que je réponde quelque chose. Mais « Oh » fut tout ce que je parvins à articuler.

Il sourit, visiblement indifférent à mon manque d'enthousiasme.

Il m'accompagna à la voiture de Mme Lansky garée dans leur allée circulaire sans me lâcher la main. Je déverrouillai la porte.

— Je passe te chercher dimanche matin. 8 heures, c'est bon pour toi ?

Je hochai la tête et le laissai déposer un rapide baiser sur mes lèvres.

Il m'ouvrit la portière et je me glissai à l'intérieur. Je bouclai ma ceinture, mis le contact et lui adressai un bref signe de la main.

— Pepper, tu es déjà rentrée ? demanda ma grand-mère en passant la tête par la porte.

Je ne pris pas la peine de préciser que j'étais rentrée depuis plus d'une heure et qu'il était déjà 11 heures et demie. Ma grand-mère dormait par intermittence tout au long de la journée, comme un chat. Je ne savais pas si c'était dû à son âge, à la douleur de son arthrite ou à la myriade de médicaments qu'elle prenait et qui la maintenait éveillée pendant des heures.

— Oui, grand-mère. Je suis rentrée il y a un petit moment.

Elle se tenait sur le seuil, en robe de chambre. Une de celles qu'elle portait inlassablement et qui se boutonnaient sur le devant. Je ne savais pas si des boutiques vendaient encore ce modèle, mais elle semblait en posséder une réserve infinie.

Sa bouche épaisse remua d'une manière exagérée avant de parler, et sa langue sortait par à-coups pour humecter ses lèvres. Un jour, je lui avais demandé pourquoi elle faisait ça et elle m'avait dit que son traitement lui donnait la bouche sèche.

— Tu as passé un bon moment chez les Montgomery ?

— Oui, grand-mère. Ils te souhaitent tous un joyeux Thanksgiving.

— Ah, c'est très gentil. Bonne nuit, ma chérie.

Ma grand-mère me laissa seule et j'entendis ses pas traîner dans le couloir. Je braquai les yeux sur les pales du ventilateur qui tournaient au plafond. Pendant des années, ce son m'avait souvent bercée et aidée à m'endormir. Des années où, allongée dans ce lit, je fantasmais sur l'idée de devenir Mme Hunter Montgomery. Et aujourd'hui, nous sortions ensemble. Il voulait me faire la *cour*. Prenez ça dans les dents, les anciennes pom-pom girls du lycée Taylor !

Je me tournai sur le côté et me blottis contre mon oreiller. Ce n'était pas un ours en peluche, mais je l'enlaçais de la même manière. Très peu d'animaux en peluche avaient eu l'honneur d'entrer dans ma chambre. Pas depuis mon ours violet. J'étais trop âgée pour me cramponner à une peluche, mais l'oreiller familier me procurait du réconfort.

Mon téléphone vibra sur ma table de nuit. Je m'en emparai. Mon cœur fit un bond quand je lus le prénom de Reece.

REECE : *Joyeux Thanksgiving.*

MOI : *À toi aussi...*

Je me mordis la joue en réfléchissant à ce que je pouvais ajouter.

MOI : *Tu as passé une bonne journée ?*

REECE : *Oui. Ma tante Beth est venue avec une dinde. Mon père s'est presque montré humain.*

MOI : *Tant mieux.*

REECE : *Et toi ?*

Je gardai les yeux braqués sur mon écran pendant un long moment en pensant à mon père, à mon baiser avec Hunter, et à la nécessité de l'avouer à Reece.

REECE : *Comment va Hunter ?*

MOI : *Bien.*

REECE : *Vous vous êtes embrassés.*

Je restai bouche bée, le téléphone serré entre mes doigts. Pouvait-il lire dans mes pensées à une distance pareille ?

MOI : *Comment tu sais ça ?*

Il ne m'était même pas venu à l'esprit de nier.

REECE : *Parce que c'est ce que j'aurais fait. Je l'ai fait. Tu te souviens ? Dès que j'en ai eu l'occasion.*

MOI : *En fait, c'est moi qui l'ai embrassé.*

Il y eut une longue pause et je commençai à songer, inquiète, qu'il n'allait peut-être plus répondre du tout. Je n'aurais peut-être pas dû me montrer aussi honnête.

REECE : *On dirait bien que ces leçons de préliminaires ont servi à quelque chose, après tout.*

MOI : *Il faut croire, oui.*

REECE : *Félicitations, Pepper. Tu as eu ce que tu voulais. Bonne nuit.*

MOI : *Bonne nuit.*

Je laissai tomber mon téléphone sur le matelas à côté de moi. Je me retournai, j'enfouis mon visage dans l'oreiller pour y étouffer d'horribles sanglots. Ce n'étaient pas les premières larmes que je versais dans cette chambre, sur ce lit, sur cet oreiller-ci, mais c'était sans conteste les plus insensées. Je n'avais aucune raison de pleurer. J'avais atteint mon objectif et j'avais enfin obtenu ce que je voulais.

24

Dimanche après-midi, Hunter me déposa devant mon dortoir avec un tendre baiser et une promesse de m'envoyer un message plus tard. Après avoir défait mes bagages, je me laissai tomber sur mon lit avec un soupir ; j'avais des devoirs à faire, mais je finis par m'endormir malgré moi. Le trajet m'avait manifestement épuisée. Sûrement à cause des efforts que j'avais fournis pour paraître gaie et sûre de moi concernant mes désirs d'avenir avec Hunter.

Pourtant, je ne me sentis guère mieux après ma sieste. Je n'avais pas plus de certitudes, ce qui m'emplit de panique, et pas des moindres. Je m'étais convaincue depuis si longtemps qu'il était le seul, l'unique, qui me procurerait un sentiment de justice, de sécurité ! De plénitude...

Et s'il n'y avait plus rien de tout ça, que me restait-il ?

Je passai mes mains sur mon visage et allai m'asseoir à mon bureau. Je sortis mes cours de psychopathologie et j'essayai de me convaincre que je pouvais réussir à travailler alors que mes pensées me donnaient la migraine.

Mon téléphone vibra sur le lit. Ravie de cette occasion qui se présentait de procrastiner, je m'approchai.

REECE : *Coucou, tu es déjà rentrée ?*

Je souris, bêtement heureuse qu'il continue de communiquer avec moi. Après notre conversation de la veille, je n'en étais plus aussi sûre.

MOI : *Oui. Il y a deux heures.*

REECE : *J'ai envie de te voir.*

Voilà qui était direct. J'hésitai, résistant à ma première impulsion de répondre « moi aussi ». Il fallait que je réfléchisse. Que je fasse appel à la logique plutôt que de céder à un coup de tête, ce qui semblait être ma seule ligne de conduite dès qu'il était question de Reece.

L'écran s'assombrit. Le téléphone vibra de nouveau dans ma main et un nouveau message illumina l'écran.

REECE : *Ouvre la porte.*

Je tournai brusquement la tête vers la porte comme si elle s'était mise à respirer. Mon cœur s'emballa frénétiquement comme un oiseau pris au piège de ma cage thoracique trop étroite. Je m'en approchai en deux foulées et j'ouvris la porte d'un coup. Reece se tenait là, devant moi, le téléphone à la main, ses yeux bleus plus brillants que jamais braqués sur moi.

Nous réagîmes comme un seul homme. Il entra et referma la porte tandis que je reculais pour lui laisser de la place. Une fois enfermés dans ma chambre, nous nous dévisageâmes, figés comme deux statues. Le temps sembla ralentir, comme si quelqu'un avait appuyé sur « Pause ». Le sang afflua dans mes oreilles. Il me semblait même entendre les battements étouffés de mon cœur à l'intérieur.

Puis tout se remit brusquement en marche.

Nous nous approchâmes en même temps. Nos téléphones nous échappèrent des mains au moment où nous nous jetâmes l'un sur l'autre. Nous ne décollâmes nos lèvres l'un de l'autre que le temps de retirer nos tee-shirts. Nos gestes étaient frénétiques. Désespérés, presque violents, guidés par la passion.

— Bon sang, tu m'as manqué, murmura-t-il en caressant mon visage, avant d'enfoncer les doigts dans mes cheveux puis d'écraser de nouveau ses lèvres sur moi.

J'approchai la main de l'avant de son jean et j'arrachai le bouton-pression. Reece se pencha pour le retirer et poussa un juron quand il dut enlever ses chaussures.

De mon côté, sans le quitter des yeux pour savourer le spectacle, j'ôtai avec impatience mon pantalon de yoga, ma culotte, tout.

— Merde alors, gronda-t-il en ôtant ses chaussures d'un coup de pied, avant d'enlever complètement son jean.

Alors nos peaux nues glissèrent l'une sur l'autre. Il s'inséra entre mes cuisses, et c'était comme si deux pièces de puzzle s'emboîtaient naturellement.

Il embrassa ma poitrine et je me mis à gémir, à cambrer le dos, fébrile. Je m'agrippai à ses bras musclés en sentant ses lèvres se refermer sur mon téton. Il se déplaça légèrement et pressa son érection directement entre mes jambes.

Je haletai, m'agrippai à sa nuque, l'attirai contre moi en roulant des hanches. J'avais besoin de lui en moi comme un corps a besoin d'oxygène.

— Pepper, tu es sûre ?

Oh oui. Les lèvres entrouvertes, je déplaçai légèrement le bassin et me pressai contre lui.

— J'ai envie de ça. J'ai envie de toi, Reece.

Une lueur fougueuse s'alluma dans son regard. Il se souleva et chercha quelque chose à tâtons dans son jean. Pendant ce bref instant, la disparition de son corps contre le mien me donna une impression de vide, de froid.

Et puis, sa chaleur m'enveloppa de nouveau. Installé entre mes cuisses écartées, il arracha l'emballage d'un préservatif avec les dents. Je le regardai l'enfiler, fascinée par le geste.

Il passa un bras sous ma taille, puis il me maintint fermement pour s'enfoncer en moi, sans jamais me quitter des yeux. Noyée dans les profondeurs de son regard, cet instant d'union de nos corps me parut surréaliste.

J'étais prête. Mon corps s'étira pour l'accueillir. Ça n'était pas précisément douloureux, mais la sensation m'était assurément inconnue. Je respirai par à-coups, pas moins excitée pour autant.

Tout juste quand je pensais qu'il avait fini et qu'il m'emplissait entièrement, il s'enfonça encore davantage.

Mes yeux s'agrandirent et je poussai un gémissement. Bon, d'accord, c'était un peu douloureux. Il s'immobilisa, les muscles tendus.

— Est-ce que ça va ?

— Oui. Ne t'arrête pas. Vas-y !

Le bras sous ma taille m'attira plus près encore et mes seins s'écrasèrent contre son torse. Il s'enfonça complètement, ce qui m'arracha un petit cri aigu.

— Tu veux que... ?

— Continue, lui ordonnai-je en plantant mes ongles dans son dos.

Il remua ses hanches contre moi et je me cambrai, un râle dans la gorge.

— Oh merde, Pepper, c'est trop bon.

Une tension déchirante monta en moi ; il accéléra le rythme de ses coups de reins et de ses délicieux frottements, et la pression s'accentua dans mon bas-ventre. C'était comparable à ce que j'avais ressenti quand il m'avait fait jouir avec sa main. Mais en mieux encore. Tout était plus intense.

Je me tortillai contre lui pour atteindre le paroxysme. Il glissa la main sous mon genou et enroula ma jambe autour de sa taille. Le coup de reins suivant m'anéantit. Je n'avais jamais rien éprouvé de tel. C'était si bon ! Ma vue se brouilla quand il rencontra un point précis tout au fond de moi. Il bougea ensuite à un rythme régulier. J'enfonçai mes ongles dans ses cheveux courts, je savourai cette absolue liberté de le toucher, de l'aimer avec mes mains. Son prénom s'échappa de mes lèvres.

— Pepper, gronda-t-il dans mon oreille. Viens, ma belle, viens pour moi.

J'y étais presque. Je sentis un tremblement parcourir mon corps. J'enfouis mon visage dans le creux chaud de son cou pour étouffer mes gémissements. Il prit mon visage dans sa main, le pouce sous mon menton, les doigts écartés sur ma joue, et me maintint dans cette position pour me regarder. Ses yeux ne quittèrent jamais les miens tandis qu'il poursuivait ses mouvements.

— Je veux te voir.

Je hochai la tête d'un geste saccadé. Puis la sensation familière de brûlure et de crispation s'empara de mon corps et m'obligea à me plaquer contre lui.

— Oooh !

— C'est ça, Pepper.

Il s'enfonça encore et mes nerfs explosèrent. Je poussai un cri et je m'écroulai, vidée de mon énergie. Il me serra contre lui et m'embrassa. Je poussai un petit râle dans sa bouche et je le sentis jouir à son tour, parcouru d'un tremblement.

Je m'effondrai sur le lit et lui sur moi. Malgré son poids, pour rien au monde je n'aurais voulu qu'il se retire. J'aurais pu rester dans cette position pour l'éternité.

L'éternité dura environ deux minutes. Reece déposa sur ma clavicule un baiser qui me fit frissonner puis se leva pour se débarrasser du préservatif. Je cherchai quelques mouchoirs dans mon tiroir et je me nettoyai. J'hésitai un instant en apercevant une traînée couleur rouille sur ma cuisse. Surprise, je fus confrontée à la réalité de l'expérience que je venais de vivre avec Reece.

J'essuyai promptement la tache de sang, les joues en feu sous le regard de Reece. Je jetai ensuite les mouchoirs dans ma petite corbeille et je constatai alors que mon entrejambe était légèrement endolori quand je bougeais. J'enfilai de nouveau ma culotte, puis je m'assis sur le lit, remontai les genoux contre ma poitrine et ramenai la couverture sur moi.

— Ça va ?

Il s'assit devant moi, plaça ses jambes de chaque côté de mon corps pour pouvoir me faire face et me serrer contre lui en même temps.

Je confirmai d'un signe de tête.

— Je n'ai pas eu mal.

Il cala une mèche de cheveux derrière mon oreille.

— Ce sera de mieux en mieux.

Je sentis mes yeux s'agrandir.

— Vraiment ? Parce que c'était déjà assez incroyable.

Il sourit et m'embrassa.

— Tout ça grâce à toi, bébé.

J'en doutais. Jamais je ne pourrais prendre autant de plaisir seule que j'en prenais avec lui, ni en connaître autant avec qui que ce soit d'autre. Cette pensée me fit froncer les sourcils. Une vague de panique commença à monter. Reece, *ça*... Ça n'était pas le plan.

— Hé. Ne fais pas cette tête. (Il me tapota le coin de la lèvre.) Je ne suis pas sûr de vouloir savoir à quoi tu penses.

Je déglutis.

— Comment voudrais-tu que ça marche entre nous, Reece ?

Son sourire s'effaça. L'éclat dans ses yeux s'estompa.

— Eh ben. Tu perds pas de temps. Tu m'envoies déjà sur les roses ? Sans même profiter de l'instant ?

Il conserva sa position, mais il laissa retomber ses bras. Fin des câlins.

— Je suis désolée.

— Ouais, lâcha-t-il d'un ton sec. Moi aussi.

— Je ne veux pas...

Je m'interrompis, ne sachant comment m'exprimer. Il y avait beaucoup de choses que je redoutais. *Je ne veux pas qu'il me déteste. Et je ne veux pas le perdre.*

Il éclata d'un rire brusque.

— Tu ne sais pas ce que tu veux, Pepper. Ça, au moins, c'est clair.

Je secouai la tête, une boule de la taille d'une balle de golf dans la gorge.

— Si. Je l'ai toujours su. C'est pour ça que... (J'agitai la main entre nous deux.) ... Ça ne peut pas fonctionner.

— Ah oui ? Alors rends-moi service et explique-moi. Pourquoi Hunter est-il aussi important ? Pourquoi faut-il absolument que ce soit lui et personne d'autre ? C'est bien de ça qu'il s'agit, non ? Tu couches avec moi, mais tu veux toujours être avec lui.

Je tressaillis malgré moi et je détournai les yeux. Mon regard dériva vers les photos à l'autre bout de la pièce. Celle où je posais avec Lila et Hunter. Ils étaient censés représenter mon avenir. Les Montgomery. Hunter. Ou quelqu'un comme lui.

— Tu sais que ma mère m'a abandonnée et laissée à ma grand-mère.

Je lui jetai un coup d'œil à la dérobée. Il hocha une fois la tête, la mâchoire crispée, dans l'attente de la suite.

— Eh bien, c'était après avoir vécu trois ans avec elle. Elle a perdu la maison après la mort de mon père. Ensuite, on dormait sur un canapé chez ses amis. Mais on s'est vite lassées. Et eux aussi. Alors elle a continué sur sa lancée... en faisant de plus en plus n'importe quoi. Elle perdait tout ce qui avait de l'importance.

— Sauf toi. Elle t'a gardée.

Mes yeux se mirent à brûler. Je hochai la tête en clignant les yeux pour apaiser la brûlure.

— Oui, on peut dire ça. Il n'y avait plus que nous deux. On survivait dans des chambres de motels. On dormait parfois dans la voiture. Elle faisait ce qu'il fallait pour se payer sa prochaine dose.

Il caressa doucement mon visage.

— Qu'est-ce qui t'est arrivé, bébé ?

Je pris une inspiration.

— Rien. Elle m'a toujours protégée. Ou essayé, du moins. Elle me mettait dans un placard ou dans la salle de bains. Je me cachais dans la baignoire avec mon ours en peluche. Je le gardais toujours avec moi. (Ce souvenir m'arracha un sourire.) Mon père l'avait gagné pour moi lors d'un carnaval. J'avais tout perdu, mais il me restait mon ours. Et ma mère. Chaque fois qu'elle me collait dans une baignoire ou dans un placard pour se défoncer avec un pauvre minable, elle me disait que mon ours me protégerait jusqu'à ce qu'elle revienne me chercher.

Je décidai de m'arrêter là. Je ne pouvais pas vraiment parler de ce qui s'était passé ensuite. Je ne l'avais jamais confié à personne.

— Mais il ne t'a pas protégée, c'est ça ?

Je secouai la tête et ravalai un sanglot.

— Non.

— Qu'est-ce qui s'est passé ?

Ma voix devint un murmure.

— Il m'a trouvée dans la baignoire. (J'appuyai mes doigts sur mes lèvres.) Je n'avais pas été assez silencieuse.

— Qui t'a trouvée ?

De nouveau, je secouai lentement la tête. L'image de la bague en forme de tête de mort apparut brièvement devant mes yeux.

— Un type. Un des... rencards de ma mère.

— Qu'est-ce qu'il a fait, Pepper ?

Son murmure contrastait violemment avec l'expression sur son visage, dure comme de la pierre, et avec ses yeux, deux fentes glaciales.

Je me balançai légèrement sur le lit en serrant plus fort mes genoux contre ma poitrine.

— Il m'a fait sortir de la baignoire.

Je pris une profonde inspiration et déglutis en rassemblant mon courage. Des larmes silencieuses se mirent à couler sur mes joues. Je les essuyai du revers de la main et entrepris de relater les événements de cette nuit-là de la voix la plus neutre possible – comme s'ils étaient arrivés à une autre fille, pas à moi. Maintenant que j'avais commencé, j'étais décidée à aller jusqu'au bout.

— Et il m'a fait enlever mon haut.

Reece m'enlaça de nouveau et, à cet instant, ses bras autour de moi semblaient être les seules choses qui m'empêchaient de m'effondrer. Qui m'empêchaient de me briser en mille morceaux. Je m'y agrippai et je laissai les mots jaillir de ma bouche.

— Il... Il a déboutonné sa braguette et il s'est mis à se tripoter devant moi... en... en me regardant. Il m'a demandé de le toucher, mais je ne voulais pas.

Je serrai les lèvres en me rappelant l'expression sur le visage de l'homme. La colère. Mais aussi l'excitation que lui procurait mon refus. Il avait envie que je le repousse.

— Il m'a dit de retirer le reste de mes vêtements. J'ai essayé de m'enfuir. Il m'a rattrapée et il a essayé de baisser mon short. J'ai résisté, et lui, il s'est contenté de rire et de me gifler. Là, j'ai paniqué et je me suis mise à hurler. J'étais hystérique.

Je cherchai le regard de Reece et secouai la tête comme pour m'excuser. Comme si j'aurais dû, d'une manière ou d'une autre, garder mon sang-froid.

— Je n'étais qu'une gamine.

Il hocha la tête et cligna ses yeux soudain humides.

— Et ensuite ?

Je haussai les épaules, comme si ça n'était pas grand-chose.

— Ma mère est entrée et a complètement flippé. Ils se sont battus. Il lui a donné des gifles, mais elle a réussi à le mettre dehors. Ensuite, elle est revenue dans la salle de bains et elle m'a dévisagée. Je ne l'avais jamais vue comme ça. Même à l'enterrement de mon père, je ne l'avais jamais vue aussi... bouleversée, anéantie. On a remballé nos affaires, on les a mises dans la voiture et on est parties. Je me suis endormie sur la banquette arrière, mais quand je me suis réveillée, on était chez ma grand-mère.

Je m'arrêtai. Les faits qui s'étaient déroulés dans la salle de bains étaient difficiles à raconter pour moi, mais cette partie l'était encore davantage. C'était celle qui était gravée dans mon esprit, marquée au fer rouge.

— Au début, j'étais excitée. Ma mère et ma grand-mère ne s'entendaient pas et on ne la voyait pas beaucoup. Elle m'a emmenée devant la porte, elle m'a serrée dans ses bras et elle... m'a dit au revoir.

Cette évocation me coupa le souffle. La sensation des mains de ma mère sur mes bras tandis qu'elle se penchait, ses yeux verts et brillants plantés dans les miens.

— Elle m'a dit qu'elle ne pouvait plus me protéger.

Les larmes coulèrent à flots sur mes joues et je ne fis aucun geste pour les essuyer.

Reece soupira.

— C'était encore ce qu'elle pouvait faire de mieux...

— Non, le coupai-je sèchement. Ce qu'elle pouvait faire de mieux, c'était trouver l'aide dont elle avait besoin. Pour vaincre sa dépendance.

Il prit tendrement mon visage dans sa main.

— Elle t'a emmenée en sécurité.

— En sécurité ? (J'éclatai d'un rire forcé. Un son brusque, ignoble.) C'est drôle que tu dises ça.

Il haussa un sourcil.

— En s'éloignant, elle s'est brusquement retournée. Elle est revenue en courant et elle m'a pris mon ours en peluche des mains. Elle l'a mis en pièces. Juste sous mes yeux.

Je voyais encore les touffes de coton voler dans l'air.

— Hein ?

J'avais eu la sensation, en la voyant déchirer mon ours, qu'elle assassinait une partie de moi. Je repris, amère :

— Elle m'a dit que mon ours ne pouvait pas me protéger. Pas plus qu'elle. Que je ne devais jamais espérer ça de qui que ce soit. Que je devais veiller sur moi-même et ne jamais compter sur personne.

Il garda le silence un moment, comme pour analyser mes paroles.

— Elle essayait de t'aider...

— Ouais, je sais qu'elle essayait de me donner une leçon d'indépendance. Mais c'était foireux, je n'étais encore qu'une petite fille.

Reece me serra contre lui et me caressa le dos. Je le laissai faire. Pendant un moment, je laissai ses mains, ses bras forts me réconforter. Je savais que ce serait la dernière fois. Il murmura de petits bruits apaisants près de mon oreille.

— Je sais que tu as souffert, commença-t-il à voix basse près de mon oreille. Moi aussi. Peut-être qu'on peut s'aider l'un l'autre à guérir.

Je m'écartai pour le dévisager, perplexe.

Il m'observa patiemment en me laissant le regarder, lui, une personne aussi bousillée que moi. Personne ne pouvait perdre sa mère à huit ans et vivre avec un homme comme son père et s'en sortir indemne.

Je me tournai pour récupérer mon haut et l'enfiler. Puis je lui fis face de nouveau et je déclarai d'une voix égale :

— J'ai un plan depuis le jour précis où ma mère m'a abandonnée. Je sais que ça doit te paraître ridicule, mais Hunter en fait partie.

— C'est n'importe quoi.

Il se leva sans se préoccuper de sa nudité. Puis il récupéra ses vêtements et commença à se rhabiller avec des gestes brusques.

— Tu t'es construit une espèce de conte de fées autour de lui. On dirait que t'as retenu que dalle de l'expérience avec ta mère.

Je tressaillis.

— Qu'est-ce que c'est censé vouloir dire ?

Il s'arrêta et me jeta un regard noir.

— Ce n'est pas Hunter que tu veux. Tu cherches encore ton ours en peluche. Quelqu'un pour te procurer un sentiment de sécurité. Tu ne comprends pas. Ça n'existe pas. Ta mère avait peut-être tort sur beaucoup de choses, mais elle avait raison là-dessus. Des choses mauvaises arrivent, et il n'y aura pas toujours quelqu'un pour t'en protéger.

Je secouai la tête.

— Alors, quoi ? Je suis censée appuyer sur un bouton, faire une croix sur quelque chose de positif pour me précipiter sur...

Je le parcourus du regard.

Toi.

Je ne dis rien, mais le mot retentit dans nos oreilles à tous les deux. Il comprit. Il me détailla à son tour de son regard brûlant, sans rien omettre. Il décelait tout ce que je n'avais jamais révélé à personne. Tous mes défauts.

Il émit un son de dégoût et se dirigea vers la porte. Il l'ouvrit, s'immobilisa et resta planté là, les yeux rivés sur moi.

— Tu ne le vois même pas. Jamais personne ne t'offrira plus de sécurité que moi.

Et il disparut, me laissant seule.

Quand Emerson et Georgia me trouvèrent, j'étais allongée à la même place sur mon lit. Un seul regard sur mon visage défait leur suffit pour m'entourer comme deux poules couveuses. Entre larmes et hoquets étouffés, je leur racontai tout. Enfin, tout sauf mon passé foireux et la raison pour laquelle je ne pouvais pas me mettre avec Reece.

— Je ne comprends pas. (Georgia repoussa mes cheveux derrière mes épaules et croisa les jambes, à l'indienne.) Pourquoi tu ne lui donnes pas une chance ?

— Tu as couché avec lui, me rappela Emerson. (Comme si je risquais de l'oublier.) C'est bien que tu dois éprouver quelque chose pour lui.

Je les regardai, impuissante. Je ne pouvais pas ouvrir mon âme deux fois dans la même journée. Je ne supporterais pas de revivre tout ça.

— Faites-moi seulement confiance. Ça ne fonctionnerait pas.

— D'accord. (Georgia me prit les mains et hocha doucement la tête.) Alors on te soutient. Quelle que soit ta décision, on est là pour toi.

— Absolument, confirma Em. Tu n'as qu'à dire qui tu veux qu'on frappe dans les parties et ce sera fait.

Je lâchai un rire et j'essuyai mon nez dégoulinant. À en juger par le sourire soulagé d'Emerson, je devinais que c'était précisément son but.

— Non. Pas la peine de frapper qui que ce soit.

Mon téléphone vibra à l'autre bout de la pièce. Je me précipitai vers lui, mon cœur bondissant traîtreusement dans ma poitrine dans l'espoir qu'il s'agisse de Reece.

Manifestement, il faudrait un peu de temps avant que mon cœur se mette en accord avec mon cerveau. Pourquoi est-ce que je voudrais recevoir un message de lui, d'abord ? Surtout après avoir rompu ? Hum. Même si notre couple n'avait jamais été officiel ou quoi que ce soit, ce qui venait de se passer ressemblait fichtrement à une rupture.

Le message n'était pas de Reece.

HUNTER : *Tu me manques déjà. On dîne ensemble demain soir ?*

J'éprouvai un pincement de culpabilité. Pendant que je lui manquais, moi, j'étais avec Reece. Je secouai la tête. Hunter et moi n'avions jamais parlé d'exclusivité. Et il n'y avait eu qu'une seule fois avec Reece. Maintenant, c'était fini. Il était temps d'avancer.

Je tapai consciencieusement ma réponse.

— Qui est-ce ? demanda Emerson tandis que je reposais mon téléphone et que je me laissais tomber sur mon fauteuil pivotant.

— Hunter. Il me propose de dîner avec lui demain.

— Qu'est-ce que tu as répondu ?

— Oui.

Emerson et Georgia échangèrent un regard. Elles pensaient sûrement que j'étais folle, et je ne pouvais pas être plus d'accord avec elles. Les paroles de Reece résonnaient inlassablement dans ma tête. « Jamais personne ne t'offrira plus de sécurité que moi. » Que voulait-il dire par là ? J'allais attraper une migraine à force d'essayer de démêler tout ça.

Je devais être complètement dingue. J'avais enfin ce que je désirais. Le mec que j'avais attendu près d'une décennie. Et tout ce dont j'étais capable, c'était de penser à un autre. Quelqu'un qui était aussi brisé que moi.

25

Les jours passèrent et se transformèrent en semaines. Le temps se refroidit et le début du mois de décembre apporta les premières chutes de neige. Je me noyai dans le boulot, dans les études, et dans ma relation avec Hunter. C'était presque devenu une habitude pour nous de nous retrouver tous les matins chez *Java Hut*. Fidèle à sa parole, il me faisait la cour. Pour la première fois de ma vie, j'avais un petit copain.

Des dîners au restaurant, quelques films. Des rendez-vous studieux à la bibliothèque. Il se comportait en véritable gentleman. Chaque fois qu'il me venait à l'esprit qu'il était peut-être légèrement ennuyeux – ou que *notre couple* l'était –, mes pensées dérivaient vers Reece. Je n'aurais pas dû les comparer, mais je me surprenais souvent à le faire. Ils étaient différents. Reece, c'était la passion, le risque. Reece et moi ? Eh bien, ça n'arriverait jamais.

En plus, je ne le voyais plus traîner dans le coin. Il était passé à autre chose, tout comme moi. Quand l'idée qu'il avait repris le cours de sa vie et qu'il fréquentait d'autres filles me tourmentait jusqu'à me donner la nausée, je m'efforçais de me convaincre que ça allait passer. Tôt ou tard.

Emerson apercevait régulièrement Reece au bar et me rappelait, inutilement, qu'il avait bonne mine. Pour la citer : qu'il était à *tomber*. Il l'avait saluée. Peut-être même qu'ils avaient parlé. Je ne sais pas. Je changeais de sujet. J'avais peur de lui poser la question, peur de savoir ce qu'Emerson lui avait dit. Connaissant sa franchise, je n'étais pas sûre que la réponse me plairait.

Je pressai le pas en direction du *Java Hut*. J'étais légèrement en retard pour mon rendez-vous avec Hunter. Le trottoir avait été débarrassé de la neige, mais une fine couche de poudre blanche recouvrait encore les massifs d'arbustes et la pelouse.

J'enfonçai le menton dans mon écharpe en cachemire préférée. C'était un cadeau de Lila qui datait de Noël dernier, et elle coûtait une fortune. Je tournai au coin de la rue et je repérai Hunter qui attendait sur le trottoir. Il était beau, vêtu de son manteau sombre et d'une écharpe en laine couleur cendre enroulée négligemment autour de son cou. Il faisait partie de ces mecs qui portaient bien l'écharpe. Deux filles qui passaient par là lui jetèrent un long regard. Il ne le remarqua même pas. Son attention était rivée sur moi.

— Salut, fis-je en créant de la buée.

— Salut, toi.

Il se pencha pour déposer un baiser sur ma joue.

— Tu n'étais pas obligé de m'attendre dehors. Il gèle.

Il m'ouvrit la porte et j'entrai dans la salle chauffée et accueillante. J'inspirai aussitôt l'arôme des grains de café et des pâtisseries qui sortaient du four. Des chants de Noël passaient en fond sonore et quelques guirlandes et couronnes étaient accrochées ici et là.

Je retirai mes gants et je m'insérai dans la file.

— Laisse-moi deviner. Le latté habituel avec un muffin ? me demanda-t-il.

— Je suis *si* prévisible que ça ? (Je souris, avant de froncer les sourcils pour feindre l'agacement.) On ne sort pourtant ensemble que depuis très peu de temps.

— Mais on se connaît depuis toujours, me rappela-t-il.

— C'est pas faux. Mais les filles aiment garder une petite part de mystère.

Il me parcourut du regard.

— Oh, mais tu as encore beaucoup de mystère pour moi, Pepper.

Sa façon de faire traîner son regard sur mes lèvres ruina la légèreté de l'instant. Je savais à quoi il pensait. Avec cette expression, ça n'était pas très difficile à deviner.

Depuis notre retour de Thanksgiving – *depuis Reece* –, nous n'étions pas allés plus loin que de simples baisers. Rien de plus. L'autre soir, chez lui, il avait glissé une main sous mon pull. Ma réaction ? Quitter son canapé comme une flèche et prétexter une vague excuse pour rentrer chez moi. J'imaginais la question qui lui était passée par la tête à ce moment-là. Pourquoi est-ce que j'étais aussi frigide ?

C'était seulement trop tôt. Trop rapide.

Avec Reece, tu n'as pourtant pas perdu de temps. Je chassai cet agaçant petit murmure de ma tête et je regardai droit devant moi, impatiente de voir la file avancer. C'est alors que je remarquai la fille qui s'écartait de la caisse pour attendre sa boisson au bar. On pouvait difficilement la manquer.

Elle était magnifique avec ses longs cheveux blonds et lisses qui lui arrivaient à la taille. Elle portait une veste en cuir noire et ajustée, des leggings et des bottes à talons qui montaient jusqu'aux genoux. Emerson aurait tué pour cette veste. Pour les bottes aussi. J'étais toujours en train de l'admirer quand Reece la rejoignit.

Mon Reece. Non. Pas le mien.

Oh, Seigneur ! Oh, Seigneur !

Le temps sembla ralentir puis s'arrêter. Sauf pour eux deux. Reece et cette beauté. Il venait manifestement de payer leurs boissons. Ils ne se touchaient pas mais, quand je les vis se tenir côte à côte, le langage de leurs corps parlait pour eux. Elle se pencha vers lui et lui toucha le bras.

Reece arborait sa nonchalance habituelle, une main à moitié enfoncée dans la poche arrière de son jean. Il la regardait comme il me regardait auparavant. Concentré, intense. Comme s'il était captivé par ce qu'elle lui racontait.

— Pepper, la file avance.

Hunter me prit par le coude pour m'entraîner vers l'avant.

Ma poitrine se comprima. L'air semblait trop épais pour pénétrer dans mes poumons. Ils ne pourraient pas partir sans me voir. Nous n'étions plus qu'à quelques mètres. Paniquée, je fis volte-face.

J'étais complètement en train de flipper, mais je n'avais jamais prévu de tomber sur lui par hasard. C'était stupide, certainement, de croire que sa vie se limitait à son bar. Évidemment qu'il avait d'autres activités et qu'il fréquentait d'autres lieux. Il courait tous les matins. Il jouait au football et entraînait une équipe de garçons. Il réparait l'évier des Campbell et tout ce qui tombait en panne dans leur maison. Il coexistait dans le même monde que moi. J'aurais dû anticiper ce moment. Ce n'était pas parce que j'avais cessé de fréquenter le *Mulvaney* que je n'allais jamais me retrouver de nouveau face à lui.

— Pepper ? (Hunter me regardait d'un air préoccupé, les sourcils froncés.) Tu te sens bien ?

Je hochai la tête et je m'efforçai de me ressaisir.

— Oui.

Un peu calmée, je pris une inspiration et me retournai, en espérant qu'entre-temps Reece et le canon étaient partis.

Mais Reece se tenait juste devant moi.

— Salut, Pepper. Comment ça va ?

Sa voix était la même que dans mon souvenir. Profonde. Calme. Tranquille. Sur son visage, je ne lus aucune des intenses émotions qui s'y trouvaient la dernière fois que je l'avais vu. Il paraissait détendu et l'intérêt qu'il me portait n'était que pure politesse.

— Salut. Ça va, et toi ?

C'était ma voix, cette espèce de croassement ?

— Très bien.

Bon, les civilités d'usage, c'est fait.

Il effleura légèrement le bras de la fille à ses côtés.

— Je te présente Tatiana.

Oh, mon Dieu. Elle s'appelait vraiment Tatiana ? Il n'y avait que les top-modèles et les patineuses russes pour s'appeler Tatiana. À laquelle de ces deux catégories appartenait-elle ?

— Salut, dit-elle en m'adressant un sourire chaleureux.

Je ne décelai aucun accent.

Reece tourna les yeux vers Hunter, me rappelant ainsi que c'était mon tour.

— Tu te souviens de Hunter ?

— Oui. Salut, mec.

Ils se serrèrent la main, et l'instant fut encore plus étrange que chez *Gino*, l'autre soir. Hunter, mon petit ami désormais, serrait la main au mec que j'avais jeté de ma chambre quelques minutes à peine après avoir perdu ma virginité. Un simple latté n'allait pas suffire. Il me fallait quelque chose de plus fort. Comme de la ciguë, par exemple.

Reece reporta son regard sur moi.

— Bon, à plus tard. Prends soin de toi.

Je hochai la tête un peu bêtement.

— Salut. Et joyeux Noël.

Il hésita et me jeta un long regard impénétrable.

— À toi aussi, Pepper.

Puis il disparut. Il guida Tatiana à l'extérieur, une main posée au bas de son dos. Je ne pus m'empêcher de voler un regard derrière moi pour les voir passer devant les baies vitrées. Ils formaient un couple magnifique, et j'eus envie de vomir.

Puis, quand je me retournai, je surpris Hunter à m'observer d'un air songeur.

Je lui adressai un bref sourire peiné et m'approchai de la caisse. Je commandai mon latté et mon muffin.

— Tu vois, dis-je tandis que nous nous écartions sur le côté. Tu me connais bien, en effet.

— C'est ce dont j'ai envie.

Quelque chose dans le ton de sa voix attira mon attention. Il fouillait mon visage des yeux. Comme s'il voulait que je dise quelque chose. Ou que je fasse quelque chose.

Je posai la main sur son torse et me hissai sur la pointe des pieds pour déposer un rapide baiser sur ses lèvres. Surprise, je le sentis m'attirer contre lui et m'embrasser d'une façon un peu trop démonstrative pour un lieu public.

— J'ai envie de te connaître, dit-il après s'être écarté. Si tu m'y autorises.

Un nœud se forma soudain dans ma gorge et les mots me manquèrent. Ma boisson et mon muffin furent servis sur le comptoir et j'allais les récupérer, en me demandant si je pourrais tenir sincèrement cette promesse. En effet, quelque chose devenait de plus en plus clair dans ma tête, malgré tous mes efforts pour prétendre le contraire, malgré tous mes efforts pour le nier.

Le souvenir de Reece m'empêcherait toujours d'appartenir à quelqu'un d'autre.

Je refermai la porte de la chambre de Madison et je me dirigeai vers celle de Sheridan, en haut des escaliers. La petite fille de sept ans dormait elle aussi en suçant son pouce. Nous avions passé une soirée bien remplie de coloriage, de parties de Candy Land et de cache-cache, le tout suivi d'une pizza et de friandises Rice Krispies en forme de sapins de Noël. Les petites étaient épuisées.

Assurée qu'elles dormaient à poings fermés, je redescendis au rez-de-chaussée. Le nouveau chiot des Campbell avait posé les pattes avant sur la table basse pour essayer de mâchouiller le bord de mon calepin. Je soulevai la petite boule de poils avec un sourire et je la câlinai un moment, tout en admirant le sapin de Noël scintillant. J'effleurai du pied l'un des paquets emballés au pied de l'arbre et je m'adressai directement au chiot :

— Avec tous ces beaux cadeaux, c'est à mes affaires que tu t'en prends ? Je vois d'ici ce que je vais dire à mon prof : « Mais monsieur, c'est le chien qui a mangé mes devoirs ! »

L'adorable petit animal posa une patte sur mon nez et me lécha le visage.

— Ah, tu ne m'auras pas comme ça. Mme Campbell a dit que tu devais aller dans ta cage dès que les filles étaient couchées.

Je traversai la vieille ferme, la cuisine et le couloir, jusqu'à la buanderie où se trouvait sa cage. Une fois à l'intérieur, le chiot se mit aussitôt à geindre.

J'agitai un doigt devant son visage.

— Non, arrête. Tu as l'habitude maintenant.

Je refermai la porte de la buanderie pour ne pas entendre ses gémissements et je repris ma place sur le canapé. Il restait une semaine avant les fêtes et j'avais un devoir à rendre. C'était la raison pour laquelle j'avais accepté de venir garder les petites Campbell. Hunter m'avait proposé de sortir avec lui et quelques-uns de ses camarades de cours, mais ainsi, je pouvais au moins rédiger un premier jet.

Et ça n'avait rien à voir avec la décision que j'avais prise de rompre avec Hunter. Disons au moins que j'essayais de m'en convaincre.

Je poussai un profond soupir. Je ne supportais plus la situation. Je l'aimais beaucoup. Il était si bon ! Mais je ne l'appréciais pas comme il le méritait. Je n'avais pas envie de lui. Pas comme j'avais envie de Reece.

J'étais désormais capable de l'admettre. C'était Reece que je voulais, un point c'est tout. Mais ça n'avait aucune espèce d'importance car il était passé à autre chose.

Même si je n'avais pas été aussi horrible avec lui, même si l'idée d'aller le voir ne me remplissait plus d'angoisse, maintenant, il y avait Tatiana.

Non. Je ne rompais pas avec Hunter pour courir après Reece. Malheureusement, ma chance était passée. Je quittais Hunter parce qu'il était injuste de rester avec lui étant donné ce que je ressentais. Hunter me voulait en entier. Et c'était impossible pour moi. Je ne pouvais pas le lui donner. Je ne pouvais pas *me* donner à lui. Je devais mettre un terme à notre relation. J'attendais seulement le bon moment. Les bons mots.

Je chassai Hunter et Reece de mes pensées et m'efforçai de me concentrer sur mes cours. Une heure s'écoula. J'étais à la moitié de ma première ébauche quand je décidai de poser la tête sur le canapé pour reposer mes yeux rien qu'une minute. Avec un peu de chance, Reece m'attendrait dans mes rêves.

Un faible crépitement me réveilla.

Je me redressai sur le canapé et il me fallut un instant pour me rappeler où j'étais. Je me mis à tousser et je me couvris la bouche pendant que mon cerveau essayait d'analyser pourquoi la pièce était toute grise. Les lueurs du sapin de Noël clignotaient à travers un nuage opaque.

De la fumée.

Mon cœur bondit dans ma poitrine. Je sautai sur mes pieds et jetai des regards frénétiques autour de moi pour comprendre ce qui se passait.

De nouveau, un petit grésillement.

Du feu.

Une fumée épaisse sortait de la cuisine. Je me ruai dans cette direction et je passai la tête à l'intérieur, songeant que je devais me dépêcher pour éteindre ce qui brûlait.

C'est alors que j'aperçus le four englouti par les flammes qui se propageaient vers les meubles hauts. La chaleur me brûla le visage. J'abandonnai aussitôt l'idée d'éteindre le feu moi-même. Je ne savais même pas s'ils possédaient un extincteur dans la maison.

Les enfants. Je me précipitai vers les escaliers à travers le nuage de fumée, une seule pensée en tête. Je toussai violemment en me souvenant vaguement qu'en cas d'incendie il fallait ramper au sol, où la fumée était moins dense.

Sauf que les filles étaient à l'étage. Je n'avais pas le choix. Je devais monter.

Je grimpai les marches quatre à quatre, hors d'haleine. L'alarme incendie se déclencha, stridente. Je priai pour qu'elle soit raccordée à un système qui alertait les secours et qu'il ne s'agissait pas seulement d'un avertissement pour les habitants de la maison.

Je me ruai dans la chambre de Madison et attrapai la petite fille de deux ans qui résista au début, somnolente et désorientée. Mais je la serrai fermement et je repris ma route tout en lui parlant pour qu'elle reconnaisse ma voix.

— C'est moi, Maddy. On doit sortir de la maison.

L'alarme avait déjà réveillé Sheridan, qui était assise dans son lit, les yeux écarquillés sur son petit visage.

— Viens ! m'exclamai-je en la prenant par la main pour la tirer derrière moi.

Une fois de retour en haut des marches, le feu trépignait et soufflait comme une bête prête à charger.

Sheridan recula, apeurée. Je serrai sa petite main, bien décidée à ne pas la lâcher.

— Il faut y aller, on n'a pas le choix. Ne lâche pas ma main !

C'était peut-être à cause de la panique dans ma voix, mais elle arrêta de tirer. Madison enfouit son visage dans mon pull et agrippa ses petits bras autour de mon cou. Je commençai à descendre les marches. Plus que quelques-unes avant la porte d'entrée. *Nous allons y arriver !*

J'eus la présence d'esprit d'attraper mon sac sur la table posée juste à droite de la porte. Je retirai le verrou et nous précipitai dans l'air frais et nocturne, laissant la chaleur et la fumée derrière nous.

Je parcourus plusieurs mètres avant de passer Madison à sa sœur. Mes yeux larmoyants m'empêchaient de voir nettement, mais je parvins à trouver mon téléphone dans mon sac. Je composai le numéro des secours par-dessus les sanglots des petites. À cette distance de la ville, je savais qu'il leur faudrait un bon moment avant d'intervenir. J'espérais seulement qu'il resterait quelque chose de la maison à leur arrivée.

Je venais de finir de donner l'adresse à l'opératrice quand Sheridan se mit à pousser des hurlements suffisamment stridents pour me provoquer une crise cardiaque. Je me laissai tomber à genoux sur le sol froid et je la saisis par les bras.

— Quoi ? Qu'est-ce qu'il y a ? Tu as mal quelque part ?

Elle pointa la maison du doigt.

— Jazz ! Jazz est à l'intérieur !

Je tournai les yeux, horrifiée, vers la maison en flammes. *Oh, mon Dieu*. Le chiot. Je réagis sans réfléchir et fourrai le téléphone dans les mains de Sheridan.

— Attends-moi ici ! Je suis très sérieuse. Tu restes avec ta sœur. Les pompiers arrivent.

Je repartis en flèche dans la maison, convaincue de pouvoir y arriver. J'avais encore le temps. La buanderie était située de l'autre côté de la cuisine. Je pouvais l'atteindre. Je pouvais sauver le chien.

Je me laissai tomber à genoux et je me mis à ramper à travers la fumée. Je connaissais le rez-de-chaussée comme ma poche. Sans cesser de tousser, j'atteignis rapidement la pièce et j'ouvris la porte de la cage sans perdre une seconde.

Le chiot poussait des gémissements, mais s'approcha de moi sans difficulté. Je le calai à l'intérieur de mon pull. Quand je pivotai pour reprendre le chemin de la sortie, les flammes continuaient de se propager et formaient un mur devant moi. En un clin d'œil, elles avaient consumé la moitié du salon et englouti les murs comme une marée orangée.

Oh, Seigneur. Était-ce la fin ? Toute ma vie, j'avais craint de prendre une décision de peur que ce ne soit la mauvaise, et maintenant, j'allais mourir dans un incendie avant d'avoir atteint la vingtaine ?

J'avais tiré un trait sur Reece et je l'avais sorti de ma vie pour quoi ? Pour finir comme ça ? Non. *Certainement pas.*

Je me traînai sur le sol en m'étouffant, et j'avançai une main devant l'autre. Petite boule chaude sous mon pull, le chiot ne bougeait pas, et j'espérais qu'il n'était pas trop tard pour lui. J'aurais fait tout ça pour rien ?

Prise au piège du nuage de fumée noire, mon corps me paraissait lourd comme du plomb. Ma respiration sifflait, ma tête bourdonnait, et mes poumons desséchés luttaient pour trouver de l'oxygène. Je tournai la tête, soudain désorientée. De quel côté se trouvait la porte ?

Oh, mon Dieu. Je suis désolée, oh, tellement désolée. Je ne savais pas vraiment à qui s'adressaient mes excuses. À moi-même ? Ma grand-mère ? Mes amis ? Reece ?

Reece.

Oui. J'aurais voulu lui dire que je m'en voulais. Je m'en voulais d'avoir pris la fuite, d'avoir fui tout ce qu'il avait à m'offrir. Je me rendis compte qu'il s'agissait là de mon plus grand péché. Mon plus lourd regret. Avoir fui l'amour. « Jamais personne ne t'offrira plus de sécurité que moi. » Je compris soudain ce qu'il avait voulu dire. Il tenait à moi. Peut-être même qu'il était amoureux de moi. C'était lui, la réalité. Il valait mieux que tous les projets ou les fantasmes que j'avais créés et nourris dans ma tête. Et je l'avais repoussé.

Mes bras cédèrent et je m'effondrai sur le tapis, avant de rouler sur le côté en toussant, la poitrine serrée, douloureuse.

— Pepper !

Je tressaillis.

— Pepper !

Cruauté de l'esprit. C'était peut-être l'enfer auquel j'étais destinée, imaginer la voix de Reece aussi proche.

— Pepper !

Je parvins à relever la tête et tentai de percer le voile de fumée. Je distinguai alors une silhouette à travers les flammes. Rien qu'un rapide aperçu avant qu'elle disparaisse. Mais j'avais reconnu cette voix. Reece...

— Ici !

Ma voix n'était qu'un misérable croassement.

La perspective d'une dernière chance gonfla mon espoir. Mon corps lutta et je pus me redresser à quatre pattes.

— Par ici ! m'écriai-je de nouveau, plus fort, mais ça ne suffisait toujours pas.

Haletante, je m'efforçai d'avancer en priant pour suivre la bonne direction. Je me heurtai violemment à un meuble. Je plissai les yeux et je compris qu'il s'agissait de l'horloge des Campbell. Les flammes en dévoraient le sommet. Elle commença alors à s'effriter et je tentai de reculer, mais le meuble s'écroula et atterrit sur moi, en travers de mes hanches. Il ne faudrait que quelques instants avant qu'elle soit engloutie par le feu. Et moi avec.

Il y eut un grognement et je perçus un fracas derrière moi. Un rapide coup d'œil m'apprit qu'une portion du plafond s'était écroulée. Le reste allait bientôt suivre. J'allais mourir brûlée vive. Et Reece était là, quelque part, à ma recherche.

Lui aussi allait subir le même sort.

Je rejetai la tête en arrière et poussai un cri de toutes mes forces. Pour sauver Reece, et pour me sauver, *moi*. Mon cri me déchira la gorge.

— Ici ! Je suis là !

Cette fois, ce fut suffisant.

Reece émergea du nuage de fumée, le visage rouge et dégoulinant de sueur, couvert de suie. Il s'accroupit, me libéra et me souleva dans ses bras. Il me serra contre lui et ne prit pas la peine de ramper. Il se mit à courir. Les flammes rugissaient autour de nous tandis qu'il filait en ligne droite vers la porte.

Nous émergeâmes dans la nuit. Ma peau roussie accusa le choc du froid soudain. Reece me porta jusqu'aux deux fillettes. Une fois arrivé, il tomba à genoux sans pour autant me lâcher.

Les filles nous entourèrent avec des cris et des exclamations. Je luttai pour inspirer de l'air frais. J'avais mal partout.

— Pepper, dit Reece en tournant mon visage pour m'examiner. Est-ce que ça va ?

Je hochai la tête une fois et ce simple geste me fit souffrir.

— Et toi ?

Je tentai de le regarder à mon tour pour voir s'il était blessé, mais les larmes brouillaient ma vue.

— Oui, ça va.

Quelque chose remua contre ma poitrine et je me rappelai le petit chien. Je relevai mon pull et les filles aperçurent Jazz, qu'elles serrèrent dans leurs bras en poussant des couinements de joie.

Toujours en manque d'air, je me laissai tomber à plat sur le dos et le visage de Reece apparut au-dessus de moi.

— Pepper ? Pepper ?

Il paraissait totalement paniqué. Je voulais lui dire que tout irait mieux. Je voulais le remercier d'être venu, de m'avoir donné la force de continuer à me battre.

J'avais envie de lui dire toutes ces choses et bien plus encore. Mais je ne pouvais pas. Parce que je n'arrivais pas à reprendre mon souffle.

Je remontai les mains sur ma poitrine, comme si je pouvais y trouver un interrupteur capable d'ouvrir mes poumons en cruel manque d'oxygène.

Mais il n'y avait aucun bouton.

D'horribles petits sifflements s'échappaient de mes lèvres. Ma vue se brouilla. Les bords se grisaient irrémédiablement, je ne distinguais presque plus Reece. Je plissai les yeux comme pour essayer de mémoriser son visage. Surchauffé, barbouillé de suie, c'était la chose la plus belle que j'aie jamais vue.

Je l'entendais toujours, en revanche, qui hurlait mon prénom à n'en plus finir. Je sentais aussi ses mains sur mes bras, sur mes joues.

Puis ce fut le noir, et juste avant que les ténèbres engloutissent mon esprit, je prononçai trois mots. Rien que trois mots. Mais c'étaient les bons, et j'espérai qu'il les avait entendus.

— Je. T'aime.

26

Aïe. Ce fut la première pensée qui me vint. Aïe, puis : *Bon sang, ça fait vraiment mal.*

Je poussai un simple gémissement qui parut m'arracher la gorge. Je refermai aussitôt la bouche et cessai tout effort.

— Tu es réveillée !

J'ouvris les yeux et je vis Reece bondir d'un fauteuil à côté de moi. Je parcourus brièvement les alentours… une chambre d'hôpital ?

— Où suis-je ? demandai-je d'une voix aussi râpeuse que du papier de verre.

Je fis une grimace et il saisit un verre d'eau qu'il porta à mes lèvres. Je bus goulûment et je laissai l'eau s'écouler sur ma langue sensible et dans ma gorge.

— Aux urgences.

— Les filles…

— Elles vont bien. Elles sont avec leurs parents. La maison a flambé. Apparemment, c'est dû à un câblage défectueux dans la cuisine. C'était une vieille bâtisse. On a de la chance que ce ne soit pas arrivé pendant que les Campbell dormaient. Ils auraient pu ne pas s'en sortir.

Ma tête semblait peser deux tonnes, mais je la soulevai légèrement pour regarder mon corps. Je pris alors conscience de la présence de tubes dans mon nez. Je levai la main pour les toucher.

— Ils te donnent de l'oxygène. N'y touche pas. Ils t'ont carrément mis le masque à oxygène tout à l'heure. Ils ont dit que tu devais garder les tubes encore un peu pour aider tes poumons à se remettre.

Je reposai ma main. Je passai ma langue sur mes lèvres sèches et je déglutis péniblement. Reece me tendit de nouveau le verre, que je lui rendis après avoir bu une gorgée.

— Tu es venu. C... Comment tu as su ?

— J'ai entendu l'alarme sur la route. Et puis j'ai vu la fumée qui s'élevait dans le ciel. Je ne savais pas que tu étais là jusqu'à ce que je trouve les petites dans le jardin.

Sa mâchoire se crispa et un muscle tressauta dans sa joue. Il posa sur moi un regard brûlant.

— Tu y es retournée pour un chien ? Mais à quoi tu pensais, bon sang ? Tu aurais pu y rester, Pepper ! J'ai regardé les secouristes te ranimer et... j'ai cru...

Il s'interrompit, la voix coupée. Je ne l'avais jamais vu comme ça. Pas même quand il m'avait parlé de sa mère. Ni quand son père avait débarqué au *Mulvaney* pour lui faire une scène.

Je gardai le silence et le laissai me faire la morale. Je le méritais. Pour ce soir, et pour avant.

Il baissa la tête et posa son front sur la barrière de sécurité du lit, comme s'il avait besoin d'un instant pour se ressaisir et s'empêcher de m'étrangler. Je tendis la main pour toucher ses cheveux.

Il releva la tête. Les yeux brillants de larmes contenues, il reprit à voix basse :

— J'ai cru que c'était fini, Pepper. C'était déjà suffisant de te perdre une première fois, mais te voir disparaître comme ça ? Je n'aurais pas pu le supporter.

J'étouffai un sanglot qui me déchira la gorge. Un autre suivit.

— C'est grâce à toi que je suis en vie. Je t'ai entendu, et ça m'a donné la force de me battre. Tu étais là, quelque part, je le savais. Et il fallait que je te retrouve.

Il prit mon visage entre ses mains et c'est là que je remarquai ses bandages.

— Reece ! (Je m'emparai délicatement de ses mains et je relevai vivement les yeux vers son visage.) C'est en me sauvant que tu t'es fait ça.

— Ce ne sont que des brûlures mineures. Quand j'ai soulevé l'horloge. Ce n'est rien.

Je clignai lentement les yeux avant de le regarder.

— Bon sang, tu aurais pu mourir ce soir. Tout aurait pu finir comme ça.

Un sanglot monta de nouveau du fond de ma gorge. Je déglutis et je m'humectai les lèvres.

— Je comprends ce que tu voulais dire maintenant. Des choses horribles arrivent. Je pensais que choisir Hunter... c'était une décision judicieuse. (Je secouai la tête.) Mais mes choix raisonnés n'ont plus d'importance maintenant, n'est-ce pas ?

Il s'immobilisa.

— Qu'est-ce que tu es en train de dire ? demanda-t-il, et sa question flotta dans l'air, lourde de sens.

— Je sais que tu es avec Tatiana maintenant, mais...

Il secoua la tête, l'air abasourdi.

— Pas du tout.

— Quoi ?

— Je buvais simplement un café avec elle. C'est une vieille amie.

— Oh.

Je clignai les yeux.

— Toi, tu es avec Hunter.

Ça ressemblait plus à une question qu'à une déclaration.

Les larmes me montèrent aux yeux.

— Mais ça ne marche pas. Il n'est pas toi. Je ne peux pas... je n'ai pas pu... (Je pris une profonde inspiration.)

Je ne peux pas être sa petite amie alors que je ne pense qu'à toi.

— Ah, Pepper, merde. (Sans lâcher mon visage, il s'approcha pour poser son front contre le mien.) Je ne compte pas remettre ça avec toi pour que tu t'enfuies de nouveau quand tu te diras que je ne corresponds pas à l'idéal que tu t'es construit dans ta tête. Je t'aime. Putain, je suis *amoureux* de toi, mais c'est tout ou rien. Et je ne compte pas recommencer si ce n'est pas pour tout avoir.

Je pleurais à chaudes larmes désormais, et je m'étouffais dans mes propres sanglots.

— Je sais. C'est ce que je veux aussi. Il m'a fallu du temps pour m'en apercevoir, mais maintenant, j'en suis sûre. Jamais personne ne m'offrira plus de sécurité que toi. (Je répétai délibérément ses propres paroles en soutenant son regard le temps qu'il comprenne.) Parce que tu m'aimes. Parce que je t'aime.

Et puis nous nous jetâmes l'un sur l'autre pour nous embrasser malgré notre état lamentable. Mes tubes d'oxygène me remontaient dans le nez, mais aucun de nous ne s'en préoccupa.

Puis, quand il s'écarta, il m'observa un long moment et un sourire apparut sur son visage.

— Je t'avais entendue quand tu l'as dit la première fois, tu sais, mais cette fois, c'est encore mieux.

Je clignai les yeux.

— Quelle première fois ?

— Juste avant que tu perdes connaissance. Je n'étais pas sûr que tu le penses vraiment. C'était peut-être seulement le manque d'oxygène qui te faisait délirer.

— Je me souviens de te l'avoir dit. Et je le pensais. Je le pense encore.

Il m'embrassa de nouveau.

— Je t'aime. Je t'aime depuis la première fois où tu es entrée au *Mulvaney*, alors qu'on aurait dit que c'était le dernier endroit sur terre où tu avais envie d'être. (Son sourire étira le coin de ses lèvres.) Et depuis que tu m'as expliqué de but en blanc que tu cherchais à prendre des leçons de préliminaires.

Je fis rouler ma tête sur le côté avec un petit gémissement.

— Pitié. Tu n'es pas obligé de me le rappeler.

— Allez, dit-il en déposant un baiser sur ma joue crasseuse. C'est une bonne anecdote. On pourra la raconter à nos petits-enfants un jour.

Je plantai mes yeux dans les siens, réchauffée par ses paroles.

— Je préférerais qu'on leur raconte comment leur grand-père a sauvé leur grand-mère d'une maison en flammes.

Il sourit, mais ses yeux exprimaient un tel sérieux, une telle profondeur que j'aurais voulu rester plongée dans ce bleu clair pour toujours.

— Ça fera une bonne histoire aussi.

— Je crois qu'on en aura un paquet.

— Tu m'étonnes. On ne s'ennuiera jamais.

C'est à cet instant que mes colocataires firent leur apparition. Elles tirèrent le rideau, une infirmière sur leurs talons. Elles ouvrirent de grands yeux en apercevant Reece au-dessus de moi, ses mains autour de mon visage.

— Coucou, fis-je pour les accueillir avec un petit signe malaisé de la main.

— Tu vas bien ? demanda Georgia en se pressant à mes côtés.

— Oui, ça va.

— Et qu'est-ce que c'est que ça ? demanda Emerson en désignant Reece du menton.

Ce dernier lâcha mon visage, mais me prit la main et entrelaça nos doigts.

Il me regarda, dans l'attente de ma réponse.

— C'est mon petit ami.

— Je croyais que tu en avais déjà un, murmura Georgia.

— Oui… et qui devrait arriver d'une minute à l'autre, ajouta Emerson avec un regard appuyé sur nos mains jointes. On l'a appelé en chemin.

— Je suis déjà là.

Tous les regards se tournèrent vers Hunter, à côté du rideau, l'air parfaitement calme. Il s'approcha, le front plissé, l'air préoccupé. Nos mains jointes ne lui échappèrent pas.

— Tu te sens bien ?

C'était du Hunter tout craché. Il s'inquiétait d'abord de mon bien-être.

— Oui, je me sens bien.

Ses épaules se détendirent. Je n'avais pas remarqué leur tension jusqu'à cet instant. Il hocha la tête, comme satisfait par ma réponse, et reporta son attention sur Reece. Celui-ci resserra ma main comme s'il avait peur de la lâcher. Même si ce n'était pas mon intention. Jamais.

Hunter l'observa un long moment. On aurait dit qu'il essayait de parvenir à une décision.

— Si tu lui fais du mal…

— Ça risque pas, répondit promptement Reece avec conviction, comme s'il connaissait précisément la question qui allait suivre.

Abasourdie, je dévisageai Hunter en clignant les yeux. Je n'avais même pas rompu avec lui !

— Comment tu as su…

— Je l'ai toujours su. J'espérais seulement que tes sentiments changeraient. Que tu commencerais à éprouver quelque chose pour moi. Dieu sait combien tu essayais de refouler ce que tu ressentais pour Reece…

Emerson ricana depuis le coin où Georgia et elle s'étaient retirées pour nous observer discrètement.

— À qui le dis-tu.

Hunter lui jeta un bref coup d'œil avant de me regarder affectueusement, un petit sourire aux lèvres.

— Je suppose que, quand c'est réel, ça ne disparaît jamais.

Je secouai la tête.

— Non. En effet. (Et pourtant, Dieu sait que je l'avais souhaité.) Je suis désolée. Tu mérites mieux que ça.

— Je trouverai. (Il nous regarda tour à tour.) Et grâce à toi, je sais maintenant ce que je cherche. (Il se pencha pour m'embrasser sur la joue.) À plus tard, Pepper.

Je hochai la tête en le regardant s'éloigner, assurée de le revoir. Évidemment. C'était le frère de Lila, et c'était aussi mon ami.

— Waouh, souffla Em. Quelle journée ! Tu as sauvé la vie de deux enfants. Failli brûler vive. Rompu avec ton copain, que tu as remplacé par un nouveau. Je me demande à quoi ressemblera la journée de demain.

Je souris à Reece.

— Je ne suis pas sûre de sortir du lit.

Deux semaines plus tard...

Ma grand-mère nous souhaita une bonne nuit, avec Bing Crosby qui chantait doucement en fond sonore. J'échangeai un sourire avec Reece et nous nous installâmes sur le canapé. Après avoir passé la journée entière avec ma grand-mère et tous ses amis, nous nous retrouvions enfin seuls. Les vieilles dames adoraient Reece, il devait leur faire le même effet qu'aux jeunes femmes. Il avait insolemment flirté avec elles et elles s'étaient délectées de son attention, en le tripotant à la moindre occasion. Visiblement, elles voulaient tâter de son joli postérieur par elles-mêmes.

Reece glissa une main sous la couverture et me massa les pieds.

— Ah, ça fait du bien, dis-je en m'affalant contre les oreillers.

— Tu le mérites, avec toutes les bonnes choses que tu nous as faites à manger. Je crois que tu as nourri une vingtaine de personnes.

— *On* a nourri vingt personnes. Tu m'as aidée, lui rappelai-je.

— C'était amusant. Et comment voulais-tu que je ne passe pas Noël avec toi ?

Il me regarda comme si cette idée lui paraissait insensée.

Je lui adressai un sourire somnolant, confortablement installée sur le canapé. Ses doigts faisaient des merveilles sur mes pieds. Puis il les glissa sous mon bas de pyjama et les fit remonter sur mes genoux et mes cuisses, créant de délicieux frissons sur ma peau et des merveilles d'un autre genre.

Je murmurai son nom en sentant sa main effleurer le bord de ma culotte. Puis il inséra ses doigts à l'intérieur et je soulevai les hanches, la bouche entrouverte.

— Qu'est-ce que tu fais ?

— Je fais l'amour à ma petite amie pour Noël.

— Ohh. Mais… maintenant ? Ici ?

Je jetai un regard vers le mur derrière lequel ma grand-mère avait disparu pour rejoindre sa chambre.

Il retira sa main de ma culotte, se pencha sur moi pour m'embrasser fiévreusement tout en baissant mon bas de pyjama.

— Après la journée qu'elle a passée, elle ne se réveillera pas avant demain matin.

Un gémissement s'échappa de mes lèvres et il m'incita à grimper sur lui. D'un geste fluide, il retira son caleçon et me pénétra. Je rejetai la tête en arrière en sentant son corps emplir le mien, ravie d'avoir décidé de prendre la pilule, ce qui nous évitait de nous interrompre pour enfiler un préservatif. Je remuai les hanches contre lui en m'agrippant fermement à ses épaules.

Il fit remonter ses lèvres brûlantes sur ma gorge et j'accélérai le rythme en le serrant plus fort encore.

— Je t'aime, Reece, murmurai-je d'une voix rauque au moment où j'explosai en mille petits morceaux.

Il m'imita juste après en serrant mes hanches, plongé au fond de mon intimité. J'étouffai son cri au creux de mon épaule, mais je sentis son corps frissonner contre moi. Nous gardâmes cette position un long moment pour savourer l'instant.

Puis il releva la tête et me contempla, un sourire aux lèvres.

— Moi aussi, je t'aime.

Je passai ma main sur son front et l'arrière de son crâne. Je ne me lassais pas de la sensation de velours de ses cheveux ras sous ma paume.

Un sourire malicieux flotta sur ses lèvres.

— Attends-moi ici.

Il remonta son caleçon et disparut dans le couloir. J'enfilai de nouveau mon bas de pyjama et me rassis. À son retour, il tenait un petit paquet cadeau que je pointai du doigt avec un froncement de sourcils.

— Qu'est-ce que c'est ? C'est pas juste. On s'est déjà donné nos cadeaux.

— J'en ai encore un pour toi. Je voulais te le donner quand on serait seuls.

— Tu n'aurais pas dû. Je n'ai rien d'autre pour toi.

Il m'adressa un regard franc et solennel.

— Si, tu m'as donné autre chose. Tu me le donnes tous les jours.

L'émotion me serra la gorge.

— Allez, dit-il en me fourrant le paquet dans les mains. Ouvre-le, tu veux ?

Je passai du cadeau à lui. Il paraissait nerveux et tapotait son genou. Je l'embrassai d'abord en souriant, émerveillée de l'avoir dans ma vie et horrifiée à l'idée que j'avais failli le laisser filer.

Je déchirai l'emballage et découvris une simple boîte marron, du genre qu'on trouve dans tous les magasins de fournitures de bureau. Je la retournai, soulevai le couvercle et jetai un œil à l'intérieur. J'en ressortis des feuilles de papier et je les observai un moment sans comprendre. Puis les mots imprégnèrent mon esprit.

Je les laissai retomber et me tournai vers Reece, bouche bée.

— On va passer le Nouvel An à Disney World ?

Il hocha la tête et je poussai des exclamations, comme ces gamins qu'on voit dans les pubs. Je jetai mes bras autour de son cou et le serrai de toutes mes forces.

Puis je m'écartai et déposai une pluie de baisers sur son visage.

— Comment... pourquoi ?

— Je me souviens quand tu m'as dit que tu n'y étais jamais allée alors que les Montgomery s'y rendaient souvent. Tu avais même une affiche dans ta chambre, alors j'ai senti que c'était un truc que tu rêvais de faire.

— Et je vais le faire ! Avec toi. (Je secouai la tête, la gorge serrée.) Tu es le meilleur petit ami du monde.

Oh oui, il était amoureux de moi. De tout son être. Malgré mon passé, malgré mes complexes. C'était déjà énorme en soi, mais en plus, il me cernait. Il me comprenait totalement.

Il prit mon visage entre ses mains et son sourire sexy m'hypnotisa.

— Dire que tu ne voulais qu'apprendre les préliminaires avec moi et rien d'autre.

Je tournai la tête pour déposer un baiser dans la paume de sa main.

— Mais maintenant, je te veux tout entier.

Il m'attira sur ses genoux et me serra dans ses bras.

— Tant mieux. C'est exactement ce qui t'attend.

Composition
NORD COMPO

Achevé d'imprimer en Espagne
par CPI (Barcelone)
le 2 février 2016

Dépôt légal février 2016
EAN 9782290110386
OTP L21EDDN000715N001

ÉDITIONS J'AI LU
87, quai Panhard-et-Levassor, 75013 Paris

Diffusion France et étranger : Flammarion